LA GRANDE CRIMINELLE

GRAND ROMAN CONTEMPORAIN

PAR

EUGÈNE MORET

Marguerite et ses deux enfants.

pour savoir que ce n'est pas l'amour qui vous fait parler ainsi; vous ne pouvez pas aimer un homme comme moi, un travailleur obscur, pauvre, besogneux, de mœurs simples et austères. Ce qu'il vous faut, l'homme que vous devez remarquer, c'est un gentilhomme brillant, riche, prodigue, aux grandes manières, qui vous fasse honneur et dont vous soyez fière... Je souhaite que vous rencontriez cet homme et qu'il joigne aux qualités que je viens d'énumérer une vertu à l'épreuve et un cœur bon... mais je cherche en vain la raison qui vous ramène à moi.

— André, je ne vais rien vous dissimuler, dit la jeune fille d'un ton ému, écoutez-moi : c'est une amie qui vous parle et rien qu'une amie... Je ne veux pas empêcher votre mariage et causer une douleur à cette femme que je ne connais pas, et que vous aimez; mais je viens vous prier, vous supplier, de retarder votre mariage.

— Le retarder !... et c'est aujourd'hui que vous venez me demander cela... quand il doit se faire demain! Et pourquoi d'abord, puisque tout est rompu entre nous, et que vous l'avouez vous-même?

— Une autre aurait essayé de vous tromper, me punirez-vous de ma franchise?

— J'ai reçu ce matin un mot de vous qui me demandait un rendez-vous pour ce soir à Notre-Dame, j'y suis venu...

— J'étais sûre de vous... Mais ce rendez-vous avait un but, le voici... Il y va des intérêts les plus graves que ce mariage soit retardé... Croyez que si j'avais pu vous prévenir plus tôt, je l'aurais fait; je ne l'ai pas pu, mais trouvez un prétexte... de grâce... trouvez-en un, et alors...

— Qu'arrivera-t-il?...

— Vous viendrez voir mon oncle demain à la première heure, et vous lui déclarerez que votre mariage est rompu, qu'au moment de l'accepter, vos forces ont manqué.

— Que me dites-vous là?...

— Et que vous revenez à moi pour la vie.

— Je rêve... mais ce n'est pas vous qui parlez!...

— Et que dans un temps moral, suffisant pour éteindre le bruit du mariage manqué, vous me donnerez votre nom.

— Léonie, taisez-vous!

— Mon oncle vous croira... il vous rendra son affection, et la pensée d'avoir triomphé de vous le rendra heureux.

— Mais le jour... le jour viendra...

— De réaliser la nouvelle promesse?

— Oui.

— Alors il sera mort!

— Léonie!...

— Ne savez-vous pas que les médecins l'ont condamné, qu'il se meurt... et qu'il n'a pas deux mois à vivre?

— Léonie, vous vous révélez à moi d'une manière bien malheureuse! dit le jeune homme détournant la tête et se couvrant le visage de ses mains.

— Rendez-moi ce service, André, dit la jeune fille sans paraître même s'apercevoir du sentiment d'horreur qu'elle avait inspiré à l'homme qui l'avait aimée.

— Que gagnez-vous au trafic que vous me demandez? dit-il sans oser relever les yeux sur elle.

— Ce n'est pas un trafic, c'est un service... Quant à ce que j'y gagne, je vais vous le dire : j'y gagne une fortune.

— Léonie, vous me faites horriblement souffrir; je vous en prie, ne prolongeons pas cet entretien; dites-moi ce que vous avez à me dire, dites-le vivement et séparons-nous.

— Soit, dit la jeune fille peinée; écoutez-moi donc : j'ai trouvé hier, dans le cabinet du baron Terrade, au fond de son secrétaire, un fragment de projet de testament où il me déshérite... comprenez-vous, maintenant?... où il me déshérite si vous épousez une autre femme que moi.

Le jeune homme jeta sur elle un regard pénétrant.

— Je ne crois pas à ce projet de testament, dit-il.

— Je vous le jure!

— Et en faveur de qui est-il fait?

— Je ne puis vous le dire.

Il y eut un silence que le jeune homme rompit le premier.

— Je rentre chez moi, dit-il avec résolution, et s'il est nécessaire que j'aille me jeter aux pieds de votre oncle pour le supplier de vous rendre son affection, je le ferai... Mais quant à retarder un mariage ardemment souhaité et vivement désiré, non... quant à me parjurer, mentir effrontément devant l'homme dont je n'ai reçu que des bienfaits, jamais!

— André, prenez-y garde... c'est ma ruine que vous prononcez, dit la jeune fille pâle sous son voile et laissant tomber sur son épaule une main sèche et froide.

— Je n'y crois pas... à cette ruine.

— Mais à quoi croyez-vous donc?

— Faut-il vous le dire?

— Parlez.

— Eh bien!... à une comédie.

— Ah! dit la jeune fille retirant sa main et avec une indignation contenue, décidément, André, vous me traitez bien sévèrement.

— Pardonnez-moi, Léonie, si je vous ai blessée; vous me connaissez, et vous savez que telle n'a pu être mon intention, mais je ne puis faire ce que vous exigez de moi.

— Voulez-vous la preuve que je ne vous ai pas menti?

Il hésita à répondre.

— Trouvez-vous demain à...

— Non, non, dit André vivement, je ne veux pas de preuves ni aucune complicité!... Demain, du reste, il sera trop tard...

« J'irai voir votre oncle...

— Gardez-vous-en bien! s'écria la jeune fille... il ignore que j'aie connaissance de ce papier, et vous me perdriez à jamais.

— Que faire, alors?

— Venez avec moi... à l'instant.

— Mentir?... Non, non... ce mariage ne peut être ajourné... un tel mensonge ne peut sortir de mes lèvres.

— André, prenez-y garde! dit la jeune fille qui quitta son bras.

— Oh! tenez, s'écria celui-ci, je ne sais

ce que vous me voulez... Quel démon vous pousse vers moi et vous fait me proposer des choses infâmes?... Ai-je bien compris? Je mentirais à ce vieillard, et j'attendrais sa mort pour me soustraire à ma promesse et me jeter dans une union que j'aurais répudiée à ses yeux?... Léonie, vous m'avez méconnu pour me faire une telle proposition, et je vais ce soir demander pardon à Dieu de vous avoir aimée.

— N'en parlons plus, dit la jeune fille, je n'ai pu voir la pauvreté dans l'avenir sans un frisson, et une pensée coupable a pu me venir, n'en parlons plus!...

Elle était d'une pâleur livide, et si André, trop ému lui-même, eût remarqué son visage éclairé alors par les lueurs livides du réverbère, il en eût été effrayé, tant ses joues se creusaient sous l'agitation qui s'était emparée d'elle, et tant ses yeux, beaux et limpides au repos, étaient fixes et menaçants.

En ce moment, un homme passa près d'eux et jeta sur André un œil morne.

C'était l'homme noir de l'église, le spectre, le fantôme de Saint-Séverin.

On eût dit une ombre; il glissa le long de la muraille et disparut.

Quant à André et Léonie, ils échangèrent encore quelques paroles et se séparèrent sans se dire au revoir et sans se presser la main; Léonie tourna à gauche et, d'un pas roide et fier, s'éloigna du côté où l'ombre avait fui; André, le cœur serré comme dans un étau, la poitrine oppressée, traversa les ponts, marcha avec vitesse et, le visage décomposé, rentra chez lui.

— Qu'as-tu? lui dit son frère, qui, l'ayant aperçu, le suivit dans une pièce isolée et ferma la porte dans la crainte que Laure, sa fiancée, ne le vît dans cet état.

— Ce que j'ai? dit-il...

Et il raconta à son frère l'entretien qui venait d'avoir lieu.

— Cela ne m'étonne pas, répondit celui-ci, il y a longtemps que j'ai jugé cette malheureuse enfant... Que Laure ne sache rien, et je verrai, moi, à causer avec le baron Terrade.

Le reste de la soirée se passa en famille, André auprès de son frère, son aîné de douze années, qu'il révérait comme un père, qu'il aimait d'une affection sans bornes et qu'il n'avait jamais quitté; auprès de sa mère, sainte et digne femme accablée par les infirmités de l'âge et dont l'amitié inaltérable ne s'était jamais démentie; auprès de sa belle-sœur, jeune femme aussi humble, aussi simple que bonne, et mère déjà de deux jolis enfants qui s'élevaient dans la maison, et auprès de sa fiancée, sa femme dans quelques heures, sa fiancée, aimante et chaste fille dont le cœur souffrant débordait de tendresse et de bonheur.

Au milieu de cette belle et noble famille, André oublia...

Il pensa à la joie du lendemain et s'endormit dans le triomphe.

Son réveil fut salué par sa mère qui vint la première à son chevet et l'embrassa.

— Tu mérites le bonheur et tu l'auras, lui dit la sexagénaire... Dieu a voulu, avant que mes yeux se fermassent pour toujours à la lumière, que j'en fusse témoin et que je partisse l'âme heureuse.

Le mariage eut lieu, sans bruit, sans fracas, à la petite église de Saint-Séverin, à la chapelle de la Vierge, au milieu du concours d'un petit nombre d'amis... joyeux camarades et gais compagnons de travail.

Le soir, il y eut festin comme c'est l'usage, et l'on vida quelques vieux flacons en l'honneur du marié et de la mariée...

Pourquoi perdrait-on les bonnes habitudes? Dans une agape fraternelle les mains se pressent avec plus de sincérité, les cœurs s'ouvrent avec plus d'abandon, et qui sait si l'avenir n'est pas plus clément pour ceux-là qui ont des amis autour d'eux?

Sculpteur sur bois, et ouvrier habile autant qu'artiste dans sa partie, André Lorgeril n'avait laissé que des amis dans tous les ateliers où il avait travaillé... On l'aimait comme homme, on l'estimait comme ouvrier, et n'eût-il eu aucun mérite, qu'on l'eût respecté par la seule raison qu'il était le frère de Savinien Lorgeril.

Jamais on n'avait vu l'un des deux frères entrer dans un cabaret que pour fêter la venue d'un camarade ou pour vider le verre d'adieu avec celui qui partait.

Estimés des patrons qui les recherchaient, — jamais leur conduite n'avait rencontré un blâme parmi les camarades; — on était fier de pouvoir se dire l'ami des frères Lorgeril. Dire leur influence, c'était dire le bien qu'ils avaient fait dans les ateliers, les sages avis qu'ils avaient donnés et qui avaient fructifié dans les foyers qui leur devaient leur bien-être et leur douce tranquillité.

Ce fut donc un beau jour pour tout le monde, et dans son triomphe, André Lorgeril perdit jusqu'au souvenir de Léonie.

N'avait-il pas pour femme une enfant, qui n'ayant rien à envier à aucune femme en jeunesse et en beauté, l'aimait de l'amour le plus pur, le plus désintéressé et avec un dévouement sans bornes?

Le surlendemain les surprit dans les bras l'un de l'autre; et oubliant le monde entier, ils se firent les serments les plus doux et les protestations les plus folles...

André avait vingt-cinq ans; et Laure dix-sept.

C'étaient deux enfants...

— Tu m'as bien fait souffrir, dit Laure à André... quand, monsieur, vous aimiez une autre femme.

— Je croyais l'aimer, répondit celui-ci, qui, chose extraordinaire pour un amoureux, ne mentait pas.

Il frissonnait au souvenir de Léonie... et se demandait naïvement de quelle aberration il avait été frappé, le jour où il avait eu le cœur épris de cette jeune fille, qui n'avait dans l'âme que mensonge, hypocrisie, ambition et vanité.

Elle était si jolie sa petite Laure !... Blonde comme les blés avant l'heure de la moisson, les lèvres rouges comme une cerise où d'autres lèvres auraient mordu, les yeux doux comme ceux d'un enfant, et humides comme si un nuage de larmes eût essayé d'en adoucir le trop vif éclat, des yeux qui s'ouvraient tout grands et étonnés pour le regarder, et d'où la tendresse débordait depuis qu'ils avaient acquis le droit de ne plus mentir. Ses cheveux s'éparpillaient en grappes mutines sur ses épaules rondes et faisaient ressortir le galbe de son visage d'une pureté antique, mais un peu indécis et d'une grâce toute juvénile.

— Vous n'aimerez plus cette méchante femme qui a failli vous enlever à moi? lui disait-elle, avec le malicieux sourire du triomphe.

— L'ai-je seulement aimée? répondait celui-ci tournant dans le cercle vicieux que rivait le passé.

— Non, nous ne l'avons jamais aimée, cette vilaine fille, dit Laure, cette vilaine fille qui était pieds nus quand son oncle la prit chez elle, son oncle qui lui a tout donné et qu'elle ne rend pas même heureux en souvenir de ses bienfaits, et de la misère dont il l'a sauvée.

— C'est vrai, dit André qui tressaillit à la pensée du dernier entretien qu'il avait eu avec elle, et du sang-froid avec lequel elle avait dit : Dans deux mois... il sera mort.

Cet entretien, il n'en avait pas parlé à l'enfant : à quoi bon éveiller ses craintes, et lui apprendre qu'elle avait échappé à un nouveau danger, et que cette femme, que d'instinct elle ne pouvait aimer, était venue tout simplement porter atteinte à son bonheur, et tenter de vains efforts pour le retarder, — et qui sait, pour le briser?

Il ne lui dit pas non plus, le soir, au dîner, qu'à la fin du jour il avait accompagné son frère chez le baron Terrade, afin de rendre visite à ce bienfaiteur de leur famille, qu'une paralysie clouait dans son fauteuil depuis plusieurs mois, et que c'était sa nièce qui les avait introduits dans sa chambre à coucher.

Aucun voile, du reste, n'avait été soulevé durant cette courte entrevue...

Par discrétion ou par indifférence, Léonie s'était éloignée, mais les deux jeunes gens se doutant bien que celle-ci avait l'oreille à ce qui pouvait se dire, n'avaient pas hasardé un mot compromettant.

Leur intention, d'ailleurs, n'était pas de nuire à cette jeune fille accueillie par charité chez son oncle, dont elle était la plus proche parente. Bien au contraire, et si ce n'eût été Savinien qui l'en avait empêché, André qui connaissait le refroidissement de l'oncle pour la nièce, lui eût parlé en faveur de celle-ci pour laquelle il ne pouvait se défendre d'un certain sentiment de commisération...

Nous verrons avant peu la cause de ce refroidissement, et quel drame intime se jouait entre tous ces personnages.

La conversation fut donc insignifiante,

si toutefois la joie que manifesta le vieillard du bonheur qu'André ne sut pas complétement dissimuler n'était pas une preuve terrible et convaincante de l'amitié sincère qu'il portait à ce jeune homme et du peu d'estime qui lui restait au fond du cœur pour la nièce qu'il avait paru tant aimer autrefois.

— Tu as bien fait de te marier, mon ami, lui dit-il, et aujourd'hui je ne sais pas si, vu l'intérêt que je te porte, je ne dois pas me féliciter de t'avoir vu refuser la fortune au prix où je te la proposais.

— Léonie m'a avoué ne pas m'aimer.

— Non, elle ne t'aimait pas... Qui aime-t-elle?... dit le vieillard. Mes amis, ajouta-t-il, rentrez dans votre bonne famille et festoyez grassement... que diable! un lendemain de noce ce doit être gai... Que n'ai-je mes jambes!... je serais des vôtres... Enfin... j'ai vu clair trop tôt pour voir votre joie et y participer... Allez, mais un mot dont vous vous souviendrez.

Les jeunes gens prêtèrent l'oreille.

— Venez me voir demain à huit heures, j'ai à vous parler sérieusement.

— Nous n'y manquerons pas, dirent-ils en se regardant étonnés.

Ils s'éloignèrent, et dans le corridor ils rencontrèrent Mariette Lefort, la servante, qui les salua avec bienveillance.

Les deux jeunes gens lui rendirent son salut et passèrent.

Sur le palier, ils se trouvèrent face à face avec Léonie.

— Vous avez vu mon oncle, dit celle-ci du ton le plus naturel, comment l'avez-vous trouvé?...

— Mais assez bien, répondit Savinien.

— Moi, je le trouve mal, dit Léonie, de mal en pis, il a beaucoup toussé cette nuit et son humeur se ressent de sa maladie.

— Il faut pardonner à ceux qui souffrent, dit Savinien.

— J'ai besoin de me souvenir de cette parole, dit Léonie qui poussa la porte.

— Au revoir, Léonie! dit André qui lui tendit la main.

— Au revoir, André! répondit celle-ci qui pressa légèrement la main qu'on lui tendait.

— Vilaine nature! dit Savinien à son frère une fois qu'ils furent dehors, sauvons-nous bien vite, et rentrons chez nous. Cela fait plaisir de savoir qu'on va retrouver de beaux et bons visages prêts à vous accueillir et qui vous attendent le sourire aux lèvres.

— Peut-être, dit André; m'est avis que nous allons être grondés fort.

— C'est possible, dit Savinien en riant, mais dans ce cas-là préparons-nous à faire tête à l'orage et à ne rien dire.

— Nous serons muets.

— Comme la tombe... c'est convenu

Nous verrons demain ce que le baron Terrade peut avoir à nous dire.

Ils avaient hâte de rentrer et pressèrent le pas.

Ils ne virent rien devant eux, autour d'eux, ne remarquèrent rien sur leur route, pas même cet homme étrange, à la charpente désossée et à la tête de cadavre, dont l'œil sans chaleur les suivit jusqu'à ce qu'ils eussent détourné la rue.

Quand ils eurent disparu, il longea le trottoir, entra dans un cabaret et en sortit au bout de dix minutes.

Son petit œil cette fois flamboyait, il se frottait vivement les mains et tout son visage se contorsionnait.

Il passa devant la porte cochère de l'hôtel Terrade, s'y arrêta un instant, mais ne pénétra pas dans l'intérieur.

Il se frotta encore les mains, et prit par une petite rue adjacente.

Qu'était donc ce drôle d'homme et que voulait-il, et à qui en voulait-il?

Les deux frères étaient rentrés, on les avait sermonnés; Savinien surtout, comme le plus âgé et le plus ancien en ménage, avait eu à subir une mercuriale plus sentie; la ménagère avait déclaré qu'elle ne répondait plus du dîner; la nouvelle mariée avait fait une moue à l'unisson, et les deux frères n'avaient pas bronché.

— Nous avons nos secrets, avait en fin de compte déclaré Savinien, et tout le monde riant et se menaçant innocemment s'était mis à table.

Le premier service réconcilia les parties; et on n'attendit pas le dessert pour porter un toast en famille aux nouveaux mariés.

André s'était glissé près de sa femme, et la vieille mère réclama et assura que ce n'était pas convenable, que de son temps on n'eût pas permis cela, et son temps, c'était le bon temps...

Savinien appuya... et André fut sur le point d'être expulsé de la place qu'il avait usurpée.

Il tint bon et déclara que contre l'arbitraire il emploierait la force.

— Je te ferai un rempart de mon corps, lui dit Laure, devenue aussi folle depuis qu'elle était femme, qu'elle était grave quand elle était jeune fille, et menaçant son beau-frère du bout du doigt.

— Mariez donc les enfants! dit Savinien, voilà une petite qui va vouloir mener tout le monde ici, maintenant.

— Je n'ai que la prétention de mener mon mari.

— C'est déjà trop.

— Vraiment? ma sœur te mène bien, toi!

— Ah! moi... ma femme me mène!... Je vous fais juge.

Savinien fit l'indigné et embrassa sa femme dans un éclat de rire.

Le baron Terrade, malade, maniaque et infirme.

La vieille mère au second service avait les yeux qui brillaient comme ceux de Laure.

— Maman, soyons bien sages, dit Marguerite, la sœur aînée qui écarta son verre et jeta en même temps un coup d'œil aux enfants... deux bambins joufflus et rosés, qui ne comprenaient pas grand chose au repas d'un lendemain de noces, sinon qu'on mangeait meilleur qu'à l'ordinaire, et qu'on devait par conséquent manger davantage.

Quant aux mariés de la veille, ils n'exis-

taient déjà plus... et on fut dans la nécessité de les rappeler à l'ordre.

Ils causaient tout bas, et si bas, qu'on n'entendait rien de ce qu'ils disaient.

— Plus haut, dit la sœur aînée doucement.

— A quoi cela nous servirait-il qu'ils parlent plus haut? dit Savinien à sa femme, ils parlent un langage que nous ne comprendrions plus.

— Quand on l'a si bien su que nous, dit

la jeune femme en se levant et allant à son mari, on ne l'oublie jamais et on le comprend toujours.

— Tu as raison, ma femme, dit le brave garçon, passant ses deux bras par-dessus ses épaules et attirant sa Marguerite, dont le frais visage vint effleurer le sien.

— Il n'y aura pas qu'eux qui s'aimeront ici, dit Marguerite.

— Non, répondit Savinien, nous nous aimerons plus qu'eux.

Les deux bambins, qui virent la scène, se levèrent de leur chaise et tendirent leurs petites mains.

— Ah ! vous voilà, vous autres !... Un instant, que diable ! il y en aura pour tout le monde, dit Savinien en riant.

— Tiens, dit Marguerite, ces pauvres enfants ! on ne les embrasse pas, ils sont jaloux...

« C'est bien naturel. »

Elle alla les prendre et les amena à leur père, qui en prit un sur ses genoux, l'autre dans ses bras, et les embrassa tous les deux.

On frappa à la porte.

— Tiens ! dit la mère Lorgeril, quelqu'un à cette heure-ci !... Qui ça peut-il être ? Entrez.

La porte s'ouvrit lentement et une femme parut.

Tous, frappés d'étonnement et de stupéfaction, regardèrent cette femme qu'ils ne reconnurent pas tout d'abord tant elle était pâle, tant elle avait le visage altéré et paraissait agitée.

— Léonie, dit Savinien, ici, à cette heure ! Comment cela se fait-il ? Que se passe-t-il ?...

— Ce qui se passe, dit celle-ci, laissant tomber un regard froid et implacable sur chacun des convives, il y a que pendant que vous festoyez, que vous vous réjouissez, je suis dans les larmes, moi...

Tous se levèrent...

— Mon oncle est mort...

— Mort instantanément? s'écria Savinien, pris d'une vive émotion.

— Mort assassiné, dit Léonie, d'une voix étranglée.

— Assassiné !... s'écrièrent Savinien et André, assassiné ! répétèrent-ils tous... c'est impossible !...

— Et en voilà la preuve, dit Léonie, désignant la porte qui s'ouvrait et donnait accès à un magistrat, accompagné de deux agents de police.

II

LE BARON TERRADE

Qu'était-ce donc que ce baron Terrade que le poignard d'un assassin venait de frapper, et dont la mort violente allait jeter la justice dans une des situations les plus perplexes et les plus fausses qu'elle ait eu jamais à traverser?

Que nos lecteurs veuillent bien nous suivre à travers les péripéties émouvantes de ce drame terrible, et remontant le cours des événements, nous permettre de nous reporter aux années 1789, 92 et 93. Nous connaîtrons alors le baron Terrade aussi complétement que si nous ne l'avions jamais perdu de vue.

Le baron Terrade était alors un homme de quarante-huit à cinquante ans, de haute taille, de forte encolure et la tête expressive, un des plus beaux hommes de la Révolution et une des intelligences les plus actives de cette époque.

Néanmoins, gentilhomme poitevin, lié à la monarchie par les traditions de sa famille et par son éducation, le baron Terrade, envoyé par sa province comme député à l'Assemblée législative, arrivait à Paris avec l'intention de défendre le roi et les institutions monarchiques.

Mais à cette époque, les choses allaient rondement, plus rondement qu'aujourd'hui ; les événements devançaient les prévisions des hommes les plus sages et les plus expérimentés, le baron Terrade fut noyé dans la tourmente et emporté par la tempête.

Quel que soit le drapeau d'un citoyen, du jour où il s'enveloppe avec sincérité dans les plis de ce drapeau, il est respectable.

Le baron Terrade était respectable à tous les titres, et, sentant le sol trembler sous ses pieds, il s'abandonnait sans passion, sans colère et sans regrets, au courant néfaste qui l'entraînait.

Aussi avait-il des amis dans la Convention jusque dans les membres les plus déclarés pour les droits du peuple et les libertés publiques, et était-il estimé par ceux-là mêmes qui lui faisaient une guerre acharnée.

Ancien ami de Mirabeau, de Barnave, il frayait avec Vergniaud, Lanjuinais, Roland, Barbaroux, Condorcet, saluait Camille Desmoulins, et tout en redoutant Danton savait ne pas le mépriser.

Ces amitiés, et l'estime qu'il inspirait, ne le sauvèrent pas de la proscription, et jeté dans les prisons de la Force, un jour il fut condamné à mort par le Comité de salut public.

Il fut condamné à mort, mais il fut sauvé.

Ses amis veillaient, et l'un d'eux, se dévouant, le plus humble, se fit ouvrir les portes de sa prison, et obtint la levée de l'écrou du baron Terrade.

Cet ami de l'infortune, quoique s'abritant sous de hautes protections, avait agi au péril de sa vie.

On le nommait Nicolas Lorgeril, et c'était un homme du peuple.

Il n'avait aucun titre, aucun pouvoir. S'il n'avait pas réussi, il allait le jour même à l'échafaud, car personne n'eût été assez puissant pour le protéger.

Comment s'était cimentée l'amitié de ces deux hommes, le baron Terrade et Nicolas Lorgeril, nés tous deux à une si grande distance l'un de l'autre ?

C'est qu'à cette époque terrible, mais glorieuse, toutes les sphères étaient confondues, et tout homme s'appréciait, non au nom qu'il portait, mais à l'intelligence qui rayonnait en lui ; et à la sympathie qu'il inspirait.

Le baron Terrade avait, du reste, toujours été l'obligé de Nicolas Lorgeril, et, leur première entrevue s'était faite d'une assez étrange manière.

C'était quelques mois auparavant, le 26 mars 1793, lors de la création du Comité de sûreté générale. Le baron Terrade avait été déclaré suspect, et, par mesure de prudence avait dû se réfugier dans la maison d'un ami.

Cet ami lui-même fut inquiété, et Terrade n'était plus en sûreté chez lui.

On ne sut comment faire ; sortir, c'était aller à la mort ; rester, c'était l'attendre, l'ami sachant de bonne source qu'une perquisition devait être opérée le soir même chez lui.

Sur ces entrefaites, un homme se présenta : c'était Nicolas Lorgeril. Il était graveur de son état et habitait un petit logement au cinquième étage de la même maison. Il connaissait le baron Terrade de réputation, et l'estimait sans partager ses convictions ; il lui offrit un asile.

Celui-ci accepta, resta trois semaines caché dans la chambre à coucher de l'ouvrier.

Pendant ce temps, le baron Terrade usait de ses amis du dehors et préparait sa sortie.

Les hommes du pouvoir de la veille étaient des suspects du lendemain.

Cette fois, le baron Terrade fut sauvé.

L'épreuve écoulée, l'aristocrate et le démocrate étaient amis pour la vie. L'un aimait le roi, l'autre aimait le peuple ; tous deux se comprenaient, car tous deux avaient dans l'âme le sentiment de l'humanité et cet amour immense qui s'étend à tout ce qui pleure et qui souffre.

Quelques mois après, le même fait se renouvelait, et Terrade, plus gravement compromis, jeté au fond d'une prison, condamné à mort, devant porter le lendemain sa tête sur l'échafaud, était encore sauvé par l'ouvrier.

A une époque d'exaltation et de fanatisme, n'était-ce pas là un beau trait que celui de ce Nicolas Lorgeril ?

L'histoire de notre Révolution est pleine cependant de ces faits grandioses et privés ; à ceux qui la calomnient, nous ne voulons répondre qu'avec de tels actes.

Le baron Terrade retrouva sa cachette, prison qu'on lui fit douce à force de prévenances et de soins. Il mangea le pain de l'ouvrier à la même table que sa femme et son jeune fils âgé alors seulement de quelques années, et qu'on nommait Savinien.

Madame Lorgeril était une digne femme

qui adorait son mari et s'associait avec bonheur à l'acte héroïque de sa vie. Elle savait ce qu'il risquait, elle n'hésita pas cependant et ne lui fit pas un reproche.

Quand, le 16 décembre 1794, le baron Terrade osa se montrer dans la rue, il serra tout simplement la main de Nicolas Lorgeril et lui dit merci.

Mais la réaction arriva et fut fatale à ce dernier.

Terrade, à son tour, sauva son ami; mais Lorgeril, malade, épuisé et déçu dans ses espérances, perdit le courage, et un jour, dans un moment d'exaltation qui ne pouvait pas être celle de l'enthousiasme, il oublia sa femme, son enfant et se fit soldat.

C'était en 1796 : les victoires de Bonaparte jetaient l'amour de la gloire militaire dans les cœurs; Lorgeril fut une des victimes de cette autre époque; il partit, confiant à Terrade sa femme et son enfant.

Il combattit à Arcole, à Rivoli et fit la campagne d'Égypte.

Il était à la bataille des Pyramides, à Biberach, à Marengo et à Hohenlinden avec Moreau.

De soldat volontaire, il était devenu officier, et à Austerlitz, il était chef de bataillon.

A Eylau, il était colonel, et c'est à la tête de son régiment qu'il tombait frappé de plusieurs balles.

Il était soldat, il avait fait son métier en brave, il était mort en soldat.

Lorgeril, qui, chef de bataillon, avait obtenu un congé de quelques mois qu'il avait passé auprès de sa femme et de son jeune fils, était mort sans avoir embrassé son second enfant né depuis son départ pour l'Égypte.

— Madame, dit le baron Terrade à madame Lorgeril quand elle apprit cette désastreuse nouvelle, pleurez votre mari, mais ne pleurez pas le père de vos fils; je vous jure de ne jamais les abandonner et de les considérer comme mes propres enfants.

Terrade tint parole; il éleva les enfants, veilla sur la mère, et quand les années 1815 et 1816 arrivèrent, lorsque le titre de veuve d'un colonel de l'Empire fut une tache aux yeux du nouveau gouvernement; quand la misère vint s'asseoir au foyer de la pauvre femme inquiète et désolée, Terrade se présenta, et, jusqu'à ce qu'ils fussent d'âge à se pourvoir, accomplit, pour les enfants, la promesse qu'il avait faite à la mère.

On verra avant peu, dans la suite de ce récit, qu'il comptait faire davantage encore, et que c'est à eux qu'il pensait donner le dernier jour de sa vie.

En 1817, Terrade s'était marié à une jeune femme, bonne, dévouée, et qui l'aima d'une affection sincère.

Il y avait un an au plus que ce mariage était consommé, quand un incident survint qui changea la face des choses.

Un soir, le concierge de l'hôtel monta et annonça qu'une jeune fille vêtue en paysanne demandait à parler au baron Terrade, mais qu'il n'avait pas voulu la laisser monter avant de prévenir M. le baron.

Celui-ci donna l'ordre qu'elle fût introduite, et un instant après elle parut devant le baron et la baronne.

Quelle était cette jeune fille?... d'où venait-elle?... Terrade été eût bien embarrassé de le dire ; aussi l'interrogea-t-il d'un air étonné.

Elle ne répondit rien d'abord.

— Que voulez-vous, mon enfant? lui demanda-t-il d'un ton plus ému.

— Du pain, des vêtements et un abri, répondit-elle se cachant le visage de ses mains.

— Vous me connaissez donc, que vous venez à moi ?

— Oui... dit-elle sans lever les yeux; je sais que vous êtes bon, et ma mère m'a promis que vous m'accueilleriez bien.

Terrade, de plus en plus surpris et saisi de compassion, la regarda avec plus d'intérêt.

Il vit une belle jeune fille de quatorze ans, grande déjà, mais la poitrine rentrée, les épaules comme affaissées, et le visage transparent à force de maigreur...

Un voile de pâleur maladive était suspendu sur ses traits fatigués...

Ses grands yeux noirs et cerclés de bistre avaient un éclat fiévreux...

Ses cheveux, qui étaient noirs comme ses yeux, se déroulaient sur ses épaules en mèches éplorées...

La baronne, qui avait l'âme compatissante et qui avait tressailli à la vue de cette misère, sentit son cœur se fondre à un examen plus profond. L'accoutrement de cette enfant faisait peine à voir...

Une petite robe d'indienne en haillons, un fichu de cotonnade rayée sur le cou et un mouchoir blanc en guise de bonnet... c'était tout.

Elle n'avait ni bas ni souliers ; l'enfant marchait pieds nus.

Et elle était si jolie, qu'on l'eût embrassée sous son piètre costume.

La baronne, femme du monde élevée dans la vie facile, n'avait jamais eu soupçon d'une telle misère ; aussi une larme jaillit-elle de ses yeux, quand, à la question qu'elle lui fit, l'enfant répondit :

— J'arrive des montagnes...

— A pied?

Elle fit un signe affirmatif.

— Seule?...

— Non, dit-elle, un homme de chez nous m'a accompagnée.

— Et il est reparti?

— Non, il est resté... il n'y a rien à faire au pays. Il est venu chercher foretun ici.

— On gagne difficilement sa vie là-bas? dit la baronne.

— Oui, dit-elle.

« La misère y est rude, si rude que ma mère en est morte et que je ne suis pas beaucoup plus solide qu'elle... Les neiges descendent des montagnes et inondent les vallées. Quand viennent les fontes des neiges, c'est toujours comme ça dans le Jura. Puis alors le travail manque... les bras chôment, le froid mord et le pain manque. Mon père, qui boit trop et ne mange pas assez, a l'humeur chagrine et le poing lourd... Comme rien n'allait comme il voulait, il a injurié ma mère et l'a frappée. Ma mère qui n'était pas forte est tombée sur le dos et s'est fait grand mal. Comme elle est bonne, elle s'est relevée avec peine, mais n'a rien dit et a été se mettre au lit. Les médecins sont rares dans le pays, puis ils ne sont pas bons et ils sont chers. Celui qui est venu le surlendemain a dit deux mots en latin, une langue que personne ne connaît dans le Jura, a ordonné quelque chose qu'on n'a pas eu et n'est plus revenu... Trois jours après, ma mère est morte, moitié de misère, moitié de sa blessure, et en mourant a pardonné à mon père...

— Mais qui êtes-vous donc? dit le baron Terrade, qui, passant de l'étonnement à l'incrédulité, écoutait cet étrange langage... Qui êtes-vous pour nous conter ainsi votre histoire et être venue de si loin pour frapper à cette porte?

— Léonie Férou.

— Férou! s'écria le baron Terrade, dont le visage se couvrit d'une pâleur subite ; et c'est votre mère qui vous a dit que j'existais... que je pourrais vous être utile !...

— Va, m'a-t-elle dit, à Paris; si tu restes ici tu mourras comme moi de misère et de coups. Dans un moment d'humeur, ton père te frappera et te tuera... Je lui pardonne pour moi, mais je ne veux pas qu'il te maltraite, quitte-le, fuis-le, et va à Paris... en route tu mendieras ton pain, et à Paris tu en trouveras.

Le baron Terrade paraissait abattu; sa femme l'interrogeait des yeux.

Il l'entraîna dans un angle de l'appartement et lui dit :

— L'histoire que tu sollicites est bien courte, la voici en deux mots : un autre jour je te la raconterai peut-être plus au long... Cette enfant qui est là est l'enfant de ma sœur, et voici la première fois que je la vois et que j'apprends qu'elle existe. Ma sœur, il y a vingt-cinq ans, s'est mariée à un nommé Férou, un misérable qui l'avait séduite et emmenée au loin. A partir de ce jour-là, je refusai de la voir, et elle-même se condamna à l'isolement. J'appris depuis qu'elle expiait cruellement par une vie de malheur une faute d'une heure, et je lui écrivis. Elle ne me répondit pas, je lui fis passer certaines sommes d'argent pour lui venir en aide, elle me les renvoya, je fis faire près d'elle des démarches pour une réconciliation, elle les repoussa...

— Est-ce possible?...

— Non, continua le baron Terrade, qu'elle eût conservé quelque rancune contre moi, mais parce qu'elle avait le sentiment de sa dignité, et qu'elle savait que sa misère était un gouffre que ma fortune ne pouvait combler, et son infortune tellement immense, qu'il n'y avait pas assez de charité dans mon cœur pour l'y accompagner jusqu'à la mort. Son mari était entre elle et moi, un être méprisable et vulgaire qui se dressait entre nous deux comme un obstacle exécrable qui devait éternellement me la faire prendre en compassion.

« Sa fierté naturelle, aigrie par le malheur, se révoltait à cette pensée...

« Elle m'écrivit qu'elle partait avec son mari pour le Brésil, et que je ne la reverrais jamais.

« Est-elle partie, effectivement, comme elle me le disait, et est-elle revenue depuis? je l'ignore, mais toujours est-il qu'elle m'a tenu parole et qu'elle ne s'est souvenue de moi qu'à son dernier jour.

— Et pour son enfant, ajouta la baronne.

— Que faire? dit le baron Terrade qui interrogea sa femme des yeux.

— Nous n'avons qu'un enfant, dit-elle attirant à elle une ravissante petite fille de trois ans qui entrait et se laissa tomber dans ses bras avec la grâce malicieuse de l'enfance; nous en aurons deux.

— Louise, répondit le baron Terrade, je n'aurais jamais osé vous demander autant; en agissant ainsi que vous le faites, et en me mettant à même d'accomplir sans réserve un devoir que je considère comme sacré, vous me rendez le plus heureux des hommes.

Léonie fut habillée, soignée... et prit place au foyer.

Si elle n'eut pas la première place, elle eut la meilleure entre la baronne et sa fille.

Elle eut des maîtres qui l'instruisirent, et une bonne table qui la réconforta.

La baronne, qui était une femme d'un cœur excellent et dévoué, prit pitié pour tant d'infortune et ne sut qu'inventer pour faire oublier à l'enfant ses souffrances passées et sa jeunesse désolée.

Souvent elle lui parla de sa mère, afin que le souvenir de celle-ci restât gravé dans ce cœur qui s'ouvrait à une autre vie.

Il n'est pas jusqu'à son père dont elle ne l'entretînt, lui apprenant à prier Dieu et à pardonner à ceux qui font le mal...

Léonie, douée d'une intelligence remarquable et déjà initiée à la vie sociale par sa mère, se plia bien vite aux exigences de sa nouvelle existence.

En quelques mois, elle fut transformée.

La petite paysanne disparut et fit place à la jeune fille du monde. Elle

On ne croyait plus et on espérait encore.

apprit vite dans les livres et retint ce qu'elle sentit essentiel. Sa beauté aussi se forma et sa taille se développa.

A dix-sept ans, elle était d'une beauté à attirer les regards, et il semblait qu'une seule personne l'ignorât elle-même, et ne devinât pas l'effet qu'elle produisait; le baron Terrade le croyait, la baronne en était convaincue, tout le monde le croyait comme eux, et tout le monde était trompé.

La petite paysanne jouait forte partie et gagnait gros jeu; les Terrade l'aimaient comme leur fille, elle n'aimait personne et ne pensait pas plus à sa mère dont elle ne parlait que les larmes aux yeux, qu'à son père, auquel elle faisait mine d'avoir peine à pardonner, qu'aux nouveaux protecteurs que la Providence lui accordait, et qui étaient prêts à se dévouer pour elle.

La baronne, atteinte par une de ces maladies terribles qui ne respectent ni la bonté de l'âme ni la jeunesse du corps, fut emportée en quelques mois.

Le baron Terrade resta seul avec sa petite fille, alors âgée de cinq ans, et sa nièce.

Le vieillard, bon et confiant, se félicita de sa noble action et bénit Dieu de l'avoir permise, et la mémoire de sa femme pour la lui avoir inspirée…

— Que ferais-je seul avec mon enfant, se dit-il, à son âge et au mien, moi, si près du tombeau, elle si près du berceau ?…

Léonie sera une mère pour elle…

Léonie ne fut pas une mère pour elle, mais une marâtre…

Elle lui en voulait de l'âge, qui promettait tant d'années à l'enfant ; elle lui en voulait de sa gentillesse, de sa beauté, de son esprit, de son bon cœur et même de la tendresse qu'elle lui prodiguait.

Il semblait que chaque perfection de l'enfant fût une insulte pour elle.

Mais la raison pour laquelle elle lui en voulait le plus, c'était, on l'a deviné, la différence de position.

La petite Adrienne promettait d'être riche un jour, et Léonie, devant tout à son oncle, se trouverait un jour la protégée de sa fille.

Ce rôle déplaisait à cette nature malsaine et envieuse, orgueilleuse et vulgaire.

Elle accusait le ciel de l'avoir fait naître si bas, et, loin de vouer une reconnaissance profonde à l'homme qui l'avait sortie de la fange et l'avait faite ce qu'elle était, elle le haïssait pour la différence qui avait existé entre sa mère et lui, et haïssait l'enfant pour cette fortune qu'elle aurait un jour.

Néanmoins, Léonie joignait à la méchanceté l'astuce et l'hypocrisie. Depuis qu'elle avait été accueillie dans la maison, le baron Terrade, qui l'aimait comme sa propre fille, ne s'était aperçu ni de son esprit jaloux, ni de sa nature vicieuse. Elle paraissait lui montrer un grand intérêt et adorer la petite Adrienne, qu'elle couvrait de caresses devant lui et qui ne la quittait pas.

Mais il arriva que le baron tomba malade presque subitement et ne se guérit plus.

Il fallut, sinon rester au lit, au moins garder la chambre, et Léonie, à qui incomba la surveillance de la maison, prit une servante de plus et mena tout à sa fantaisie.

Le paralytique vit bien que les choses allaient un peu de travers, mais sa situation ne lui permettait pas beaucoup d'y porter remède. Il sentit qu'il dépendait de sa nièce, et, qu'en somme, dans son intérêt, surtout dans celui de l'enfant qui s'élevait, il était préférable de fermer les yeux et de se taire.

Une bonne conduisait tous les jours la petite Adrienne au Jardin des plantes dans l'intervalle qui s'écoulait entre le déjeuner et le dîner. Un jour la bonne ne revint pas et on l'attendit vainement jusqu'au soir.

On courut au Jardin des plantes, les grilles étaient fermées, et bien entendu le factionnaire ne sut ce que l'on voulait dire.

On veilla toute la nuit.

Le lendemain on alla à la préfecture, on interrogea tous les gardiens du Jardin des plantes. Les commissaires de police furent prévenus. Tous les cochers des voitures de places furent mandés chez le chef de la police municipale. Les agents de la sûreté furent lancés dans toutes les directions ; rien ne fit, rien n'aboutit.

Pendant des semaines on compta les minutes et les secondes. Pendant des mois on compta les jours et les heures, les recherches furent abandonnées. La malheureuse servante ne reparut plus, et la petite Adrienne fut perdue à jamais.

Le baron Terrade faillit mourir à la confirmation de cette affreuse catastrophe et fut d'autant plus désespéré que sa maladie tournait en paralysie et, le clouant dans son fauteuil, ne lui permettait pas de courir après son enfant.

Savinien et André Lorgeril s'étaient mis à la recherche de la pauvre petite durant des mois entiers, et, comme tout le monde, comme la police elle-même, ils crurent à un accident, à une mort violente et ne tentèrent plus qu'à consoler le malheureux vieillard.

A partir de ce jour, il devint sourd, presque aveugle et sa paralysie augmenta.

Il se mourait.

Mais, chose étrange, à mesure que ses facultés baissaient et, à mesure qu'il penchait davantage vers la tombe, son amour pour sa nièce s'éteignait et faisait place à une répulsion qu'il ne pouvait vaincre.

Cette répulsion se manifestait surtout depuis qu'André avait déclaré renoncer à elle.

Lui en voulait-il de n'avoir pas su imprimer plus d'amour au jeune homme qu'il affectionnait ; lui en voulait-il de n'avoir pas répondu plus vivement au sentiment qu'il avait montré ? La nature de cette femme commençait-elle à se révéler à lui ? Lui avait-il enfin conservé rancune de la disparition de son enfant, et avait-il au fond du cœur comme un vague soupçon de complicité ?.. personne ne pouvait le dire ;

le baron Terrade ne parlait plus, sa froideur seule disait toutes les pensées noires qui s'agitaient dans son esprit.

Quant à Léonie, au moment de la disparition d'Adrienne, elle avait montré une grande douleur et avait prouvé elle-même les démarches nombreuses qui avaient été faites.

Personne n'avait eu l'idée de l'accuser de complicité dans le crime ; ceux qui l'avaient vue élever l'enfant, le soigner, l'embrasser avec tendresse, et qui la voyaient pleurer avec des larmes si abondantes, se désoler, et presque dépérir de chagrin, ne pouvaient, en bonne foi, faire peser sur sa tête le moindre soupçon.

Ce soupçon fût-il venu, qu'à la vue de cette belle jeune fille au front attristé, au visage empreint du plus sombre désespoir, on l'eût repoussé avec indignation.

Le paralytique se taisait et n'aimait plus sa nièce ; quand elle approchait, il frissonnait de tout son corps, on eût dit que sa vie lui faisait froid au cœur.

Dans l'entretien qu'il avait eu la veille de sa mort avec les deux frères Lorgeril, le docteur se rappelle qu'il leur avait donné rendez-vous pour le lendemain matin.

Que devait-il se passer dans cette nouvelle entrevue ? quelle révélation devait-il en surgir ? quelle confidence le vieillard allait-il faire à ceux qu'il aimait le plus sur la terre ? quel devoir allait-il assigner à chacun d'eux ? quelle promesse allait-il exiger ?... tout cela était un mystère dont personne ne pouvait soulever le voile. Le baron Terrade était mort assassiné, la veille de cette entrevue, le jour même qu'il demandait ce rendez-vous.

On ne savait rien encore, absolument rien sur ce crime horrible.

Après le départ des deux frères, l'unique servante de la maison, Mariette Lefort, était rentrée dans sa cuisine et ne l'avait plus quittée jusqu'au moment de servir le dîner.

Léonie, était sortie quelques minutes pour faire un achat, et, rentrée presque aussitôt, avait veillé aux soins de son intérieur.

Une heure et demie environ s'était donc écoulée entre le départ des deux frères et le moment où le crime avait été découvert.

Il pouvait être six heures du soir au plus... une brune très-épaisse s'étendait sur Paris, et l'obscurité commençait à envahir l'appartement.

Léonie très-occupée des détails de son dîner, interpella la bonne assez vivement et lui demanda pourquoi les lampes n'étaient pas allumées.

— Je vais les allumer, mademoiselle, répondit la servante.

— Dépêchez-vous, dit Léonie d'un ton brusque; vous savez bien que mon oncle n'aime pas à rester dans l'obscurité.

Toutes ces paroles, tous ces détails ont été rapportés dans l'instruction et sont d'une parfaite exactitude.

La servante se pressa, prépara ses lampes, et, les laissant en suspens, retourna à sa cuisine.

— Où allez-vous ?... demanda Léonie.

— Je vais chercher de l'huile, répondit la servante.

— Comment, à cette heure-ci vos lampes ne sont pas faites? Décidément, je ne vois pas à quoi vous êtes bonne.

La servante apporta la burette; Léonie la lui arracha des mains plutôt qu'elle ne la prit, et versa elle-même de l'huile dans les lampes.

Cela fait, elle les alluma et renvoyant la servante à la cuisine :

— Préparez le potage de mon oncle, lui dit-elle et servez-le immédiatement, je vais voir s'il n'a pas besoin d'autre chose et lui porter la lampe.

La servante se disposa à obéir, et Léonie, la lampe à la main, traversa la salle à manger, frappa doucement à la porte de la chambre à coucher du vieillard, et ne recevant pas de réponse, l'entr'ouvrit doucement et pénétra dans l'intérieur.

Elle poussa un cri terrible et en sortit immédiatement.

— Mademoiselle! mademoiselle! s'écria la servante qui accourut aussitôt; et les deux femmes se heurtant, la lampe échappant des mains de Léonie, tomba par terre, se brisa et l'obscurité la plus complète les enveloppa.

Mon Dieu! mon Dieu! j'ai peur, murmura Léonie qui avait la fièvre, dont la voix tremblait, et qui, jetant sa main au hasard, chercha comme instinctivement une issue pour fuir.

— Mais au nom du ciel, qu'y a-t-il? demanda la servante.

— Il y a que mon oncle est mort... mort assassiné !... Laissez-moi ! laissez-moi, l'assassin est peut-être encore ici.. j'ai peur.

— Assassiné ! dit la servante. Votre oncle n'a pas quitté sa chambre ; personne n'est entré ici depuis une heure. On n'assassine pas ainsi les gens chez eux... C'est impossible !

— Il est étendu sur le parquet et la descente du lit est ensanglantée.

— Du sang !...

La servante courut à la chambre à coucher de Léonie, prit une bougie, l'alluma et se précipita dans la pièce fatale.

Elle en sortit un instant après, pâle, bouleversée, les traits altérés et trouva la jeune fille étendue sur le canapé dans le salon et dans un état d'accablement extrême.

— Il n'était pas mort, dit la servante, il se mourait.

— Ah ! dit Léonie qui se leva brusquement et lui saisit les deux mains ; il t'a parlé peut-être !...

— Oui, répondit celle-ci dardant sur la jeune fille un regard atterré, et s'il n'a pas eu le temps de me nommer l'assassin, il me l'a désigné...

III

LA CHAMBRE DU MEURTRE.

Le même soir, le commissaire de police du quartier, prévenu par la nièce du baron Terrade que ce vieillard venait d'être trouvé mort dans sa chambre à coucher et dans certaines circonstances de nature à inquiéter la justice, s'était aussitôt transporté sur les lieux.

Léonie et la servante avaient été interrogées sommairement et les deux interrogatoires verbalisés avaient été envoyés au Procureur du roi.

De ce commencement d'instruction il était résulté que, dans la journée qui venait de s'écouler quatre personnes seulement avaient paru dans l'hôtel.

Une dame Potrel, vieille amie du baron Terrade, et qui n'était restée que quelques minutes avec lui ; le garçon boucher, qui n'avait fait que pénétrer dans la cuisine, située assez loin de la chambre du meurtre, et Savinien et André Lorgeril, deux jeunes gens que Léonie défendait de toute accusation et que néanmoins elle avouait s'être enfermés près d'une heure avec le vieillard.

Par mesure préventive, le magistrat avait fait arrêter ces quatre personnes, et après avoir défendu l'entrée de la chambre du meurtre, il avait fait immédiatement prévenir l'autorité supérieure.

Dans la suite, il relata dans l'instruction qu'il avait eu d'abord l'intention de faire arrêter la nièce et la servante, mais qu'en l'absence de preuves, même du crime, et qu'à la vue de leur profonde douleur et de leurs gémissements, il n'avait pas cru devoir suivre sa première impulsion.

Que, d'ailleurs, il était certain qu'elles ne pouvaient disparaître dans la nuit, et que quant à la crainte qu'elles pénétrassent dans l'intérieur de la chambre de la victime et qu'elles y apportassent des changements propres à détourner les investigations de la justice, il y avait pourvu en faisant clore la porte au moyen d'un très-fort cadenas, et qu'il avait de même, pour plus de prudence, interdit l'entrée de la pièce de communication;

Que, vu ces précautions, il n'avait cru nécessaire, ni d'arrêter les deux femmes, ni de les éloigner de l'hôtel, ni même d'y placer un agent...

Que du reste encore, pour plus de sûreté, et en outre pour prévenir les attroupements de la foule qui commençaient à se former, il avait posté un agent dans la cour de l'hôtel, deux à la porte, et un quatrième à dix pas environ, à la hauteur de l'hôpital de la Pitié.

L'hôtel que depuis de longues années le baron Terrade habitait et dont il était propriétaire, était situé dans la rue de Lacépède, à quelques minutes du Jardin des plantes, que l'on nommait alors Jardin du Roi, et les derrières donnaient sur d'immenses terrains vagues, dominant en quelque sorte toute cette partie excentrique du vieux Paris.

Depuis la veille, la foule n'avait pas cessé de stationner autour de l'hôtel. Dispersée plusieurs fois par les agents, elle s'était reformée chaque fois et avait été un moment jusqu'à envahir la cour et les jardins.

Moins nombreuse dans la nuit, le matin l'avait ramenée bruyante, inquiète anxieuse et avide.

Le bruit de l'assassinat du baron Terrade s'était dès le moment même de la révélation, répandu dans le voisinage, et, comme une traînée de poudre, s'était subitement enflammé et avait allumé tout le quartier.

Le baron Terrade y était connu et aimé ! Aristocrate par les idées, il était démocrate par le cœur.

Avant que la paralysie eût mis entre lui et le monde les grands murs noirs et sombres de son hôtel, il sortait souvent, se promenait dans les rues populeuses du centre où il habitait, et se faisait un devoir de partager sa bourse avec les pauvres.

Original, fantasque, un peu bourru peut-être, la population le connaissait bien, et savait ce qu'elle avait perdu le jour où la maladie l'avait cloîtré.

Quelquefois le bien se faisait encore en son nom, quelques bons de pains étaient distribués, quelques misères étaient soulagées, mais ce n'était plus cette protection efficace et paternelle que l'on était sûr de trouver près du baron Terrade.

— C'est la maladie, disait-on, qui l'aigrit, la vie qui s'use, l'homme qui vieillissant devient dur et égoïste.

— Ce n'est pas cela, disait les autres, c'est la nièce qui n'est pas aussi bonne que l'oncle et qui fait son magot pour le temps où il ne sera plus.

L'émotion dans la foule était donc aussi grande que la curiosité était avide.

On voulait connaître les détails du crime, mais d'avance on en voulait à l'assassin, et, si on l'eût tenu, on lui aurait probablement fait un mauvais parti.

L'aumône, semée à propos dans les masses souffreteuses, est un grain de blé qui promet à l'avenir de riches et amples moissons.

La foule, moins avancée qu'aujourd'hui, ne s'occupait pas des opinions politiques du baron Terrade, ainsi que de ses convictions religieuses et des gouvernements qu'il avait servis. Elle savait qu'il avait été humain pour elle, c'était tout ce dont elle pouvait décemment se souvenir. Son procès était gagné dans l'opinion publique ; sa mémoire y serait à jamais vénérée.

— C'est étrange, disait-on. Qui pouvait lui en vouloir?

— On dit que le garçon boucher de la rue Geoffroy-Saint-Hilaire est compromis.

— Laissez-nous donc tranquilles, dit une voix dans la foule, c'est une vieille femme de la rue des Postes qui a fait le coup, une vieille dévote... la femme Potrel, c'est riche comme Crésus, et ça marchande deux liards de salade que c'en est une malédiction.

— Ne dit-on pas que ce sont les deux frères Lorgeril? dit un boutiquier sur le seuil de sa porte.

— Les deux frères Lorgeril! dit un homme en blouse qui devait être un ouvrier ébéniste, on voit bien que vous ne les connaissez pas...

— Je ne les connais pas, mais je ne les accuse pas non plus.

— Pourquoi dites-vous cela, alors?...

— Parce qu'on me l'a dit.

— On vous a dit des mensonges.

— C'est une calomnie, fit une autre voix.

— Dame, je ne sais pas, moi, fit le boutiquier embarrassé et qui eût bien voulu être au fond de son arrière-boutique et avoir fermé sa porte.

— On les a arrêtés?

— Parbleu! la belle malice, fit-on dans la foule. Dans ce cas-là on arrête tout le monde, tous ceux qui se trouvent là.

— C'est vrai, firent plusieurs voix.

— Ah! ah! cria-t-on dans un groupe plus rapproché de la place Lacépède, voici le procureur du roi.

Une voiture débouchait en effet de la place et montait la rue.

Elle s'arrêta en face de l'hôtel.

— Entrez dans la cour, dit une voix de l'intérieur.

Le cocher fit claquer son fouet, tourna bride, et, fendant la foule, franchit le seuil de l'hôtel.

La voiture rebondit sur le pavé anguleux et s'arrêta à la droite du perron qui conduisait au grand escalier.

Trois hommes vêtus de noir en descendirent : l'un d'eux portait la rosette de la Légion d'honneur et la croix de Saint-Louis.

— Le procureur du roi! répéta-t-on dans la foule.

C'était lui en effet, accompagné de M. Didier-Pasquet, juge d'instruction au tribunal de la Seine, et de M. Honoré, greffier attaché au parquet.

Ils furent introduits au salon par Léonie Férou, et parurent se concerter.

— Quelle heure avez-vous, monsieur Didier-Pasquet ? demanda le procureur du roi.

— Sept heures et quelques minutes, répondit le juge d'instruction en consultant sa montre.

— Le docteur Jeanselme a été prévenu à temps ?

— Hier à onze heures du soir, aussitôt après avoir reçu le rapport du docteur Pattue.

— Et le rendez-vous donné ?

— Pour sept heures ce matin.

— Alors, il ne peut tarder.

— Je suis même étonné, monsieur le procureur du roi, que nous ne l'ayons pas rencontré ici.

La porte s'ouvrit et le docteur Jeanselme entra.

C'était un homme de taille moyenne, d'une cinquante d'années, les favoris grisonnants, le crâne dénudé, mais l'œil expressif et la physionomie intelligente, ouverte, sympathique et grave sans solennité.

— Mille pardons, Messieurs, dit-il, de vous avoir fait attendre, je suis à vos ordres.

Le procureur du roi se leva. Le juge d'instruction et le greffier l'imitèrent et tous trois accompagnés du docteur Jeanselme se dirigèrent vers la chambre du meurtre.

Des agents, qui attendaient dans une pièce voisine, les suivirent et devant le procureur du roi procédèrent à l'ouverture des deux portes qui avaient été closes la veille par ordre du commissaire de police.

Les portes ouvertes, les agents stationnèrent dans la première pièce et les portes furent refermées.

Les deux magistrats, le médecin et le greffier étaient sur le lieu du crime.

Ils étaient aussi en face de la victime.

Le greffier s'assit devant une petite table, tira de la poche de sa houppelande un encrier qu'il ouvrit, une plume et un volumineux rouleau de papier et se disposa à écrire, apportant dans tous ses mouvements une rigoureuse minutie.

Tout ce qui allait se dire dans cette chambre devait être reproduit avec une exactitude absolue, et notre greffier, dont c'était le rôle, était homme à accomplir son devoir en conscience.

Le procureur du roi avait pris place dans un fauteuil et le juge d'instruction s'était assis à ses côtés.

Quant au médecin, il était allé droit au lit de la victime, et, se tenant debout, attendait que le procureur du roi l'interrogeât.

— Monsieur le docteur, dit le magistrat, la justice a été saisie d'un crime, et ce crime, elle doit à la victime et à la société d'en rechercher les auteurs et d'appeler sur leur tête toute la rigueur des lois.

Mais au premier pas que nous avons fait dans la voie des recherches, nous avons prévu de grands embarras.

M. Didier-Pasquet.

Des malheureux sont déjà sous les verrous, mais rien ne nous révèle encore que nous tenions les vrais coupables.

Aussi, avant de pousser plus loin nos investigations, nous avons cru devoir, monsieur le docteur, recourir à vos lumières, afin d'être éclairés d'une manière irrévocable sur la première condition de cette affaire.

Si la justice tient à atteindre le coupable, elle désire surtout ne pas s'égarer, et ce serait s'aventurer dans une fausse route que de chercher vainement un coupable pour un crime qui n'existerait pas.

Le docteur Jeanselme fit un signe de tête affirmatif.

— Je dois à la vérité, monsieur le docteur, continua le procureur du roi, de vous faire part du doute qui a traversé l'esprit d'un de vos plus habiles confrères, M. le docteur Pattu.

Le docteur Pattu, qui habite ce quartier, a été requis hier soir par le commissaire de police. Il a constaté que la mort remontait à une heure au plus. Il a de même constaté le crime.

Le docteur Jeanselme fit un mouvement,

et le procureur du roi en baissant la voix :

— Rentré chez lui, le docteur Pattu réfléchit beaucoup plus profondément au crime qu'il venait de constater, et c'est alors, monsieur, qu'il en fit immédiatement part à la justice. Le docteur Pattu, du reste, faisant preuve d'une grande modestie, demandait à être déchargé de cette affaire, déclarant n'avoir rien découvert qui fût de nature à détruire son doute ni à le confirmer.

Il vous désignait en outre, monsieur le docteur, comme étant le seul homme qui pût garantir à la justice qu'elle n'allait pas faire fausse route.

— Je suis à vos ordres, monsieur le procureur du roi, répondit le docteur.

— Monsieur, nous vous écoutons, dirent les deux juges.

— Permettez-moi d'abord, messieurs, dit le docteur, de me livrer à un premier examen.

— Prenez tout le temps qui vous sera nécessaire, monsieur, dit le procureur du roi.

Le docteur Jeanselme mit un genou en terre, et, relevant une couverture jetée sur le tapis, découvrit le cadavre du baron Terrade.

Le vieillard était étendu sur le parquet, les bras collés contre le corps et le visage entièrement découvert.

La lumière frappant en plein sur ce visage le montra empreint d'une douce sérénité.

Pour les juges cherchant à lire dans ces traits la preuve d'un crime, il parut d'un calme effrayant.

— Ce n'est pas là le visage d'un homme qui est tombé vaincu dans une lutte avec des assassins, dit le juge d'instruction.

— Ce n'est pas non plus celui d'un homme qui nourrit la pensée du suicide, dit le docteur Jeanselme.

Le juge d'instruction fit un mouvement et le docteur reprit :

— La sérénité du visage ne prouve rien, du moins pour l'une ou l'autre assertion. Le sujet était paralysé, et vous le savez, messieurs, la paralysie, c'est l'abolition de la motricité se manifestant par la cessation de la contraction des muscles de la vie animale ou de la vie organique.

Dans les parties frappées de paralysie, on observe donc une diminution notable ou même une complète abolition de la faculté de sentir.

Or, messieurs, le sujet que nous examinons avait pour siège de sa maladie les centres nerveux, lesquels, au moment de la mort, ont pu déterminer une paralysie complète, la paralysie jointe à l'anesthésie.

Pendant qu'il parlait, le docteur Jeanselme auscultait le cadavre, l'examinait dans toutes ses parties, et, insuffisamment édifié sur ce qu'il voulait savoir, portait toute son attention sur deux larges blessures qui s'ouvraient au côté gauche de la poitrine.

Le sang avait jailli avec abondance et s'étendait en flaques coagulées autour du cadavre.

— Messieurs, dit le docteur se relevant, et appuyant le doigt sur les lèvres béantes des deux plaies, si le docteur Pattu, dont je me plais à reconnaître tout le talent, avait demandé à faire une nouvelle expertise, le doute se fût éteint dans son esprit.

— Le procureur du roi releva la tête.

— Vous croyez à un crime ? dit-il.

— J'en suis convaincu, répondit le docteur Jeanselme. Je n'entrerai pas, messieurs, dans de grands détails scientifiques : ces aperçus n'auraient rien de récréatif pour vous et ne donneraient aucune force à mon affirmation.

— Je dois vous prévenir, monsieur le docteur, dit le procureur du roi, que la victime était depuis quelques années dans un état maladif qui ne faisait que s'agraver.

En outre, de grands chagrins avaient affligé les derniers temps de sa vie. Ceci posé, et au point de vue moral, il est inadmissible que le baron Terrade ait pu songer à attenter lui-même à sa vie.

— Messieurs, dit le docteur Jeanselme, tel est l'ordre des choses que les faits moraux disparaissent devant les faits physiques, et je tiens sous la main les preuves que le baron Terrade a été assassiné.

— Nous vous écoutons, monsieur le docteur, dit le procureur du roi, qui, ainsi que le juge d'instruction, prêta non seulement une grande attention aux paroles de l'homme de science, mais suivit avec soin tous ses mouvements et se tint prêt à tenir compte dans son esprit du moindre des gestes qui lui échapperait.

— Messieurs, continua le célèbre praticien, la victime a été frappée en pleine poitrine, à l'endroit que nous appelons médiastin, par un instrument contondant.

Le cœur, comme vous le savez, messieurs, est partagé par une membrane qui le constitue en deux parties distinctes, qui elles-mêmes se subdivisent en deux autres parties qui prennent deux noms différents : l'oreillette et le ventricule ; c'est du ventricule gauche que le sang artériel se précipite pour pénétrer dans l'aorte et dans toutes les subdivisions de cette artère.

Le premier coup a été porté au devant de l'aorte de l'œsophage et de la colonne vertébrale entre les poumons ; le deuxième coup, beaucoup moins sensible que le premier, n'a pas été aussi loin et s'est émoussé entre les côtés de la cage conoïde qui forment le thorax...

Or, messieurs, en admettant que le paralytique eût trouvé des forces pour frapper au premier coup, ce qui paraît inadmissible, quand on étudie l'impulsion qui aurait été nécessaire et qu'on vérifie la direction de l'arme, pouvez-vous admettre qu'il eût trouvé de nouvelles forces pour tenter un deuxième coup ?

Le sang a dû jaillir immédiatement et le corps s'est trouvé brisé au premier choc...

Je pourrais, messieurs, continua le doc-

tour, m'étendre beaucoup plus longtemps
et émettre les raisons qui me font encore
repousser toute idée de suicide, mais je
pense, messieurs...

— C'est, en effet, inutile, monsieur le
docteur, fit le procureur du roi, et nous
partageons entièrement vos convictions ;
mais, étant donné, monsieur, que le crime
est parfaitement constaté, pourriez-vous
éclairer la justice sur quelques détails de
nature à la mettre sur la trace des coupables ?

— Interrogez, monsieur le procureur du
roi, dit le docteur.

— Mon Dieu, monsieur, dit le procureur
du roi à voix basse, à l'heure qu'il est, nous
ne sommes sérieusement en présence que
de quatre personnes, deux hommes et deux
femmes ; pourriez-vous nous dire, monsieur
le docteur, si une femme ou deux femmes
même, se liant de complicité, eussent pu
accomplir ce crime dans les conditions où
il se présente à nos yeux ?

Le docteur Jeanselme se pencha sur les
plaies, les étudia, les sonda, et, après un
examen qui dura l'espace de sept à huit
minutes, il releva la tête et dit :

— En mon âme et conscience, non !
monsieur le procureur du roi.

— En admettant même que les deux
femmes eussent agi de concert?

— Le coup n'a toujours pu être porté
que par une seule main, et c'est la même
main qui a porté les deux coups.

— Cette main ne tremblait pas et devait

être douée d'une certaine force autant que la
volonté qui la faisait agir était douée évidemment d'une grande énergie.

— Ainsi, dit le procureur du roi, un
crime a été commis, et la victime n'a pu
être frappée que par la main d'un homme?

— A mon avis, monsieur le procureur
du roi, dit le docteur, cet homme avait un
complice.

— Ah! dit le magistrat, ils étaient deux,
alors ?

— Deux hommes...

— Pourquoi pas un homme et une
femme?

— Si vous le permettez, monsieur le
procureur du roi, fit le docteur, je vais,
grâce à la connaissance des lieux et à
l'examen des blessures de la victime, vous
retracer le crime tel qu'il a dû se commettre.

— Volontiers, firent les deux juges.

— Ce devait être, reprit le docteur, à la
fin du jour; car, étant donné que la victime
prît ses repas à midi, il y avait au moins
cinq heures qu'elle n'avait rien pris quand
elle a été frappée.

Le baron Terrade devait être assis dans
son fauteuil, le visage tourné contre son lit
et le front dans ses mains.

Les juges écoutaient avec une grande
attention et le greffier assis, devant sa petite
table, écrivait avec rapidité sans dire un
mot ni lever les yeux.

Le bruit de sa plume criant sur le papier trahissait seul sa présence.

Quant au docteur Jeanselme, il était magnifique d'expression, un genou en terre, la main sur la blessure du cadavre, les yeux plongés dans les lignes de son visage, et lisant en quelque sorte sur ses traits les faits qu'il relatait aux juges.

L'intelligence la plus vive éclairait sa physionomie, et il semblait que l'intuition vînt porter secours à sa science.

— Messieurs, reprit-il, il n'y a pas à en douter pour moi, la journée a été orageuse pour le baron Terrade. Sa pensée était torturée, si je puis m'exprimer ainsi. Il sentait sa fin prochaine, il avait comme le pressentiment du coup qui allait le frapper. Et, messieurs... je l'affirmerais, de sa main gauche qui n'était point paralysée, la victime a dû écrire, dans cette journée, et qui sait, peut-être ses dispositions testamentaires?

— Il faudra veiller, dit le procureur du roi au juge d'instruction, à ce que les perquisitions les plus minutieuses soient faites dans cet hôtel, et notamment dans cette chambre.

Le juge d'instruction s'inclina.

— La victime ne sortait jamais de cette chambre?

— Jamais.

— Ceci sera très-important.

— D'autant plus, ajouta le juge d'in-struction, qu'avec la nature ombrageuse et soupçonneuse que l'on connaissait au baron Terrade depuis quelque temps, il est fort possible qu'il se soit ménagé une cachette dans cette pièce même.

— C'est vrai, dit le procureur du roi. Ceci est de la plus haute gravité.

— Le baron Terrade avait donc écrit une partie de la journée et d'une main défaillante, messieurs, si j'en juge par la mollesse de ces muscles, la faiblesse de ces phalanges, le peu de force des tendons de cette main qui se brisent aux ligaments annulaires.

Et, disant ces paroles, le docteur pesait dans sa main la main qu'il désignait, et dont il faisait la dissection morale.

— La nuit baissait, poursuivait-il, le vieillard était fatigué et, plongé dans son fauteuil, il s'était assoupi. C'est alors, messieurs, qu'on dut pénétrer par cette pièce et par cette porte.

Il désigna une petite porte dissimulée dans la boiserie, à la droite du lit de la victime.

— A mon avis, continua-t-il, ils étaient deux, et deux hommes, car il me semble que je vois l'un des deux misérables lever son arme, un instrument grossier, messieurs, et la laisser retomber dans la poitrine de sa victime, avant que celle-ci eût eu le temps d'ouvrir les yeux et de pousser un cri.

— Le corps était déjà dans une prostration complète, mais la pensée était vivace encore, et le sentiment de sa situation eut le temps de se manifester chez la victime.

— Privé de mouvement, il voulut articuler un son et appeler au secours ; une main de fer s'aplatissait alors sur sa bouche et en fermait toutes les issues au point que si la blessure n'eût pas été profonde, et que si un second coup n'avait pas succédé au premier, le patient fût mort étouffé.

— J'ai dit main de fer, messieurs, reprit le docteur Jeanselme, parce que ce n'est pas la main d'une femme qui eût tracé ces lignes bleuâtres que vous voyez aux deux coins de la bouche du patient ; non plus que cette plaie au bord de la lèvre inférieure qui prouverait la force de la main à l'éminence cubitale.

— Mais le patient, continua-t-il, faisait des efforts, l'assassin donna un second coup, puis, saisi de frayeur sans doute, prit la fuite entraînant son complice et laissant leur victime frappée à mort mais respirant encore.

— Alors le baron se souleva dans son fauteuil, et essaya de faire un pas et d'appeler à son aide.

— Les forces lui manquèrent, et pour marcher et pour crier, il ne fit aucun mouvement, il n'articula aucun son et il tomba sur le sol dans la position où il est encore à l'heure qu'il est.

— Vous êtes sûr que le corps n'a pas été dérangé ? demanda le procureur du roi.

— J'en suis convaincu, répondit le docteur, la victime ne pouvait pas tomber autrement.

— Le baron était-il mort ?

— Non, mais il expira quelques minutes après.

Les juges se levèrent.

— Monsieur le docteur, dit le procureur du roi, nous n'avons qu'à nous incliner devant les paroles que vous avez fait entendre, paroles dictées pas une science aussi grande et aussi dignement interprétée.

— La justice va suivre son cours, monsieur le docteur, et si elle atteint le coupable, comme nous n'avons pas le droit d'en douter, elle vous devra cette nouvelle victoire, ce nouveau triomphe du bien contre le mal.

Le docteur Jeanselme se retira, le greffier s'écarta et les deux juges se consultèrent.

Un instant après, le procureur du roi, attendu au palais pour une affaire non moins importante, s'éloignait, et le juge d'instruction restait seul sur le lieu du crime.

Une perquisition était ordonnée aux agents subalternes qui stationnaient dans une autre pièce, et le juge d'instruction se disposait à interroger pour la première fois Léonie Féron, la nièce du baron Terrade.

La jeune fille, qui avait déjà subi la

veille l'interrogatoire du commissaire de police, attendait celui-ci avec calme.

Quand elle fut appelée devant le juge, elle y parut le front haut, et rien d'embarrassé ne se trahit dans sa manière de répondre.

Cet interrogatoire, qui n'aurait rien d'intéressant pour le lecteur, puisque la jeune fille ne fit, devant le juge, que reproduire exactement la scène qui s'était passée la veille, au moment de la révélation du crime, venait d'être terminé, et M. Didier-Pasquet congédiait Léonie Féron, quand celle-ci lui dit :

— Allez-vous, monsieur le juge, interroger Mariette ?

— Oui, répondit le juge étonné de cette question, l'interrogatoire de cette fille est aussi nécessaire que celui que je viens de vous faire subir.

— C'est que... je voulais vous dire... voyez-vous...

— Mais qu'avez-vous ! vous tremblez.

— Je tremble... moi ?

— Sans doute; voyons, parlez, si vous avez quelque chose à dire.

— Ah ! tenez, monsieur, pardonnez-moi, s'écria Léonie se jetant aux genoux du juge d'instruction, croisant en se tordant les mains devant lui, et surtout pardonnez cette malheureuse ?

— De qui parlez-vous...? de votre ser-

vante ?... Qu'y a-t-il...? qu'a-t-elle fait ? Mais parlez donc, dit le juge se levant, et cherchant à lire dans le regard effaré de la jeune fille.

— Il y a que, hier, dit celle-ci avec un tremblement convulsif dans la voix, elle a trompé la justice...

— Trompé la justice ! dit M. Didier-Pasquet avec calme; on ne trompe pas la justice, on l'égare et toujours une heure sonne pour elle où elle atteint le vrai coupable et punit le parjure...

Léonie resta silencieuse.

— Voyons, parlez, mon enfant, dit le juge, et ne dites bien que la vérité.

— Monsieur, l'homme que nous pleurons était mon oncle, mon protecteur, mon père, le seul soutien de ma jeunesse et la seule personne qui m'ait jamais aimée.

Léonie éclata en sanglots.

— Raison de plus, dit le juge, pour n'apporter ici ni passion, ni mensonge... Parlez; vous avez dit tout à l'heure que la servante Mariette avait trompé la justice.

— Je ne sais si cela s'appelle tromper, dit Léonie en baissant la tête, mais je sais qu'elle lui a caché quelque chose, qu'elle n'a pas dit tout ce qu'elle savait...

Elle hésita.

— Parlez, dit le juge.

— Elle a des révélations à faire.

— Des révélations, appuya Léonie, des

révélations terribles, mais peut-être les taira-t-elle.

— Pourquoi? a-t-elle donc intérêt à se taire? Qu'elle vienne, dit le juge.

Mariette apparut sur le seuil de la porte, pâle, effarée, les cheveux en désordre. Léonie courut à elle, la prit par la main et, la traînant presque de force, elle la jeta en quelque sorte aux pieds de l'homme redoutable dont le front sévère et impassible la bouleversa et la frappa de terreur.

— Eh bien! parle maintenant, lui dit Léonie sans s'inquiéter de son état d'épouvante et de prostration; tu n'as plus le droit de te taire, tu es en face de la justice.

CHAPITRE IV.

L'EMPOISONNEMENT.

Le jour même, à quelques heures d'intervalle, une scène d'un piquant intérêt avait lieu dans la chambre du meurtre.

Que nos lecteurs veuillent bien nous suivre, nous étudierons cette horrible affaire dans tous ses détails; rien n'est puéril le lendemain d'un crime; s'il est nécessaire à la véracité de notre récit, nous descendrons avec la justice dans les profondeurs de la conscience humaine et jusque dans les ténèbres de la prison...

Mariette Lefort avait paru devant M. Didier-Pasquet et avait répondu à ses interrogations.

A dix heures, le juge d'instruction se présentait dans le cabinet du roi et avait, avec ce dernier, un entretien de près d'une heure.

A deux heures de l'après-midi les portes de l'hôtel Terrade s'ouvraient de nouveau et le seuil de la chambre du meurtre était franchi par plusieurs personnes.

Des exempts de police prenaient place dans le fauteuil qu'avait occupé le matin le procureur du roi.

Puis, six personnes étaient introduites: Léonie Féron, Mariette Lefort, le garçon boucher, la femme Potrel et les deux accusés principaux, André et Savinien Lorgeril.

Le cadavre du baron Terrade était resté étendu sur le parquet dans l'attitude où on l'avait trouvé après sa chute.

Son visage, quoique boursouflé par la mort, n'avait rien d'effrayant ni de repoussant.

La sérénité que le docteur Jeanselme avait constatée se continuait, et on n'eût jamais dit, à voir ce front calme et presque souriant, que le malheureux eût eu à lutter contre les douleurs d'une mort violente.

Le médecin avait, au profit de la vérité, demandé à la science toutes les ressources qu'elle pouvait donner; c'était au juge à poursuivre l'œuvre si habilement commencée et à tirer aussi ses conclusions de la physionomie des accusés.

F. LIX

Un individu d'aspect bizarre.

Le garçon boucher, jeune garçon de seize à dix-sept ans et qui n'en savait pas plus long que sa mémoire pouvait en contenir, ne paraissait ni abattu ni chagrin de l'accusation dont il était l'objet.

Il demandait à ne pas perdre sa place, voilà tout, et trouvait très-arbitraire qu'on l'eût retenu en prison depuis la veille sur un soupçon aussi vague.

C'était un peu vrai.

Il avait apporté de la viande à l'hôtel. Mais tous les bouchers portent de la viande à domicile, il n'y a même que les bouchers qui en portent.

C'était son métier, et il ne pouvait entrer dans son esprit qu'on lui fît un crime d'avoir exécuté les ordres de son patron, lesquels ordres n'avaient pas dépassé les limites de la profession.

Le juge d'instruction prit la peine de lui expliquer que ce n'était pas pour avoir porté la viande à l'hôtel qu'il était prisonnier, mais parce que l'heure de sa présence sur le lieu du crime coïncidait avec celle du meurtre.

Il ne comprit pas ou ne voulut pas comprendre, et déclara que cela lui était bien égal et qu'il n'avait rien à voir dans tout ça.

Ce fut, somme toute, l'avis du juge d'instruction qui, le soir même, rendit une ordonnance de non-lieu à son égard.

La femme Potrel parut peinée à la vue du cadavre, et une larme glissa sur ses joues.

— Voilà trente-cinq ans que je le connais, dit-elle ; c'était un vieil ami...

Elle fut interrogée à plusieurs reprises, et le lendemain, après un dernier examen et après avoir pris conseil du procureur du roi qui avait passé la nuit à étudier les divers procès-verbaux relatifs à cette affaire, le juge d'instruction la fit rendre à la liberté.

L'intérêt de la scène, au pied du cadavre, se porta tout entier sur André, Savinien et Léonie.

Les deux jeunes gens montrèrent un visage attristé et André pleura... mais la douleur muette des deux frères pâlit devant les sanglots de la nièce de la victime.

— Permettez-moi de me retirer, s'écriat-elle, joignant les mains devant le juge, ma douleur ne peut plus longtemps supporter la vue de mon malheur.

— Vous l'aimiez donc bien, votre oncle ? lui demanda M. Didier-Pasquet.

— Si je l'aimais !... lui répondit-elle, comme avec un ton de reproche, allant jusqu'au juge... je lui devais tout, monsieur, et je n'avais que lui au monde qui s'intéressât à moi.

La douleur bruyante de Léonie ne rendit celle des jeunes gens que plus réservée.

Ils eussent été portés à s'abandonner davantage, que le spectacle que donnait Léonie les en eût détournés.

— Est-elle vraiment sincère ? dit André à son frère.

Celui-ci haussa les épaules.

— Elle me fait pitié, répondit Savinien, qui n'allait pas dans sa pensée jusqu'à la soupçonner du crime odieux dont on osait l'accuser lui et son frère, mais qui ne croyait ni à son affection, ni à sa douleur, ni à ses larmes, ni à ses regrets.

Devant le cadavre de la victime, un nouvel interrogatoire eut lieu pour les deux jeunes gens, et tous deux répondirent tout ce qu'ils avaient déjà eu occasion de répondre, et avec une netteté d'expressions et un calme d'esprit qui jetèrent le juge dans une profonde perplexité.

— Et cependant, se dit-il, je n'en suis plus au doute... je tiens des preuves.

Il fit faire les perquisitions les plus minutieuses, emporter tous les papiers et poser les scellés partout.

Cela fait, il s'enferma avec la nièce du baron, et lui adressa froidement cette question :

— Accusez-vous André et Savinien Lorgeril du crime d'assassinat sur la personne de votre oncle?

— Non, dit-elle avec force, je n'accuse que les circonstances qui les rendent coupables aux yeux de la justice.

— Les croyez-vous coupables?

— Je ne le crois pas.

Le juge voulait encore interroger. Il n'en obtint plus rien que des larmes, des sanglots et une exclamation pieuse, résultat de quelques minutes de saint recueillement employées à sa prière.

— Oh! Dieu nous viendra en aide et nous éclairera...

— La justice ne doute jamais, dit le juge, qui se retira.

Le corps du baron Terrade fut relevé enfin, et déposé dans une bière de chêne.

On pouvait procéder à l'inhumation à quatre heures, le service funèbre eut lieu dans l'église Saint-Médard, et le convoi suivit la route du cimetière Montparnasse.

Il y avait foule nombreuse...

Il semblait qu'en même temps qu'on avait tenu à rendre les derniers honneurs aux dépouilles d'un homme estimé et vénéré, on eût voulu protester contre l'accusation qui pesait sur la tête de deux malheureux.

Plus de cinq cents ouvriers envahissaient l'église et se pressaient derrière le char.

Le soir, la simple croix de bois noir, plantée provisoirement sur le lieu de la sépulture du baron Terrade, disparaissait sous un amas de couronnes d'immortelles.

Léonie Féron et Mariette Lefort avaient aussi assisté au service et avaient à pied suivi le convoi jusqu'au cimetière.

Aussi était-il presque nuit quand elles rentrèrent à l'hôtel.

Elles étaient très-pâles, et cette pâleur ne ressortait que plus sous les vêtements de deuil. Elles avaient en outre beaucoup pleuré.

La foule témoin de leur douleur en avait été touchée.

— La nièce sait ce qu'elle perd, dit une voix.

— Oui, dit une autre, et elle perd gros.

— Bah! ajouta un troisième, sait-on jamais?... le baron Terrade n'avait peut-être plus de famille; la nièce va tout empocher.

— La justice a l'œil.

— La justice ne peut empêcher une nièce d'hériter de son oncle.

— C'est trop juste.

Les deux femmes s'étaient dérobées, enfin, aux regards des curieux et s'étaient enfermées dans leur intérieur.

Des six pièces de l'appartement, il n'en

restait que deux et la cuisine, toutes les autres avaient été condamnées par ordre de la justice.

Léonie avait sa chambre à coucher, et Mariette devait faire son lit dans la salle à manger.

Toutes deux étaient constituées gardiennes des scellés.

— Enfin, s'écria Léonie, ce n'est pas malheureux, c'est donc terminé, cette odieuse cérémonie; j'ai cru, ma parole d'honneur, que ça ne finirait jamais.

— Votre oncle à été bien regretté, mademoiselle, dit Mariette levant sur elle deux yeux craintifs et noyés de larmes.

— Oui, répondit-elle brusquement, mon oncle était bon... pour les étrangers... et les étrangers le regrettent, c'est naturel.

— Je suis une étrangère, moi, et je pleure, dit la servante à voix basse.

— As-tu préparé ce qu'il faut pour le dîner ?

— Oui, mademoiselle.

— Eh bien, mets le couvert et sers-moi... cette course m'a creusé l'estomac.

Mariette obéit sans répliquer et n'osa plus lever la tête.

Un bon feu flamba dans le poêle de la salle à manger. La lampe, coiffée de son abat-jour, fut posée sur la table recouverte d'une nappe blanche. La soupière fut apportée et Léonie prit place à table.

Elle mangea son potage, et quand elle eut fini, appuya le doigt sur un timbre qui était à sa portée et se fit servir le rôti.

— Et toi tu ne manges pas ? dit-elle à Mariette.

— Non, mademoiselle, répondit celle-ci, je n'ai pas faim.

Quand Léonie eut terminé son dîner, elle appela Mariette, lui fit desservir la table et lui dit ensuite :

— Assieds-toi en face de moi et écoute.

Mariette, tout en tremblant, obéit et se tint muette en face de Léonie.

Cette fille craignait sa jeune maîtresse au point de frissonner devant elle. Elle l'avait déjà beaucoup redoutée du vivant du baron ; depuis la veille elle la redoutait bien davantage.

C'était une orpheline.

Un passant l'avait trouvée, un soir, à minuit, sous une porte cochère et l'avait déposée aux Enfants trouvés.

Elle avait alors quelques mois et ne paraissait point avoir le souffle de vie.

Elle avait vécu cependant, quoique élevée à la dure et nourrie à la diable... C'était une fort belle fille qui savait lire, écrire, compter, coudre, et devait atteindre au plus sa vingt-deuxième année.

Nous disons devait, car elle-même n'en était pas sûre, et les religieuses ne l'avaient pas très-bien renseignée sur son identité.

Elle avait été élevée dans le but de se consacrer à la religion, mais au dernier moment, la vocation lui avait manqué.

Alors elle avait quitté le couvent et s'était mise en maison.

Habituée à ployer sous le joug austère, façonnée à toutes les servilités, rendue timide à force d'isolement, craintive à force de sévérités, n'ayant jamais connu les douceurs morales ou matérielles, ni tendresse, ni douces paroles ; n'ayant toujours marché qu'au nom d'une discipline rigoureuse et sous la menace du châtiment, elle avait acquis un esprit timoré, étroit et peureux.

Léonie n'avait pas été longue à deviner la nature de la servante qui lui tombait sous la main.

Nature astucieuse, elle avait compris bien vite tout le parti qu'elle pouvait tirer d'une nature si oppressée, naïve, confiante, craintive et nulle.

Elle ne savait rien, elle ne connaissait rien, elle se croyait toujours au couvent sinon qu'elle était mieux nourrie, mieux traitée et qu'on lui donnait un peu d'argent au bout du mois.

Elle se félicitait de ce changement de position et obéissait à un signe de sa maîtresse, qu'elle eût volontiers crue d'une essence supérieure à la sienne.

— Mariette, lui dit celle-ci d'un ton sec et froid, je vais te faire une question et tu vas avoir soin d'y répondre.

— Je vas essayer, mademoiselle.

— Qu'est-ce que tu as dit au juge ce matin ?

— Mademoiselle, vous êtes témoin que je ne voulais rien dire.

— C'est moi qui t'ai forcée à parler, c'est vrai... Un crime a été commis, il faut que le coupable se découvre... la victime t'avait parlé, tu devais à la justice compte des paroles que tu avais entendues.

Mariette Lefort trembla de tous ses membres.

— Eh bien, qu'as-tu dit ?... reprit Léonie.

— Mais, mademoiselle, ce que le baron Terrade m'a dit.

— Exactement ?

— Oh ! non, fit-elle, se levant et frissonnant.

— Et que t'a-t-il dit, le baron Terrade ?

— Oh ! mademoiselle, vous le savez bien, puisque déjà...

— Qu'as-tu dit au juge ?

— Ce que...

— Quoi ? fit Léonie avec impatience.

— Que le baron frappé à mort avait eu le temps de me dire à l'oreille : « Les misérables, ils m'ont assassiné ! »

Léonie respira.

— Tu n'as pas dit autre chose ?

— Oh ! bien vrai, mademoiselle, aussi vrai que...

— C'est bien, épargne-moi tes serments... mais si tu as dit cela, tu as mal dit, ajouta-t-elle.

— Je ne pouvais pas en dire plus.

— Et pourquoi cela ?

— Parce que je vous aurais perdue... et que j'ai mal entendu... Non... oh ! non.

— Et je t'avais enjoint de dire cette phrase : celle que tu m'as citée cette nuit.

— Moi ?... cette nuit.

— Ne t'en souviens-tu plus? je te le dis, cela doit te suffire, il me semble.

Et la nièce du baron Terrade darda sur la fille naïve un regard fixe et menaçant qui impressionna vivement celle-ci.

— Vous m'avez, en effet, rappelé une phrase, dit-elle, mais que je n'avais prononcée et que je n'ai pu rapporter.

— Pourquoi cela ?

— Puisqu'elle est fausse... hasarda la servante avec un effort.

— Tu oses me contredire! dit Léonie dont le visage s'anima.

Mariette baissa la tête.

— Et pourquoi ne m'as-tu pas obéi ? reprit Léonie.

— Oh! je les avais vus eux, et je n'aurais jamais voulu... Oh! non... non, les pauvres garçons!...

— Tu es folle, dit Léonie, qui devint plus calme et parut éloigner de ses lèvres l'orage qui grondait dans son cœur.

Il y eut un silence.

Voici la phrase telle que tu me l'as citée cette nuit, reprit Léonie, et telle que tu l'as entendue, hier, de la bouche même du baron :

— « Les misérables! ils m'ont assassiné, eux que j'ai élevés, nourris, qui me doivent tout. »

— Non, non, jamais! jamais! s'écria Mariette.

— Voilà les propres paroles du baron, dit-elle d'un ton sec et dur.

— Non, j'ai cru en entendre d'autres... mais pas celles-là.

— Ose donc les répéter.

— « Les misérables! ils m'ont assassiné!... des misérables payés par elle! » prononça la servante d'une voix faible et jetant autour d'elle un regard effaré.

— Tu as menti! s'écria Léonie avec colère.

— Oh! je sais que j'ai mal entendu.

— Le baron a dit la phrase que tu m'as citée, et que tu as répétée ensuite à haute

voix dans un rêve... cette phrase, tu devais la reproduire devant la justice et je
t'avais ordonnée de le faire, pourquoi ne
l'as-tu pas fait ?

— Je n'ai pas rêvé cela.

— Pourquoi ne l'as-tu pas fait, te dis-je ?

— Mais je ne veux pas les perdre, ces
pauvres jeunes gens ! s'écria la malheureuse fille. Je ne veux pas les perdre, car
je sais, moi, qu'ils ne sont pas coupables.

— Tu sais, tu sais, tu ne sais rien, ni
moi non plus, ni personne... puis, qui te
parle de les perdre?... Il s'agit d'éclairer la
justice, voilà tout.

— Ça ne serait pas l'éclairer ; ça serait
l'égarer que de mentir.

Léonie eut un éclair de haine.

— Ne les perdez pas, mademoiselle, dit
la servante, joignant les mains devant sa
maîtresse dont elle vit la colère et devina
les horribles pensées.

Léonie haussa les épaules, et sans rien
répondre, elle alla à sa chambre à coucher,
ouvrit un secrétaire, y prit un cahier de
papier à lettre, et, s'enquérant d'une
plume et d'un encrier, elle apporta le tout
sur la table de la salle à manger.

— Approche, dit-elle à la servante
d'une voix rude.

— Que voulez-vous de moi ? dit celle-ci
avec épouvante.

— Je veux que tu m'obéisses.

— Mais je ne peux pas me parjurer.

— Il n'est pas question de cela.

— Qu'allez-vous me demander alors ?

— Ecoute bien, dit Léonie, qui, par un
mouvement brusque la fit asseoir sur une
chaise qu'elle avait approchée du pied :
mon oncle est mort, c'est moi, sa nièce et
son unique parente, qui hérite de toute sa
fortune. Si tu te conduis bien à mon égard,
je te garderai avec moi, jamais tu ne me
quitteras et je te ferai riche aussi... mais
si tu résistes... Oh ! tiens, si tu me résistes,
je ne sais pas ce que je te ferai.

La servante se leva effrayée.

— Oh! malheur à toi, alors! s'écria-t-
elle les lèvres blanchies de colère.

La servante se tint muette, attendant ce
qui allait arriver. Léonie, soudain, parut
reprendre son calme, elle fit signe à
Mariette de se rasseoir, et, celle-ci ayant
obéi, elle s'avança sur elle, et lui plantant
une plume dans sa main :

— Ecris ! dit-elle d'un ton impérieux.

— Mais quoi, mon Dieu ?

— Ce que je vais te dicter.

— Mais...

— Ecris.

L'ordre souffrait si peu de réplique que
Mariette, n'osant plus prononcer un mot,
courba la tête et se tint prête à écrire.

Aux premières lignes que Léonie dicta, la plume cependant lui échappa des mains.

— Je ne pourrai jamais écrire cela, dit le malheureuse fille, des sanglots dans la voix et dont le cœur battait avec force.

— Ecris... écris! dit Léonie, le visage emprourpré, et les yeux injectés de sang ; ou il va arriver un grand malheur ici!

Mariette reprit la plume, et traça des lignes indécises sur le papier.

Léonie se tint derrière elle, un bras appuyé sur son épaule, sa tête touchant la sienne, ses lèvres effleurant son oreille, et du doigt de la main qui était restée libre, lui désignant avec autorité la place précise où il fallait écrire.

Les paroles arrivaient impérieuses, menaçantes dans l'oreille de la malheureuse, qui, sans force pour lutter, les reproduisait sur le papier.

Elle n'osait souffler, ni respirer.

Il lui semblait que le bras de sa maîtresse, le bras mignon d'une jeune fille de seize ans, fût, tant son imagination était subjuguée, un bras de fer qui pesait sur elle de tout son poids.

Cettre lettre qui venait de s'écrire et qui ne contenait pas plus de quatre lignes, était un chef-d'œuvre de rouerie et d'infamie.

— Signe, maintenant, dit Léonie.

Elle essaya encore la révolte.

— Non, non, jamais! répondit-elle.

Les deux femmes échangèrent un regard, et celui que Mariette surprit dans les yeux de sa maîtresse fut si terrible et si significatif qu'elle saisit sa plume, et que, n'ayant plus en quelque sorte la tête à elle, elle signa.

Puis, pâle, atterrée, elle regarda Léonie qui pliait la lettre, la glissait sous une enveloppe, la cachetait et la remettait sous sa main.

— Ecris l'adresse, dit-elle.

— Laquelle?

— Celle-ci.,.

Et elle dicta :

— M. Didier-Pasquet, juge au parquet du tribunal de la Seine.

Il y eut lutte muette qui se termina sans secousse.

La malheureuse servante était vaincue ; elle eût signé l'arrêt de sa mort, si Léonie l'eût exigé. Dès qu'elle eut écrit cette adresse, un éclair de joie illumina le visage de Léonie, qui s'empara de la lettre, la cacha dans son corsage et s'enfuit dans sa chambre à coucher.

Elle en sortit, un instant après, toute drapée dans les plis d'un long manteau noir et coiffée d'un chapeau de même nuance, recouvert d'un voile épais.

— Mariette, dit-elle, je sors ! je vais à l'Eglise.

La duchesse d'Oliveira joue le principal rôle dans cette histoire.

Lorgeril, les fils d'un patriote de 89 et d'un soldat de l'empire !... Mais le monde aujourd'hui est insensé !...

Laure, la tête penchée au dehors et l'œil égaré dans la rue, fit un bond en arrière et saisit le bras de Marguerite.

— Vois donc, dit-elle... cette femme.

— Une femme?...

Marguerite imita Laure et se pencha au bord de la fenêtre.

— En effet, dit-elle, cette femme a des allures étranges, on dirait qu'elle est ivre.

— Ou folle...

— C'est une toute jeune femme.

— Une fille même...

La rue des Postes est une des rues les plus solitaires de ce coin désert qui avoisine le Panthéon. A neuf heures, toutes les fenêtres y sont fermées, toutes les portes closes, et les bienheureux habitants y dorment du sommeil du juste.

Il était cinq heures... la vie ne s'était pas complétement retirée du dehors, et quelques personnes audacieuses se hasardaient encore dans la rue des Postes, mais à mesure que le jour baissait et que la nuit l'enveloppait davantage, ces personnes se faisaient plus rares et avançaient d'un pas plus discret.

Quelle était donc cette femme qui s'en allait, marchant en trébuchant et heurtant de la tête contre les boutiques, quittant le trottoir de droite, se garant à peine d'une voiture, traversant au galop la rue solitaire, levant souvent la tête et cherchant un numéro qu'elle ne paraissait pas trouver et qu'elle semblait avoir oublié.

Parfois elle courait d'un bout de la rue à l'autre, ne s'arrêtant que pour respirer et reprendre haleine; puis, soudain, revenant sur ses pas, elle tournait autour d'une maison, mais au lieu d'y pénétrer comme on pouvait supposer qu'elle allait le faire, elle fuyait, se cachant le visage de ses mains.

Ce manége étrange, elle l'avait déjà plusieurs fois renouvelé devant la maison de la famille Lorgeril ; et, pour la troisième fois, elle s'approchait, quand Laure la remarqua.

Les trois femmes la suivaient alors des yeux et leur étonnement grandissait.

— Si on ne dirait pas Mariette, dit Laure.

— Mariette Lefort, dit Marguerite, la servante du baron Terrade ?

— Oui, on dirait que c'est elle.

— Il est impossible de bien voir d'ici, dit Marguerite ; puis, pourquoi serait-ce elle ? Que viendrait-elle faire dans cette rue ?...

— On ne sait pas, dit Laure, peut-être nous donner des nouvelles ?

— Cette fille n'est pas très-intelligente, dit la vieille mère, mais je lui crois bon cœur, et il serait possible que, touchée de notre malheur, elle eût l'idée de venir nous consoler.

— C'est vrai, dirent les deux autres femmes.

— Je sais bien, reprit la vieille mère, qu'elle ne devrait pas nous aimer beaucoup.

— Pourquoi cela ? dit Laure.

— Parce que Léonie a dû nous noircir à ses yeux, dit la vieille mère d'une voix contenue, comme elle a essayé de nous noircir dans le cœur du baron. Toute amitié lui portait ombrage à cette mauvaise fille, et qui sait aujourd'hui si ce n'est pas elle...

— Oh ! ma mère ! s'écria Marguerite, ne dites pas de ces choses.

— Eh ! pourquoi cela, si je le pense ?

— Oui, je le pense aussi, moi. Cette Léonie est la cause du grand malheur qui nous accable, dit Laure.

— Peut-être, dit Marguerite, ne les a-t-elle pas assez défendus ?

— Défendus ! Dis qu'elle les a trop accusés.

— Qu'en sais-tu ?

La jeune femme se frappa la poitrine.

— Quelque chose me le dit, fit-elle, oh !
quelque chose qui ne trompe jamais...

— Laure, dit Marguerite, attendons tout
de Dieu et n'accusons personne. Je perds
plus que toi, et j'attends résignée ! Moi...,
c'est mon mari qu'on a pris, le père de mes
enfants... leur père...

Marguerite leva au ciel deux yeux pleins
de larmes.

— Ah ! c'est que tu es bonne, toi, s'é-
cria Laure, éclatant en sanglots et tombant
dans ses bras. Mais moi, vois-tu, ma sœur,
je n'ai ni la bonté de ton cœur, ni la foi de
ton âme. Je m'indigne, je me révolte. Je
voudrais souffrir en silence et courber la
tête sous le coup qui me frappe, et je n'en
ai ni la force, ni le courage. Oh ! s'ils ne
reviennent pas, vois-tu ! Oh ! je commettrai
quelque vilaine action ; je me vengerai
d'une manière ou d'une autre.

— Te venger, dit Marguerite, qui leva
sur sa sœur ses deux grands yeux humides,
pleins de tendresse et d'amour ; te venger,
dis-tu... et de qui ?...

— Et que sais-je ?... de ceux qui nous
tuent.

— Le père de mes enfants et le mari de
ma sœur sont innocents, n'est-ce pas ?...

— Oh ! dit Laure, qui releva fièrement
la tête.

— Eh bien ! Quel malheur veux-tu qu'il
leur arrive ? La justice cherche les coupables d'un grand crime ! la fatalité les a
amenés ce jour-là sur le lieu fatal. La justice arrête ceux qu'elle a sous la main, il
n'y a rien à dire à cela. Mais ensuite elle
étudie le passé, interroge sa conscience,
et rend à la famille éplorée ceux qu'elle
sait bien ne pouvoir être les coupables.

— Que le ciel t'entende !...

La vieille mère était à genoux sur le
carreau, les deux jeunes femmes l'imitaient,
et toutes trois réunies et agenouillées, dans
la nuit, elles prièrent avec ferveur et vers
la fenêtre entr'ouverte par laquelle apparaissait un coin du ciel, leurs mains jointes
et leur front rasséréné.

Soudain elles se turent, et leurs mains
s'enlacèrent avec un sentiment profond de
douleur et de commisération, deux voix
d'enfants les accompagnaient, mêlant leurs
sanglots et leurs prières.

La mère se leva doucement, ouvrit la
cloison, et aperçut les deux petits anges
que Dieu lui envoyait pour son immense
joie et sa douleur immense, descendus de
leur lit, priant les mains jointes, Marcel
répétant les paroles de Rémy, et tous
deux les larmes aux yeux.

Marguerite ne fit qu'un bond, courut à
ses deux enfants, les éleva dans ses bras
jusqu'à la hauteur de ses lèvres, et leur
brûla les joues de ses baisers fiévreux...

— Vous voulez donc me tuer, méchants enfants ? dit-elle.

Votre mère ne veut plus de larmes ici, et veut que vous dormiez.

On sonna violemment à la porte. Marguerite releva la tête.

— Je ne vois plus cette femme dans la rue, dit Laure. Peut-être bien était-ce Mariette...

— Va ouvrir, dit Marguerite, plaise au ciel que ce soit une bonne nouvelle qu'on nous apporte.

Laure se dirigea vers la porte et l'ouvrit.

Mais, au même instant, elle eut comme un cri étouffé qu'elle comprima dans sa poitrine et recula épouvantée.

Les deux autres femmes accoururent et la même émotion les saisit.

Devant elles il y avait une femme qu'elles reconnurent presque instantanément, mais dont la vue les glaça d'effroi.

Cette femme, c'était Mariette, en effet, Mariette Lefort, la servante du défunt, mais Mariette vieillie de vingt ans, le visage défiguré, les cheveux en désordre, les yeux hagards, les lèvres frangées d'écume, Mariette, la robe entr'ouverte et la poitrine ensanglantée.

Qu'était-il arrivé ? par quelle catastrophe pareil fait pouvait-il se produire ? d'où sortait cette femme ? qui l'avait mise en cet état ? qui l'avait amenée dans cette maison? dans quel but y venait-elle ?...

L'esprit se perdait en conjectures, et l'émotion, la crainte, l'horreur fermaient toutes les bouches.

La malheureuse, sans prononcer une seule parole, chercha des yeux une chaise. Laure, devinant sa pensée, la lui approcha aussitôt, et voulut l'aider à s'y asseoir, mais Mariette ne lui en laissa pas le temps, et, s'affaissant comme une masse, elle perdit connaissance.

On s'empressa autour d'elle, on lui porta les soins les plus dévoués, et on parvint, quelques minutes après, à la faire revenir à elle.

— Mes enfants, dit la veuve Lorgeril, le visage éclairé par un rayon d'espoir, de la prudence, nous sommes peut-être sauvés.

— Sauvé ? dit Laure.

— Qui sait si cette femme ne s'est pas traînée jusqu'ici pour nous révéler la vérité ?

— C'est vrai, dit Marguerite. Oh ! ce doit être cela...

Elle tomba à genoux.

— Mon enfant, dit-elle, mon enfant, que se passe-t-il, que voulez-vous?

La jeune fille releva la tête, promena autour d'elle un œil hagard, et, apercevant Marguerite et les deux autres femmes groupées autour d'elle, elle eut comme un tremblement convulsif et essaya de se soulever. Elle retomba sans forces sur sa chaise..... inerte, épuisée, la respiration haletante.

— Remettez-vous, mon enfant, lui dit doucement la vieille mère, en lui appuyant doucement la main sur l'épaule.

Mariette bondit comme sous la pression d'une commotion électrique, puis, soudain, redevenant plus calme, et enveloppant les trois femmes dans un regard douloureux et profond :

— Grâce, dit-elle, se cachant le visage dans ses mains, et les étendant ensuite comme pour chasser leurs images.

— Grâce, pourquoi? dit Marguerite, lui saisissant les deux mains et la regardant en face.

— Ah! grâce! grâce! s'écriait-elle, essayant de dégager ses mains de l'étreinte de Marguerite, se soulevant comme pour fuir ; et tombant à deux genoux la face contre terre.

Les trois femmes se regardèrent avec épouvante.

— Il faut qu'elle parle, s'écria Laure, qu'elle parle à l'instant.

Elle courut à Mariette, pour la relever et l'interroger. La vieille mère l'arrêta et s'avança elle-même vers la servante.

— Mon enfant, lui dit-elle, remettez-vous, vous êtes ici avec des amies ; vous n'avez rien à craindre. Qu'avez-vous ?

Savez-vous quelque chose qui puisse nous être utile ?

Mariette ne répondit rien.

— Vous savez que nous sommes bien malheureuses, continua Marguerite qui s'approcha d'elle, et lui prit les mains qu'elle pressa dans les siennes. Bien malheureuses, continua-t-elle avec douceur. Ma sœur était mariée depuis la veille, on lui enlevé son mari d'un jour. On les a séparés peut-être éternellement ; moi aussi qui vous parle, je n'ai plus de mari, mais j'ai là deux enfants qui pleurent et l'appellent de leurs cris et de leurs sanglots.

Mariette, affaissée sur ses deux genoux la tête renversée, les paupières baissées, ne répondait toujours rien.

On eût dit la statue de la douleur écrasée sous le poids du désespoir.

— Répondez-moi, mon enfant, reprit Marguerite avec une douceur angélique.

Voyez cette pauvre femme, dit-elle, désignant la vieille mère, immobile et pâle, attendant l'issue de la tentative. On lui a enmené ses deux fils, elle attend qu'on les lui rende.

Et comme elle se taisait encore, Marguerite reprit :

— Mariette, n'aurez-vous point aussi pitié de cette pauvre jeune femme, veuve le lendemain de son mariage?

Voyez, elle est là, dans l'attitude de la

douleur et de l'affliction, attendant une parole de vos lèvres comme une promesse de Dieu.

La servante ne répondait toujours rien, mais aux larmes qui s'échappaient de ses yeux, aux sanglots qui grondaient dans sa poitrine, il était visible qu'elle entendait les paroles qui se disaient ; et qu'une lutte mystérieuse se livrait en elle.

— Et de moi, vous n'aurez donc point pitié, non plus, s'écria Marguerite, moi, qui suis mère ?... Oh ! vous n'avez donc jamais eu de mère, vous ?

Mariette relevant la tête pour la première fois et la secouant d'une façon étrange :

— Non, dit-elle.

— Oh ! c'est pour cela que vous ne comprenez pas. Eh bien, je vais vous le dire, moi, ce que c'est une mère...

Écoutez-moi.

— Arrêtez, fit Mariette, ne me parlez point ainsi. Je ne veux pas savoir, je ne veux rien savoir... J'ai été condamnée, moi, au jour de ma naissance, mais Dieu m'est témoin que je n'ai point l'âme vile et que je ne veux point le mal.

— Parlez alors... si vous savez quelque chose, dites-le... Des innocents sont en prison.

— Des innocents !... oui, c'est vrai, ils sont innocents.

Les trois femmes eurent un sourire de triomphe, et entourant la malheureuse, la pressèrent de questions.

Celle-ci se souleva, essaya de se tenir debout, chancela, chercha un appui pour ne pas tomber, et entr'ouvrit le corsage de sa robe pour respirer plus à l'aise.

— De l'air ! cria-t-elle, de l'air ! j'étouffe !

Marguerite la soutint.

Laure courut ouvrir la fenêtre, toute grande, et l'air entra avec force dans la chambre.

— Ils sont innocents, n'est-ce pas ? dit Marguerite anxieuse, vous le savez ?

— Oui.

— Oh ! vous l'entendez... elle le sait !

Et, se retournant vers elle.

— Vous avez des preuves, n'est-ce pas ?

— Oui.

— Oh ! vous l'entendez, elle le sait !

Et, se tournant vers elle :

— Vous avez des preuves, n'est-ce pas ?

— Oui.

Les trois femmes se parlèrent d'un regard, et un nouveau sourire de joie les inonda de sa clarté.

— Mais cette parole, vous l'avez dite

au juge? dit Marguerite, dont l'anxiété croissait.

Mais la malheureuse pâlissait, s'évanouissait, et déjà n'avait plus la force de se soutenir, d'articuler un son.

— Non, dit-elle dans un soupir étouffé.

— Mais on va les condamner, si vous n'avez pas parlé.

— Je parlerai...

— Mon Dieu! mon Dieu! inspirez-nous, murmura Marguerite, et laissez-la vivre.

— Vous parlerez, dit Laure, mais tout de suite.

— Oui, oui, qu'on aille chercher le juge... le juge... je dirai tout, je sais tout... mon Dieu!... que je vive jusque-là...

Les trois femmes s'étaient interrogées et s'étaient comprises.

— C'est moi qui irai, dit Laure.

— Ma fille, dit la vieille mère, lui jetant sur les épaules un manteau dont elle s'enveloppa en frémissant, prie Dieu en route...

— Oh! c'est l'heure de notre délivrance! s'écria Laure, s'éloignant précipitamment, descendant les escaliers en quelques secondes et disparaissant dans la rue sombre.

— O mon Dieu!... pourvu qu'elle revienne assez tôt, murmura la vieille mère la suivant des yeux, c'est peut-être là notre seule chance de salut.

Elle s'isola, pria avec ardeur, et revenant à la malheureuse qui se tordait dans d'étranges douleurs :

— Que diras-tu au juge? lui demanda-t-elle.

— Ma mère, taisez-vous ne l'interrogez pas, dit Marguerite. A quoi nous servirait-il qu'elle nous révélât l'innocence de Savinien et d'André? Ne savons-nous pas aussi bien qu'elle qu'ils sont innocents, et en acquerrions-nous la preuve avec elle, les juges nous croiront-ils, nous?...

— Qui sait?

— Notre amour n'est-il pas suspect?

— Mais, peut-être nous donnera-t-elle les moyens de découvrir le coupable et de le dénoncer.

— Oui, mais elle est si faible, ma mère, si faible... que je tremble de la fatiguer, de l'épuiser, et que, lorsque le juge arrivera, elle ne puisse plus rien dire.

— C'est vrai... Oui, c'est vrai... attendons.

Mariette, étendue dans un fauteuil, la tête renversée sur le dossier, était pâle comme une morte et ne donnait aucun signe de vie.

Marguerite la contemplait avec stupéfaction, étudiant les progrès de la mort sur son visage et se prodiguant auprès d'elle.

Ce fut de l'eau qu'elle lui jeta au front,

de l'éther qu'elle approcha de ses narines mobiles, du vinaigre dont elle lui mouilla les tempes et les lèvres.

— Si l'on allait aussi chercher un médecin, dit la mère, jugeant l'état de Mariette désespéré, et mesurant de sang-froid l'horrible abîme que cette mort allait creuser.

— Oui, dit Marguerite, tu as raison, et à défaut du médecin, va à la pharmacie ici près.

La malade entendit la proposition et essaya de se soulever de son fauteuil.

— Non, non, dit-elle avec énergie; je ne veux pas !

— Mais, ma fille, c'est dans votre bien et dans le nôtre, dans celui des malheureux que votre silence peut faire condamner, peut-être.

J'aurai le temps de parler, mais le médecin, je ne veux pas, je ne veux pas.

— Ne la contrarions pas, dit Marguerite, attendons.

Il s'écoula une heure affreuse, une heure d'agonie pour la malheureuse étendue dans le fauteuil, une heure de douleur sans nom, de crainte inexprimable, de tourments sans précédents pour les deux pauvres femmes qui la veillaient.

La nuit était noire et profonde, et la pièce n'était éclairée que par la lueur tremblante de la lampe qui manquait d'huile et qu'on ne songeait pas à raviver; le vent, qui s'engouffrait par la fenêtre laissée entr'ouverte, la faisait encore va-

ciller et menaçait à chaque instant de les plonger dans l'obscurité.

Les deux femmes n'y songeaient pas... elles interrogeaient les aiguilles de la pendule qui, lentement, sonnait les secondes et suivait sa marche vers l'infini. Elles prêtaient l'oreille aux bruits du dehors, et cherchaient à distinguer le pas d'un cheval, le roulement d'une voiture, et tressaillaient quand, dans le lointain, elles distinguaient le froissement imperceptible d'un bruit quelconque; s'il augmentait et approchait, elles bondissaient jusqu'à la fenêtre; mais si c'était une voiture qui avançait, cette voiture traversait rapidement la rue des Postes et se perdait dans les rues adjacentes.

Les enfants reposaient enfin; on entendait leur respiration à travers la cloison, et la mère, plus tranquille, jetait cependant encore quelquefois un œil inquiet de ce côté.

Le chien, accroupi dans un coin, veillait comme ses maîtres et dressait quelquefois l'oreille.

— Quelque masque qui court au bal, disait la vieille mère.

— Qui sait, répondait Marguerite, la vie est lourde pour beaucoup... Il n'y a pas que nous qui souffrions.

Les malheureuses femmes attendaient toujours.

Deux fois elles avaient aussi essayé de relier l'entretien avec la malade, mais elles n'en avaient obtenu que des phrases inco-

Le duc d'Oliveira avait trente-trois ans, et en paraissait à peine vingt-cinq.

hérentes, sans suite, sans portée, et avaient remarqué que ces quelques mots qu'il fallait lui arracher, la fatiguaient et la brisaient.

— Vous savez le nom du coupable? lui avait dit entre autre Marguerite.

— Non, avait-elle répondu, non... jamais... Je ne le connais pas...

— Mais que direz-vous donc aux juges?

— Ce que je sais.

Elles ne la questionnèrent plus.

— Oh! comme il tarde! fit-elle un moment; je me sens bien mal...

Et la rue était solitaire, et les deux malheureuses femmes, se tordant les bras de désespoir, étaient là, impuissantes devant elle, ne pouvant ni retarder la seconde suprême de sa mort, ni avancer l'arrivée de la justice.

Le mot qui devait les sauver aurait-il le temps de s'échapper de cette poitrine haletante où le souffle de la vie s'éteignait?...

Une voiture passa rapide dans la rue des Postes.

La voiture s'arrêta.

Elles respirèrent.

Quelqu'un en descendit et franchit la porte cochère. Marguerite courut à la fenêtre, mais la nuit était devenue si noire, qu'elle ne put rien distinguer.

On montait d'un pas ferme, résolu, arrêté.

— On vient, dit Marguerite, c'est lui, c'est sûr. Nous sommes sauvées !

— Vous pourrez parler ? demanda la vieille mère à Marlette.

— Oui, répondit celle-ci d'une voix éteinte, mais qu'on ne tarde plus.

Marguerite courut à la porte de la seconde pièce pour ouvrir plutôt la première.

Un coup sec frappait à celle-ci.

Elle s'y précipita et l'attira violemment à elle.

— Entrez, entrez ! cria-t-elle.

Marguerite pâlit, s'effaça avec effroi, et une amère déception se peignit sur son visage.

— Ah çà ! vous m'attendiez donc, dit Léonie, la nièce du baron Terrade, vous m'attendiez donc, que vous accourez aussi vite à ma rencontre ?

VI

MAUDITS ET MAUDITES

Que nos lecteurs veuillent bien se rappeler que notre action se déroule en décembre 1825, c'est-à-dire sous la Restauration. A cette époque, les prévenus, dont le procès s'instruisait, après avoir passé par le dépôt, étaient conduits à la Force... Aujourd'hui, c'est à Mazas,.. maison haute et sombre, qui fait froid au cœur et glace le cerveau. De Mazas on va souvent à Bicêtre... on ne peut pas envoyer les fous au bagne.

La Force qui, sous les règnes précédents, servait à la fois de maison de prévention, de prison pour dette, pour femmes et de dépôt de mendicité, avait été autrefois un grand hôtel qui, dans ses murs, avait réuni une société choisie.

Son nom lui venait de Jacques Nompart de Chaumont, duc de la Force, un des héros les plus magnanimes de la période qui s'est écoulée entre Henry III et Louis XIV, un des soldats les plus vaillants de Henry IV et de Louis XIII.

La prison de la Force depuis, s'élevait tristement, honteusement, dans la petite rue des Ballets, ayant une entrée dans la rue du Roi-de-Sicile, et dissimulant sa haute origine sous les lézardes de ses murs et les barreaux de fer de ses geôles.

C'était une immense enceinte, coupée de cours irrégulières, et divisée en huit préaux qui prenaient les noms de Vit-au-Lait, la Dette, la Fosse-aux-Lions, Sainte-Madeleine, les Moines, les Poules, Sainte-Marie-l'Egyptienne et Sainte-Anne.

Cette prison, véritable labyrinthe, était assez vaste pour contenir environ douze cents prisonniers. Elle en renfermait ordinairement de huit à neuf cents.

Les trois jours de dépôt pour Savinien et André Lorgeril étant écoulés, et l'affaire se poursuivant, les deux prévenus avaient dû être transférés du Palais de Justice à la Force.

C'était passer d'un centre impur à un cloaque infâme... Dans une salle basse, tenant lieu de chauffoir, écrivait alors Me de Laborde, sont encombrés deux cents malheureux, la plupart sans bas, sans souliers, en haillons, ne recevant pour nourriture que du pain et de l'eau, une cuillerée de soupe à la Rumfort, appelée communément pitance d'oisifs, et n'ayant qu'un étroit commun, qu'il est impossible de nettoyer, et qui exhale une odeur fétide. Il en est de même du troisième corps de logis (bâtiments du centre) et du bâtiment neuf où sont deux cents autres détenus qu'on entasse la nuit, soixante ensemble, sur un lit de bois, sur des paillasses puantes et dans des sales qui n'ont pas été blanchies depuis qu'elles existent. Un baquet leur sert de latrines communes ; et dans les longues nuits de l'hiver, pendant quinze à seize heures de nuit, ces malheureux, qui ne sont que des prévenus, respirent un air empesté.

C'était dans cette pièce horrible, entre les murs suintant le vice et la misère, au milieu de cette population marquée au front du sceau de l'infamie, que les deux malheureux frères étaient jetés loin de leur famille, loin des leurs, pour trois mois, quatre mois, plus peut-être, tout le temps de la prévention.

Une seule consolation leur restait, consolation que le progrès leur enlèverait aujourd'hui, on ne les avait pas séparés.

Cependant André supportait mal le malheur. Il se plaignait, se décourageait, se révoltait et accusait l'injustice des hommes.

Savinien, plus calme, plus résigné, d'une nature sinon plus énergique, mais mieux trempée, plus expérimenté, moins enthousiaste, et par là même plus à l'abri des coups du sort, essayait de le rappeler à lui-même et de lui rendre le courage.

— Nous, au milieu de pareils misérables ! s'écriait André, avec une vive répulsion.

— De plus riches et de meilleurs que nous n'ont-ils pas été jetés dans cette même salle où nous sommes, répondait Savinien ?

— Nous en prison !...

— De tous temps, les prisons se sont ouvertes pour les innocents comme pour les grands coupables.

— Et notre mère... Marguerite, Laure... tes enfants !

Savinien alla s'asseoir sur un escabeau de bois et baissa la tête.

— Mes enfants, dit-il, sont trop jeunes pour souffrir ; leur mère les bercera et les endormira de douces paroles jusqu'au jour où nous reviendrons ; quant aux femmes, elles pleurent sans doute, mais elles savent que nous sommes innocents, et cette pensée seule efface tout effroi et toute amertume dans leur âme.

— Innocents... dit André avec un rire ironique. Quelle odieuse plaisanterie!... Nous accuser d'avoir été assassins, d'avoir tué un homme ; et quel homme : le baron Terrade, notre bienfaiteur, le vieil ami de notre père, le protecteur de notre maison.

— Oui, dit Savinien, prenant sa tête dans ses mains, cette accusation est injuste et affreuse, mais les hommes ne savent pas...

— Il n'y a qu'à regarder nos visages, dit André, et on lira sur nos fronts que nous ne sommes pas des assassins.

— Oh! oh! dit Savinien, ce n'est pas si facile que cela.

— Si j'étais juge, je ne me tromperais pas.

— Il est simple de prendre le masque de la vertu.

— Non, ce n'est pas simple, tiens, regarde...

André se saisit du bras de son frère qui se leva, et tous deux se promenèrent un peu à l'écart, aux abords de la grande salle.

— Regarde, lui dit-il, se pressant contre lui et frissonnant de la tête aux pieds, regarde toutes ces têtes, et dis-moi si ce ne sont pas là toutes têtes de misérables...

— Oui, dit Savinien essayant de dissimuler l'émotion qui l'envahissait, mais ces têtes que tu vois là au naturel et qui sont horribles, à l'appel de leur nom se transformeront, et, arrivées en présence du juge d'instruction, ne se ressembleront plus.

— Elles prendront un air étonné, ému. Ces visages, de cruels qu'ils sont se feront naïfs. Ces hommes, qui vivent dans la fange et dans l'ignorance la plus perverse, auront devant le juge des éclairs de génie. Ils se défendront avec une bonhomie et une puissance de vérité qui fera pâlir le juge lui-même, et le troublera jusqu'au fond de sa conscience...

— Ces hommes... Oh! ils me font horreur, dit André, qui s'effaça contre un pilier pour laisser passer devant lui un groupe à mine effrayante.

— Vois-tu, dit Savinien, appelant sur ses lèvres un sourire menteur, afin de distraire son frère et de l'arracher à ses fatales préoccupations, c'est ici une nouvelle cour des miracles. Les aveugles y voient clair, les estropiés ont bon pied, bon œil, les boiteux marchent droit et les criminels ont le front haut.

— Oui, dit André, c'est ici qu'ils digèrent leurs crimes... avant de les expier.

Les deux frères se regardèrent, se comprirent et frissonnèrent.

— On n'expie que les crimes que l'on a commis, dit vivement Savinien.

— Oui, mais quand la société veut une vengeance et du sang? dit vivement André.

— La société ne veut que le sang du coupable, dit Savinien, qui, cherchant à tout prix à arracher André aux horribles pensées qui le torturaient, lui fit reporter ses regards vers la masse d'hommes qui grouillaient autour d'eux.

— Oui, oui, c'est horrible, dit André, se cachant le visage de ses mains.

La salle dans laquelle on les avait jetés se nommait, à la Force, la Fosse-aux-Lions. C'était une immense cave, construite en pierres de taille dégradées par le temps, noircies par le vice et liées entre elles par des attaches de fer et de lourds anneaux qui jadis avaient dû servir à augmenter les souffrances des prisonniers. La Fosse-aux-Lions était un tableau effrayant, à la Rembrandt, avec les teintes empourprées du sang. Pas un rayon de soleil, pas une clarté du ciel, pas une parole de foi ni d'amour n'y descendait. C'était nu, froid et horrible. Voûte sépulcrale, éclairée par les lueurs indécises et tremblotantes d'une lampe de fer, pavés sordides, souillés par la boue et le sang, muraille répulsive, gardant l'empreinte d'une main criminelle et d'une pensée injurieuse et outrageante; et, au milieu de tout cela, des hommes à mine sanguinaire, aux instincts cruels, se groupaient, fumant, élevant la voix et causant dans cette langue audacieuse et colorée qui est restée la langue des voleurs.

On l'avait bien nommée cette salle en l'appelant la Fosse-aux-Lions.

Savinien et André ressemblaient à deux oiseaux que le hasard ou la trahison aurait jetés entre les barreaux de fer de la cage d'animaux féroces.

André qui, entraîné par son frère, avait promené ses regards sur cette foule grouillante, les détournait avec effroi et répulsion.

— Et c'est dans cette fange que nous sommes tombés, nous, s'écria-t-il encore, nous qui avons une mère, une femme, de petits êtres qui nous tendent les bras, des saintes et des anges qui pleurent et prient pour nous!

— Eh bien, dit Savinien, c'est le rayon de soleil qui nous réchauffe, c'est la goutte d'eau qui nous rafraîchit... c'est Dieu qui a soulevé devant nous un coin du voile de l'horrible et qui nous crie :

« Voyez ce que vous auriez pu être, voyez ce que vous êtes et voyez ce que j'ai fait pour vous. »

— Oui, dit André avec conviction et laissant tomber sa main sur l'épaule de son frère, la vue de ces hommes est un spectacle salutaire à l'âme. Il la grandit et la développe.

L'estime de soi que l'on acquiert vous rend meilleur encore. Quand on voit aussi bas, on rêve de s'élever à des hauteurs immenses. On voudrait dégager son âme de toute matière, et devenir si parfait qu'on eût le droit de regarder ces hommes sans pitié et sans mépris et de pouvoir vivre au milieu d'eux sans crainte de se souiller et de perdre un instant la sérénité de son âme.

— A la bonne heure, mon frère, dit Savinien, des larmes dans les yeux, voilà de bonnes, consolantes et fortifiantes pensées. Avec des paroles comme celles-là, nous traverserons sans aigreur et sans faiblesse le temps d'épreuves qui nous sera imposé, et, quand l'heure de la réparation sera venue, nous n'aurons pas sur la conscience le souvenir pénible d'une œuvre de colère et de révolte.

Les deux frères tombèrent dans les bras l'un de l'autre et mêlèrent leurs larmes... Ce fut comme une rosée rafraîchissante qui eût humecté une plaie douloureuse, leur cœur battit avec calme, ils se reprirent à espérer, et le soir... quand ils s'endormirent sur le misérable grabat où peut-être la veille un assassin avait reposé sa tête, ils s'assoupirent avec calme, le sourire de l'espérance sur les lèvres, la foi en Dieu et l'amour au cœur.

Cependant, dans cette journée si remplie pour eux et si pénible, on avait plus fait que de prier et de pleurer sur leur malheur, on avait travaillé et on travaillait encore à leur délivrance.

On se rappelle la scène terrible de Léonie et de Mariette Lefort; ces deux jeunes filles s'étaient devinées et se comprenaient.

— Elle parlera, s'était dit la première, ses aveux peuvent tout perdre, c'est elle qui l'aura voulu, il faut qu'elle meure.

Elle avait l'âme noire, cette enfant, précoce dans le vice et dans le crime, et descendue pieds nus de ses montagnes... c'est qu'elle avait marqué un but à sa vie, et que ce but, elle voulait l'atteindre à tout prix, fût-ce même au prix de sa mort. Un drame mystérieux, aussi terrible que celui qui se jouait à la face du monde, se déroulait dans les profondeurs de la conscience de cette femme et dans les ténèbres de deux existences... Léonie marchait droit à son but, rien ne pouvait l'arrêter, ce n'étaient point les aveux d'une servante qui pouvait la faire trébucher et l'arrêter... celle-ci mourait.

Cette autre malheureuse s'était dit, rencontrant le regard farouche et menaçant de Léonie : — Elle me craint, elle me hait, elle est capable de tout... méfions-nous.

Et, instinctivement, elle avait jeté un regard interrogateur autour d'elle et avait pâli.

Soudain, elle sentit des douleurs d'entrailles et comprit qu'elle était frappée à mort. Sous prétexte d'un morceau de sucre qu'elle avait laissé tomber dans son bol de café, Léonie y avait versé le poison.

Mariette repoussa le bol, mais déjà elle l'avait porté à ses lèvres, déjà elle en avait bu quelques gorgées, et le poison, en trop petite quantité pour la tuer sur le coup, la torturait déjà assez pour lui faire comprendre qu'elle n'avait plus rien à espérer et qu'elle portait la mort avec elle.

Alors il y avait eu une scène horrible et

déchirante entre ces deux femmes, toutes deux au début de la vie, et dont les souffrances de l'une ne pouvaient se comparer qu'à la cruauté de l'autre.

La victime s'était tordue de douleur aux pieds de son bourreau. Elle avait crié grâce, le bourreau avait ri, affirmant qu'il ne savait ce que cela voulait dire, et lui assurant qu'elle était possédée du démon.

Mariette avait essayé de fuir, mais Léonie l'en avait empêché, et une lutte avait eu lieu entre ces deux jeunes filles, une lutte où Mariette, épuisée de douleur, avait été longtemps la moins forte.

Désespérée, sentant la mort qui l'envahissait, animée par la haine, la vengeance et un sentiment de justice et d'humanité, Mariette, après plusieurs efforts impuissants, s'était une fois de plus relevée et, faisant appel à son courage et à toutes les forces de sa jeunesse, avait couru à la porte et l'avait ébranlée de sa main fiévreuse.

Léonie, jeune aussi, nerveuse, animée par le sentiment de sa propre défense et pesant dans sa pensée les conséquences de la fuite de sa victime, s'était dressée devant la porte et l'avait repoussée.

Mariette était revenue à la charge. Il fallait que cette porte maudite s'ouvrît pour lui donner passage, qu'elle sortît à tout prix, il lui fallait de l'air, la liberté, elle ne voulait pas mourir dans cette maison infâme où l'on assassinait les uns, où l'on empoisonnait les autres. Elle voulait avouer ce qu'elle savait, nier sa propre signature, sauver les innocents, faire rejeter l'accusation sur la tête de la coupable, elle voulait... elle voulait sortir enfin.

Elle se rua sur cette porte, la fit craquer sous le poids de son genou, et, ne pouvant parvenir à la briser, se retourna contre Léonie et chercha à lui arracher la clef que celle-ci avait cachée dans son corsage.

Nous ne décrirons pas cette scène dans les détails ; elle serait trop pénible à raconter et appartient déjà du reste au domaine du passé. Mariette avait été plusieurs fois vaincue ; mais, possédant enfin la clef libératrice, elle avait maintenu Léonie à distance, ouvert la porte et pris la fuite.

Une fois dans la rue, elle erra quelque temps à l'aventure, ne sachant trop quelle décision prendre, ni de quel côté se diriger.

Elle se trouva, après mille détours, dans la rue du Harlay, et tourna comme une bête fauve, sans oser pénétrer dans l'intérieur, autour de la Préfecture et du Palais de Justice.

Les murailles hautes et sombres lui firent peur... à qui s'adresserait-elle pour parler aux juges ? Assurément, ses pas s'égareraient dans ce vaste labyrinthe, d'où sortaient quelquefois des hommes graves, au front austère, et au visage sévère.

Elle prit par la rue de la Barillerie, gagna la rue de la Calandre, traversa la rue Licorne et se perdit bientôt dans les rues noires et tortueuses de la Cité.

Un instant après, elle en sortit, traversa le Petit-Pont, prit la rue de ce nom, obliqua à droite, et se retrouva en face de l'église Saint-Séverin.

Elle pensa à André Lorgeril, qui, trois jours auparavant, se mariait à cette église, et son cœur se serrait, les sanglots l'étouffèrent.

Elle comprit qu'elle allait se faire remarquer ; elle composa son visage, se raidit contre les douleurs d'entrailles qui la dévoraient, pénétra dans l'église, y pria avec ferveur, puis, en sortant, parut avoir pris une résolution et se dirigea vers la rue des Postes.

A l'entrée de cette rue, ses douleurs d'entrailles qui s'étaient un peu assoupies, se réveillèrent plus violentes que jamais. Elle précipita ses pas, mais, arrivée devant la maison habitée par la famille Lorgeril, la honte la prit, le remords l'agita. Elle se souvint de sa faiblesse, puis ensuite de sa lâcheté.

Et de là, cette hésitation qui avait été remarquée jusqu'au moment où, se traînant malgré elle et par la force de sa volonté à la porte de cette maison dont la vue l'épouvantait, elle y était montée tout d'une haleine et avait pénétré dans l'intérieur comme on l'a vu.

Cependant, aussitôt après le départ de Mariette, Léonie avait réfléchi, et après un temps assez long néanmoins, donné à la colère et à la rage, elle avait pâli à la pensée de ce qui se préparait pour elle.

— La malheureuse, se dit-elle, elle est allée me dénoncer, je suis perdue.

Elle se coiffa à la hâte, jeta un châle sur ses épaules, descendit pécipitamment l'escalier de l'hôtel, et, à son tour, se dirigea vers la préfecture.

Elle chercha partout Mariette du regard, et ne la rencontrant nulle part, elle eut comme l'intuition de ce qui s'était passé dans l'esprit de cette fille.

— Suis-je assez folle, se dit-elle, elle est chez les Lorgeril.

Du quai de l'Horloge à la rue des Postes, il y a bien pour un bon quart d'heure de route. Léonie fit le trajet en dix minutes. Elle y arriva, harassée, essoufflée, mais à peine y fut-elle qu'aussitôt elle reprit son calme et toute sa force ; à première vue, elle avait senti qu'elle n'était pas trahie, que Mariette n'avait pas parlé, qu'elle avait encore le droit de relever la tête.

— Que voulez-vous ici ? lui dit la vieille mère.

— Vous le demandez, s'écria Léonie, quand cette malheureuse est là qui se meurt...

Elle désigna Mariette, s'approcha d'elle et lui prit la main.

— Mon Dieu ! mon Dieu ! fit-elle, pourvu qu'il en soit temps encore.

Elle étudia sur le visage de sa victime les progrès du poison.

— La malheureuse, dit-elle, à peine a-t-elle le souffle, pourvu qu'il arrive à temps.

Ceux qui ne jouaient pas pariaient... c'est une autre manière de jouer.

Les deux femmes, étonnées, l'interrogèrent du regard.

— Madame, dit Léonie, s'approchant de Marguerite, cette femme m'a fait des confidences, elle a des aveux à faire. Il faut qu'elle parle et qu'elle parle à tout prix. Il y va de l'honneur et de la vie des innocents qui peuvent être accusés.

— Quoi ! dit Marguerite surprise et épouvantée à la fois, vous tenez, vous aussi, à ce qu'on interroge cette femme ?

— Si j'y tiens !... certes. Ne sommes-nous pas tous intéressés à ce que la vérité soit découverte ?

— Sans doute.

— Et c'est dans cette pensée que j'ai fait prévenir le juge d'instruction.

— Vous ?

— Oui, et je l'attends ici.

— Mais vous saviez donc que cette fille ?...

— Je savais que les révélations qu'elle

avait à faire, elle tenait à les faire dans
cette maison, et c'est ici même que le juge
a été prié de se rendre.

La vieille mère et Marguerite échangèrent
un regard d'étonnement et d'effroi.

— Et quand le juge a-t-il dû être prévenu, dit Marguerite?

— Il y a une heure au plus. Oh! rassu-
rez-vous, dit-elle avec un sourire diabolique, tenant une des mains de sa victime
dans les siennes, et sentant que le froid
de la mort la gagnait, il ne peut tarder,
maintenant.

Un coupé, traversant au galop la rue
des Postes, s'arrêta sous les fenêtres.

A un coup de sonnette violemment donné,
la porte cochère s'ouvrit vivement, et les
pas d'une femme s'entendant dans l'escalier, une voix qui n'avait plus rien d'humain, tant elle était émue, cria:

— C'est lui, c'est lui, je l'amène.

Marguerite courut à la porte, l'ouvrit.
Laure apparut sur le seuil éclairé et comme
transfiguré.

— Il est là... dit-elle, ne pouvant plus
ni parler, ni respirer; il monte...

— Vous aviez raison, mademoiselle, dit
Marguerite à Léonie, voyant celle-ci pâlir
et agitée d'un tremblement convulsif, le
juge d'instruction ne pouvait tarder à
arriver, car le voilà.

— Mais je ne l'avais pas fait appeler,
s'écria Léonie se trahissant... Et se reprenant aussitôt, le temps m'avait manqué.

— Tranquillisez-vous, dit Marguerite,
dardant sur elle un regard scrutateur, nous
avions prévu le cas.

Léonie, prête à s'évanouir, tant son émotion était grande, se cramponna au cham-
branle de la porte pour ne pas tomber à la
renverse.

M. Didier-Pasquet parut... On s'effaça
pour laisser passer la justice.

Cette affaire a occupé une trop grande
place dans nos annales judiciaires pour que
nous ne la suivions point pas à pas et ne
la creusions pas dans tous ses détails.

Le moment était grave du reste... Toute
l'accusation reposait sur deux têtes... encore quelques jours et ces deux têtes étaient
promises à la cour d'assises... et de la cour
d'assises au bagne ou à l'échafaud il n'y
avait qu'un pas.

M. Didier-Pasquet entra... c'était un
homme d'une tête expressive mais froide
et sévère, le nez à bec d'aigle, les lèvres
minces, le front haut et fuyant, les cheveux et les favoris grisonnants, l'œil petit,
gris et perçant. D'une taille au-dessus de
la moyenne, il se tenait droit et fier et se
montrait aussi réservé dans son attitude,
qu'il était rigoureux dans ses principes et
sobre dans ses paroles.

Redouté des prévenus, peu aimé de ses
collègues, il était estimé des uns et des
autres, et dans les cas difficiles offrait à
la justice l'homme plus que nécessaire,
l'homme indispensable.

Il n'avait ni l'initiative du génie, ni
l'autorité du talent, mais une grande con-

naissance de la loi, l'aptitude des affaires, une pénétration fine et un jugement sain.

Il y avait plus que tout cela, l'amour et l'orgueil de sa profession, la loyauté de l'esprit, la flexibilité du caractère et une haine instinctive contre tout ce qui tendait à porter atteinte au pouvoir constitué et à l'organisation sociale.

Vêtu de noir, et boutonné jusqu'au menton, la cravate blanche, le ruban rouge de la Légion d'honneur à la boutonnière, sa tenue était celle de l'homme qui, voulant imposer le respect pour les hautes fonctions qu'il représente, cherche lui-même à s'entourer d'un certain prestige, et, accusant une simplicité austère, dissimule une grande habileté.

Pour les deux malheureuses femmes qui l'attendaient, ce n'était pas un homme, ce n'était point un juge, c'était un Dieu... celui qui, d'une parole, pouvait les sauver de l'opprobre, de la misère, de la honte, de l'ignominie, rendre deux fils à leur mère, deux maris à leurs femmes, un père à deux pauvres petits êtres, qui, sinon misérables et déshonorés, n'auraient plus qu'à mourir ou à s'expatrier.

A peine eût-il pénétré dans la première pièce, qu'il y jeta un regard circulaire, et d'un coup d'œil enveloppa les personnes qu'il avait autour de lui.

Dans cet examen rapide, il avait compris qu'il était sincèrement attendu par la famille Lorgeril, et que dans le cas admis où les deux frères étaient réellement coupables, ils n'avaient toujours pas cherché des complices parmi elle.

Il releva la tête et aperçut la nièce du baron Terfade.

— Vous ici ! fit-il étonné.

— Oui, monsieur le juge, répondit Léonie, qui avait eu le temps de se remettre. Mariette, ma servante, a de graves révélations à vous faire, et j'ai tenu à l'accompagner... à veiller sur elle, ajouta-t-elle d'une voix nette, et jetant sur Marguerite un regard calme et placide.

— Oh ! mon Dieu ! cette femme, murmura celle-ci à l'oreille de Laure, surprise et effrayée de la retrouver entre le juge et Mariette.

— C'est bien, dit froidemment M. Didier-Pasquet, je vais l'interroger.

— Oui, oui, monsieur, tout de suite, tout de suite, s'écria Léonie, car la malheureuse n'a plus qu'un souffle de vie.

— Mais que lui est il arrivé ?

— Vous le saurez bientôt.

— Entrons, entrons, dit le juge, se dirigeant précipitamment dans la petite pièce attenante où l'interrogatoire devait avoir lieu.

C'était dans cette pièce que Rémy et Marcel reposaient. Le lecteur sait qu'ils ne reposaient guère, les pauvres petits êtres, que leurs nuits étaient bien agitées, que leur petit cœur battait bien fort, et que le sourire de leurs lèvres enfantines était aussi vague et indécis que leurs yeux étaient gros à force d'avoir pleuré.

Le bruit les avait encore une fois réveillés, et le juge les aperçut à genoux sur leur lit, et les mains jointes...

Il détourna la tête pour ne pas, sans doute, se laisser influencer par ce tableau douloureux, et dit à la mère :

— Emmenez les enfants.

Marguerite les prit dans ses bras et les emporta. Laure et sa vieille mère avaient traîné le fauteuil dans lequel Mariette expirait. La lampe ravivée par les soins de la veuve Lorgeril avait été posée par cette dernière sur la tablette de la cheminée de la petite chambre, et éclairait la figure du juge et de la mourante. Celui-ci s'assit en face d'elle, Léonie prit place à sa droite.

— Fermez la porte, dit le juge.

La porte fut fermée doucement, et les trois femmes se retrouvant dans l'obscurité, se pressèrent l'une contre l'autre et mêlèrent leurs larmes.

— Mon Dieu, que va-t-il se passer ? dit Marguerite.

— Ils sont sauvés, dit Laure.

— Sauvés ! et qu'en sais-tu ? parlera-t-elle seulement ?

— Oh ! je sais que j'ai été bien longue...

— Oui, oui, dit la vieille mère, nous comptions les minutes, les secondes, et tu ne revenais toujours pas.

— Ah ! elle a eu un moment, dit Marguerite, où elle aurait bien parlé.

— Et maintenant ?

— Ah ! maintenant... je ne sais plus.

— Si vous saviez, dit Laure, comme il m'a fallu courir, faire des détours et perdre du temps !

— Tu ne l'as pas trouvé au Palais ?

— Non, on m'a envoyée au Parquet, il n'y était plus. J'ai demandé à voir le procureur du roi. Il n'y était pas davantage. J'ai demandé alors leur adresse à tous deux. Il m'a fallu beaucoup de peine pour l'avoir. Le greffier n'était pas là, que sais-je... celle du procureur du roi était tout près, celle du juge était loin. La voiture était à la porte, j'ai couru chez le procureur du roi. Quai des Ormes, mon fiacre se rencontra avec une magnifique voiture armoriée à deux chevaux. C'était la sienne ; deux pas plus loin je franchissais le seuil de son hôtel et un valet me répondait : « M. le procureur du roi est en soirée chez le ministre de l'intérieur. » Que faire ! que faire, alors ? m'écriai-je ; aller chez le juge, c'était loin, et étais-je sûre de le trouver encore ? Il n'y avait cependant pas à hésiter.

— Pauvre amie ! dit Marguerite serrant avec effusion les deux mains de sa sœur.

— M. Didier-Pasquet demeurait rue Saint-Louis, au Marais. Je criai au cocher de redoubler de vitesse, que je le paierais bien, et j'arrivais, enfin, rue Saint-Louis. Le juge était absent depuis trois heures de l'après-midi, rentré plus tôt du Palais, il avait avancé l'heure de son dîner, et s'était dirigé du côté de la rue Saint-Antoine. On ne sut pas m'en dire plus long. Mais comme nous savions que Savinien et André avaient dû être transférés aujourd'hui à la prison de la Force, j'eus l'idée qu'il pouvait bien les avoir suivis, et je donnai l'ordre au cocher de courir rue des Ballets. Déjà celui-ci rechignait, ses chevaux étaient harassés, ils avaient déjà beaucoup marché dans la journée, je ne l'écoutai pas. Je lui promis cinq francs de pourboire et j'arrivai, enfin, à la Force. M. Didier-Pasquet y était.

— Ma pauvre Laure !

— Tu penses si j'ai été longue à lui expliquer ce que j'attendais de lui, et si surtout j'ai été longue à le ramener.

— Il ne t'a pas effrayée, toi, dit Marguerite !

— Moi, oh ! non. Il s'agissait de sauver les nôtres... Il n'y avait plus de juge pour moi, mais un homme qui tenait dans ses mains toute notre destinée, celle de tes pauvres petits enfants... je l'aurais amené de force s'il avait résisté.

— Ah ! cependant, moi, cet homme m'effraie, dit Marguerite.

— Il y a quelqu'un, dit la vieille mère, qui m'épouvante bien plus que le juge.

— Qui ? dit Laure, jetant un regard vers la porte de la petite chambre où l'interrogatoire devait commencer.

— C'est cette Léonie.

— Oui, dirent les deux femmes.

— Pourquoi est-elle là ?

— C'est vrai, dit Laure.

Comme si le juge eût entendu la réflexion de la veuve Lorgeril, la porte s'ouvrit aussitôt et Léonie parut.

— Mesdames, dit-elle en s'avançant, le juge interroge et la malheureuse ne répond pas.

— Mon Dieu ! murmura Marguerite.

— Serais-je donc venue trop tard ! s'écria Laure.

— Le juge, reprit Léonie, a désiré être tout seul avec elle, j'ai dû me retirer.

— Qu'elle parle, qu'elle parle, qu'elle dise un mot seulement, s'écria Marguerite.

— Un mot, cela ne suffirait pas, dit Léonie. La justice ne juge pas sur un mot.

— Oh ! un mot dit quelquefois beaucoup, s'écria Laure, quand ce mot proclame l'innocence de ceux qu'on accuse.

— Proclamer est bien, dit Léonie d'un ton sec, mais prouver vaut mieux.

— Cette femme, cette femme, dit Laure, se pressant contre sa sœur, qu'est-elle venue faire ici ?

Les deux petits enfants, s'éloignant de Léonie, se pressèrent aussi contre leur mère. On eût dit qu'ils sentaient que dans cette fille jeune et belle, cependant, et de nature à inspirer la confiance et la sympathie à l'enfance, il y avait une ennemie de leur père, et peut-être l'auteur de tout le mal qui leur arrivait. Mouton, lui-même, si pacifique et si étranger depuis quelques jours à tout bruit extérieur, à l'approche de Léonie se dérangea et fit entendre un grognement sourd, et alla s'accroupir dans l'angle de la pièce le plus éloigné.

M. Didier-Pasquet continuait d'interroger ou du moins continuait d'essayer d'interroger la malheureuse fille avec laquelle il se trouvait en tête-à-tête.

Un moment, il éleva la voix, et les malheureuses femmes prêtèrent l'oreille, mais elles n'entendaient rien que la voix du juge qui, descendant bientôt à son diapason ordinaire, ne se distinguait même plus.

M. Didier-Pasquet devait, cependant, horriblement souffrir du silence obstiné de celle qu'il interrogeait. Il avait répondu avec empressement à l'appel qui lui avait été fait d'accourir immédiatement rue des Postes.

VII

LA COUR D'ASSISES

Près de trois mois s'étaient écoulés... trois mois de larmes, de douleurs, de misère, de désespoir... trois mois que nous ne suivrons pas jour par jour, et dont chaque heure, cependant, était un poème... poème de désolation.

Il n'y avait point eu d'ordonnance de non-lieu.

L'affaire s'était poursuivie avec activité ; la procédure avait été longue ; de nombreux témoins avaient été entendus, et le 23 janvier 1826, le juge d'instruction, Didier-Pasquet, rendait son ordonnance.

Ceux de nos lecteurs qui se rappellent cette grande affaire, et qui ont suivi les péripéties ont pu lire alors, à cette date, dans la *Gazette des Tribunaux*, ce qui suit :

« *L'affaire de l'assassinat de la rue Lacépède, sur la personne du baron Terrade, conformément au réquisitoire de M. le procureur du roi.*

« M. le juge d'instruction Didier-Pasquet a rendu son ordonnance. André et Savinien Lorgeril sont renvoyés à la chambre des mises en accusation.

« M. de Menvroy, substitut de M. le Procureur du roi, est chargé du rapport devant la chambre des mises en accusation. »

Quelques jours après on lisait ce nouveau paragraphe :

« La chambre des mises en accusation s'est réunie aujourd'hui, en séance extraordinaire, pour délibérer et rendre son arrêt dans l'affaire Terrade.

« L'arrêt a été rendu.

« Il renvoie devant la cour d'assises de la Seine les nommés André Lorgeril et Savinien Lorgeril. »

Le lendemain, on lisait :

« M. le président Fleury a procédé aujourd'hui à l'interrogatoire des deux frères Lorgeril. La Cour d'assises sera présidée par M. le président Fleury. M. le procureur du roi de Lasalle occupera le siège du ministère public. MM. Oraville et Venant, membres du conseil de l'ordre des avocats à la Cour royale de Paris, et choisis par les accusés, seront chargés de la défense.

« L'affaire est indiquée pour l'audience de jeudi. »

Le 7 février 1826, enfin, le procès s'ouvrit à la Cour d'assises de la Seine. Plusieurs fois remis, impatiemment attendu, une foule compacte se pressait dans l'enceinte de la salle d'audience, et une foule plus immense encore stationnait dans les couloirs et aux abords de la salle.

Ceux de nos lecteurs qui étaient d'âge, à cette époque, à prêter l'oreille aux affaires extérieures, se rappellent sans doute ce procès célèbre qui eut autant de retentissement que si les héros eussent appartenu aux premières familles de la noblesse de France.

La victime, du reste, appartenait à l'aristocratie, si les accusés tenaient au peuple. Aussi, dans la foule compacte qui se pressait dans l'enceinte, voyait-on des gens de toutes les classes, des personnes titrées et beaucoup d'artisans.

Les places réservées étaient occupées par des femmes élégantes, et de nombreux stagiaires se pressaient aux deux côtés de la salle.

La sonnette s'entendit, tout le monde se leva, et la cour parut.

On se rassit ; le silence se rétablit ; et le président donna l'ordre d'introduire les accusés.

Toutes les poitrines cessèrent de battre, les regards anxieux se portèrent sur la petite porte par laquelle ils allaient apparaître. Il y avait plus de deux cents personnes dans cette enceinte, on eût entendu une mouche voler. Quelques secondes s'écoulèrent ainsi dans l'attente la plus grande et le silence le plus profond.

La petite porte glissa enfin sur ses gonds et, les accusés apparaissant, la franchirent et vinrent prendre place sur ces bancs maudits.

A leur vue, il y eut comme un murmure confus dans la foule, des mains défaillantes se tendaient vers eux, des sanglots s'entendirent çà et là, un cri étouffé à sa naissance s'éteignit dans la rumeur. Un coup de sonnette rétablit le silence. On n'entendit plus rien que le souffle des poitrines haletantes, et l'audience commença.

Les deux accusés étaient mis avec simplicité, mais non sans une certaine élégance. Vêtu de noir, André avait une redingote qui lui serrait la taille et qui lui prêtait une certaine distinction. Les deux pauvres jeunes gens étaient tristes et abattus. Néanmoins, cet abattement ne se lisait réellement que sur le visage d'André. Celui-ci, très-pâle, avait les yeux rougis par l'insomnie et par les larmes. Son attitude trahissait sa faiblesse et sa douleur. Il courbait la tête, non en homme résigné, mais en homme affaissé ; non en triomphateur vaincu, mais en lutteur désespéré.

Savinien, au contraire, relevait la tête, non avec audace, mais avec l'orgueil que lui prêtait son innocence. D'une nature plus énergique que son frère et d'une logique plus saine et plus serrée, il pleurait moins sur son sort, par la raison, surtout, qu'il en désespérait moins. Innocent, il ne croyait pas à la condamnation. André se reposait sur l'effet de ses dénégations et sur le visage innocent qu'il opposerait à la cour ; Savinien paraissait certain de l'acquittement, convaincu qu'il était de l'absence des preuves contre son frère et lui.

Les juges peuvent nous croire coupables, avait-il dit à André, parce que jusqu'à présent rien ne vient faire éclater notre innocence ; mais que nous soyons ou non coupables à leurs yeux, ils ne pourront jamais nous condamner, car si les preuves manquent d'un côté, elles manquent de l'autre, et personne ne peut affirmer avoir vu ce qui n'existe pas.

— C'est vrai, s'était écrié André, mais cela ne nous suffit pas, il ne faut pas que le soupçon pèse encore sur notre tête, il faut que notre innocence soit déclarée en plein conseil.

Savinien avait hoché la tête, et plus l'instruction avait avancé, plus il avait lu la tristesse sur le front de son frère, et plus aussi il avait compris qu'il lui fallait du courage et de l'énergie.

Au milieu d'un profond silence, le greffier fit à haute voix la lecture de l'acte d'accusation. Il concluait ainsi :

« Le crime est patent, avoué, la société a le droit d'attendre une réparation manifeste de la part de ceux à qui elle a confié le soin de son honneur, de sa dignité et de sa sécurité.

« En conséquence, Jacques-André Lorgeril et Pierre-Savinien Lorgeril sont accusés d'avoir le 29 octobre de l'année 1825, commis volontairement, et avec préméditation, un homicide sur la personne du baron Jean-Louis Terrade, crime prévu par les articles du Code pénal. »

Mais déjà André Lorgeril n'entendait plus, l'oreille assourdie par cet acte d'accusation, qui déclarait son frère et lui assassins, et les yeux fixés sur la table des pièces à convictions qui représentaient à ses yeux les vêtements ensanglantés de leur protecteur et du vieil ami de leur père, il eut comme un éblouissement, s'évanouit, et tomba à la renverse.

Son frère voulut lui porter secours, mais le gendarme qui était à ses côtés l'avait devancé, et, sur l'ordre du président, le malade fut emporté hors de l'audience.

Cet incident retarda les débats de près d'un quart d'heure.

André Lorgeril, d'une pâleur livide et les jambes fléchissant sous lui, fut ramené à l'audience.

— Pourvu qu'elles ne soient pas là, dit-il à l'oreille de son frère en passant près de lui.

— Non, répondit Savinien, j'ai rencontré beaucoup de visages sympathiques et amis dans la foule, mais je ne les ai pas vues, elles n'auraient jamais pu supporter un tel spectacle.

Savinien mentait, il avait vu sa mère et Laure ; mais celle-ci ayant jugé plus prudent de se dérober au regard d'André, il avait pensé que mieux valait lui cacher la présence des deux femmes.

Ses souliers ne tenaient pas à ses pieds.

Le président Fleury prononçait le discours d'usage après l'acte d'accusation. Ce discours, que nous ne reproduirons pas ici, dans la crainte de prolonger des débats déjà trop pénibles, s'adressait aux accusés et les sommait, au nom de la vérité et de la société outragée, de faire des aveux complets et de réparer, autant qu'il était en leur pouvoir, par la franchise de leurs aveux et la sincérité de leur repentir, l'horreur du crime dont ils étaient accusés.

Il fut procédé immédiatement à l'interrogatoire des accusés, ils répondirent tous deux avec précision : Savinien d'une voix assurée, André d'une voix faible.

Après leur interrogatoire, les accusés eurent à répondre à une quantité de questions touchant leurs travaux, leur famille, leurs relations.

Nous glisserons sur tous ces détails et nous arriverons au nerf même de l'affaire qui nous intéresse.

D. — André Lorgeril, dit le président, quelle heure était-il lorsque votre frère et vous pénétrâtes dans l'intérieur de l'hôtel du baron Terrade ?

R. — Cinq heures environ, Monsieur, répondit André.

D. — A quelle heure en sortîtes-vous ?

R. — Vers les six heures.

D. — Dans cette journée du crime, il s'écoula donc une heure durant laquelle vous fûtes enfermés avec la victime ?

R. — Nous ne fûmes pas enfermés, Monsieur, dit Savinien, et la porte de la chambre à coucher du baron resta longtemps entr'ouverte.

D. Cependant, un moment elle a été fermée ?

R. — C'est vrai.

D. — Lequel de vous a pris cette précaution ?

R. — Moi, monsieur le Président, dit Savinien.

D. — Savinien, veuillez vous asseoir, et André, levez-vous.

Ce dernier obéit.

D. — Vous êtes en conversation avec le baron Terrade. Cette conversation dure une heure. Vous avez le temps, longuement, de dire tout ce que vous pouvez avoir à dire. Il n'est pas supposable que vous pouvez avoir à confier ou à entendre, vous pouvez donc vous entretenir avec lui sa porte ouverte. En admettant néanmoins cette hypothèse, la porte n'a point besoin encore d'être fermée, car vous pouvez parler à haute voix, sans crainte d'être entendu, l'hôtel n'étant habité, avec le baron, que par deux femmes; et ces deux femmes occupant une pièce séparée de celle dans laquelle vous vous trouviez par un grand salon... Et cependant, que voyons-nous, vous fermez la porte, vous vous renfermez avec ce vieillard, vous y restez plus d'une heure, et quand, immédiatement après votre départ, on entre dans la chambre du baron, que trouve-t-on ? le vieillard frappé à mort et couché sur la descente du lit, le baron Terrade assassiné.

R. — Nous n'y comprenons rien.

D. — Mais nous, juges, que pouvons-nous conclure ?

R. — Nous sommes innocents.

D. — Je sais que dans tout le cours de l'instruction vous avez soutenu votre innocence, je dirai même que tel a été votre système de défense. Mais il ne suffit pas de dire à la justice : « Je suis innocent, » il faut encore lui prouver.

R. — Prouvez-nous que nous sommes coupables, s'écria Savinien.

D. — Accusé, asseyez-vous. Quand on vous interrogera vous répondrez,

Et se tournant vers André :

— Les preuves que demande votre frère viendront toujours assez tôt pour vous. Nous les avons dans les mains, les débats vont les fournir et les dérouler ici.

R. — Nous sommes innocents, dit André, laissant tomber ses bras le long de son corps, les yeux baissés pleins de larmes, je n'ai rien à dire autre chose.

D. — Vous ne comprenez pas bien que lorsqu'un crime se commet dans le faubourg Saint-Germain, je suppose, on ne vient pas demander compte de ce crime à un homme qui, à la même heure, traversait le faubourg Saint-Antoine. On ne dira pas à celui-là de prouver son innocence, puisque son innocence crève les yeux. Mais qu'un autre homme aussi innocent que celui-là se rencontre sur le lieu du crime, la justice aura le droit de dire à ce dernier : Vous étiez là, votre présence vous accuse; donnez-nous la preuve que vous n'êtes pas l'assassin.

R. — Nous ne savons rien, nous ne connaissons rien, nous n'avons rien vu et rien entendu. Notre entretien terminé avec M. le baron Terrade, nous sommes partis, et nous nous sommes dirigés aussitôt vers la rue des Postes, où nous habitons.

D. — Qu'avez-vous fait aussitôt rentrés ?

R. — Le dîner nous attendait, nous nous sommes mis à table… en famille.

Ici André s'arrêta et sanglota.

D. — Oui, je sais, André, dit le président visiblement ému, et dont l'émotion gagna tout l'auditoire. Votre frère a une pauvre femme, deux enfants, et c'est un honnête homme, un travailleur, un bon père de famille. Vous étiez, vous-même, marié depuis la veille, et votre ménage promettait d'aussi bons résultats. Je me plais à reconnaître vos éminentes qualités, mais ce n'est point ma faute si tout vous accuse, si tous les faits parlent contre vous.

R. — La fatalité.

D. — La fatalité n'est pas une raison, et la justice ne peut admettre de telles excuses. Vous avez pu être honnête toute votre vie, et vous oublier une heure. Il a fallu moins de temps que cela pour tuer ce malheureux vieillard. La haine, la vengeance, la jalousie, sont des sentiments assez puissants pour faire dévier d'une bonne route. D'après l'instruction, il paraîtrait que c'est l'intérêt qui vous aurait guidés et qui vous aurait fait commettre ce crime affreux.

R. — Nous n'avions aucun intérêt à la mort du baron Terrade.

D. — C'est ce que nous allons voir.

R. — Le baron vous aidait de sa bourse, de son crédit, de ses conseils. Nous l'aimions et le respections. La pensée d'un tel crime n'eût pu venir ni à mon frère ni à moi, et, je vous le répète, monsieur le président, puisque vous cherchez un mobile intéressé dans le crime que vous rejetez sur nous, nous n'avions aucun intérêt à cette mort, et nous ne pouvions au contraire que perdre en perdant le baron Terrade qui, sur cette terre, s'était érigé notre protecteur.

M. Didier-Pasquet, avons-nous dit, était un juge inflexible et sévère ; mais ce serait se montrer injuste à son égard que de ne pas ajouter qu'il était aussi un juge difficile, sincère et consciencieux.

Chargé depuis trois jours de cette horrible affaire de la rue de Lacépède, M. Didier-Pasquet, depuis l'interrogatoire qui avait eu lieu dans l'hôtel du baron Terrade, en présence du corps de la victime, n'avait pas reposé une seule nuit, et avait complétement brisé avec ses habitudes journalières.

Magistrat vieilli dans les luttes judiciaires, il avouait que jamais peut-être une affaire aussi épineuse ne s'était présentée à lui. Jamais des prévenus ne s'étaient offerts avec plus de preuves, et des preuves surtout plus accablantes de culpabilité; jamais aussi prévenus ne s'étaient défendus avec plus de convictions et avec une apparence de plus grande sincérité.

La défense n'était rien, c'était surtout l'intérêt que ces malheureux savaient inspirer au premier abord, intérêt qui, au lieu de décroître, ne faisait que grandir à mesure que les rapports s'établissaient et augmentaient.

— Tant d'hypocrisie, se disait le juge, tant de perversité, est-ce possible? et cependant les preuves étaient là, des preuves morales, matérielles... charge terrible et accablante.

Dans le cours de l'instruction, nous les verrons se dérouler une à une, et nous verrons de quel poids affreux elles pesaient sur les malheureux.

Mais ces preuves, que nous ne connaissons pas encore, le juge les connaissait, lui, et déjà, en toute autre circonstance, en face d'autres hommes que ceux qu'il avait devant les yeux, il eût déclaré hautement la culpabilité.

En face des deux frères Lorgeril, il n'osait encore se prononcer, mais, néanmoins, laissait peser l'accusation, et plus l'affaire avançait, plus le doute s'effaçait dans son esprit, et la conviction s'y enracinait.

Les accusés avaient été transportés à la Force, c'était déjà un grand pas dans une route horrible.

M. Didier-Pasquet le sentait bien, et, quoique à regret, avait déclaré que l'affaire suivrait son cours.

Il n'avait pas fait cette déclaration au procureur du roi, qu'un sentiment nouveau surgit en lui, et qu'il fut presque assailli par un remords...

— Cependant, se dit-il, prenant sa tête dans ses deux mains, et s'interrogeant, lui, le juge s'interrogeant en silence, tout est contre eux, tout les accuse... Ils sont vraiment, véritablement coupables...

Il reprit ses dossiers, les consulta, et après avoir relu les interrogatoires de deux témoins qu'il avait entendus dans la matinée, il relut aussi celui d'André Lorgeril, et parut frappé d'une lacune qu'il n'avait pas remarquée la veille.

— Ils sont à la Force, se dit-il, je vais aller interroger ce dernier sur l'heure.

Il était rentré chez lui, avait, comme nous l'avons dit, avancé l'heure de son repas, et, aussitôt après, il s'était dirigé vers la Force.

C'est que, lorsqu'un magistrat, durant

toute la nuit, a roulé dans les abîmes de la douleur en sentant la main de Dieu appesantie sur les choses humaines et frappant en plein sur de nobles cœurs, il lui est bien difficile, s'écrie Balzac, de s'asseoir là, devant son bureau, et de dire froidement : Faites tomber une tête à 4 heures !... Anéantissez une créature de Dieu, pleine de vie, de force, de santé ! Et cependant, tel est mon devoir !... Abîmé de douleur, je dois donner l'ordre de dresser l'échafaud.

Le condamné ne sait pas que le magistrat éprouve des angoisses égales aux siennes. En ce moment, liés l'un et l'autre par une feuille de papier, moi, la société qui se venge, lui, le crime à expier, nous sommes le même devoir à deux faces, deux existences cousues pour un instant par le couteau de la loi. Ces douleurs si profondes du magistrat, qui les plaint? qui les console ?... Notre gloire est de les enterrer au fond de nos cœurs ! Le prêtre, avec sa vie offerte à Dieu, le soldat et ses mille morts données au pays, me semblent plus heureux que le magistrat avec ses doutes ses craintes, sa terrible responsabilité.

Les vrais magistrats devraient vivre séparés de toute société, comme jadis les pontifes ; le monde ne les verrait que sortir de leurs cellules à des heures fixes, graves, vieux, vénérables, jugeant à la manière des grands-prêtres dans la société antique, qui réunissaient en eux le pouvoir judiciaire et le pouvoir sacerdotal ! On ne nous trouverait que sur nos sièges... On nous voit aujourd'hui souffrant ou nous amusant comme les autres!... On nous voit dans les salons, en famille, citoyens, ayant des passions, et nous pouvons être grotesques au lieu d'être terribles !

Qui sait si toutes ces réflexions n'agitaient pas l'esprit de M. Didier-Pasquet? Toujours est-il que cette affaire troublait son repos et sa conscience, et qu'il mettait tout en œuvre pour ne point errer dans une autre route que celle de la vérité.

Arrivé à la Force, il avait immédiatement fait paraître devant lui André Lorgeril, et, loin de l'éclairer, ce nouvel interrogatoire l'avait jeté dans de nouvelles perplexités.

C'est alors que, se disposant à se retirer, Laure était apparue à la Force, l'avait fait demander, et que, répondant à son appel avec une joie secrète, il se retrouvait, une heure après, devant Mariette mourante.

Mais la malheureuse était impuissante à se faire entendre.

Prise de douleurs très-vives, à peine pouvait-elle articuler un son.

Les efforts sans résultat qu'elle avait faits l'ayant fatiguée davantage, elle pâlit et s'évanouit.

Le juge, qui était seul avec elle, comprit qu'il n'y pouvait rester plus longtemps, et, ouvrant la porte, appela quelqu'un auprès de lui.

Léonie se précipita dans la chambre, courut à Mariette, et parut se multiplier pour la ranimer.

— Oh ! mon Dieu ! mon Dieu ! s'écria-t-elle, pourvu qu'elle revienne à elle, pourvu qu'elle parle !

— Vous tenez donc beaucoup à la déclaration de cette fille? dit le juge à Léonie.

— Beaucoup, monsieur, répondit-elle en relevant la tête.

— Est-ce par affection pour votre oncle?

— Par affection pour mon oncle d'abord, oui monsieur, puis ensuite par amour de la vérité... Ne sommes-nous pas tous intéressés à la découverte du vrai coupable? et, tant que la justice n'aura pas réuni autour d'une même tête toutes les preuves qui sont nécessaires pour son jugement, n'est-il pas à craindre que ses soupçons aient à s'égarer sur la tête des innocents?

— C'est vrai, dit le juge; toutes personnes approchant du défunt sont intéressées à la découverte du coupable.

Mariette avait paru se ranimer un peu, et un instant ses yeux s'étaient ouverts,

— Essayons encore, monsieur le juge, s'écria Léonie, essayez encore, je suis sûre qu'elle parlera.

M. Didier-Pasquet approcha son fauteuil de celui de la mourante, il s'assit en face d'elle.

— Puis-je me retirer, monsieur? demanda Léonie.

— Non, non, entrez, répondit le juge; la vie de cette malheureuse ne tient qu'à un souffle, elle n'aurait qu'à s'évanouir encore. Je préfère que quelqu'un soit là auprès d'elle.

Léonie, qui n'attendait que cette réponse, s'effaça dans l'ombre, et se tint prête à tous les événements.

— Mon enfant, dit le juge à la mourante, tout à l'heure vous êtes parvenue à articuler quelques mots dont je n'ai pu saisir le sens, ne pourriez-vous pas, malgré votre état de souffrance, répondre d'une manière précise à quelques-unes de mes questions?

Mariette, de la tête, fit un signe affirmatif.

Léonie tressaillit, et tendit l'oreille.

— J'ai reçu une lettre de vous, aujourd'hui, dit le juge. Cette lettre, quand l'avez-vous écrite?

— Hier, fit-elle entendre assez distinctement.

— Hier au soir?

— Oui.

— Elle est bien de votre main?

Mariette hésita, un combat parut se livrer en elle, puis enfin elle répondit par un signe affirmatif.

— Bien, dit M. Didier-Pasquet; mais si la lettre que j'ai reçue de vous est bien de votre main, ainsi que vous l'affirmez à l'heure même, que pouvez-vous avoir à me déclarer encore?

Mariette parut vivement agitée, elle avait les extrémités glacées, ses yeux se fermaient malgré elle, sa tête s'alourdissait, elle sentait que la mort l'envahissait, et que, cependant l'heure était venue de parler et de parler sans détours. Mais le sentiment de la réalité de la situation existait encore chez elle, et quoique à l'état vague cependant, et peu soutenu, un autre sentiment s'emparait d'elle et combattait le premier. C'était celui de ne pas perdre Léonie. Soit qu'elle ne fût pas encore complétement convaincue de sa culpabilité, soit qu'elle la craignît encore à l'heure de sa mort, soit par un reste de reconnaissance ou de servilité, la malheureuse, ne se rappelant déjà plus qu'elle mourait de la main même de celle qu'elle voulait sauver, cherchait dans son esprit affaibli à détruire l'effet de sa déposition contre les Lorgeril, sans perdre la nièce du baron Terradé, la femme à qui, dans sa pensée, elle devait ce pain qui longtemps l'avait nourrie.

Le fait seul de la présence de celle-ci, du reste, exerçait sur la malheureuse fille une pression terrible que le juge n'avait pu prévoir.

Joignez à cette lutte intérieure, à ces remords se combattant, à cette passion, à tous ces sentiments si divers ; enfin les progrès du poison, les douleurs d'entrailles, les pesanteurs de la tête, l'affaiblissement des organes, l'absorption des sens, les éblouissements, les hallucinations, et en quelque sorte la paralysie de la langue, et jugez quelles paroles de vérité un juge pouvait arracher.

Chaque mot qui lui venait aux lèvres, eût-elle pu le prononcer, qu'elle l'eût le plus souvent rejeté, comme disant mal sa pensée, et surtout comme la disant trop.

Parfois l'image des deux femmes éplo-rées et des deux petits enfants passait devant ses yeux ; alors, elle pensait aux deux frères innocents, jetés au fond des prisons, et tout son cœur se soulevait.

Elle essayait de secouer sa torpeur et d'appeler à l'aide. Elle faisait des efforts, balbutiait des paroles sans suite, avait des éclairs dans la voix. Un moment elle dit :

— J'étais là ! et je n'ai rien entendu.

— Ah ! dit le juge, vous n'avez rien entendu ?

— Non.

— Il est possible que vous n'ayez rien entendu et que le fait eût existé. Vous avez, du reste, dans votre première déposition, affirmé le même fait ; et vous l'avez expliqué par votre présence alors dans votre cuisine qui se trouve assez éloignée de la chambre du défunt... Somme toute, reprit le juge, à qui cette réponse vague n'apprenait rien, et qui désira passer à un autre ordre d'idées, mademoiselle Léonie, votre maîtresse, n'a rien entendu non plus

— C'est vrai, monsieur le juge, répondit celle-ci, absolument rien.

A cette voix, Mariette tressaillit. Elle allait parler, elle se tut.

Quelques minutes après, l'eût-elle voulu, que les forces lui auraient manqué ; il arriva un moment où elle n'entendit même plus les questions qu'on lui adressait.

M. Didier-Pasquier se leva.

— Il est inutile que je continue, dit-il, elle ne m'entend plus.

— Oh ! mon Dieu ! elle se meurt, s'écria Léonie.

La porte s'ouvrit, les trois femmes accoururent. Aidées de Léonie, elles s'empressèrent autour de la malheureuse. Elle eut alors un éclair de vie, qui s'éteignit instantanément.

— Laissez-moi, laissez-moi, s'écria-t-elle.

Elle se souleva de son fauteuil, elle y retomba épuisée, elle lutta quelques secondes...

— Que Dieu me pardonne, laissa-t-elle entendre.

Ses lèvres se glacèrent, tout son corps se raidit. Ce corps glissa du fauteuil et roula sur le parquet, la face contre terre.

Elle était morte.

M. Didier-Pasquet, profondément ému de cette scène, et désolé qu'elle eût si peu servi les intérêts de la justice, se disposait à se retirer, quand Léonie, s'approchant, lui dit :

— Monsieur le juge, j'ai aussi à vous parler, de moi ; êtes-vous prêt à m'entendre ?

— Certainement, répondit celui-ci étonné et enveloppant Léonie d'un regard scrutateur.

— Immédiatement ?...

— Mon devoir est de vous entendre, dit le juge, et le vôtre de parler, si vous avez quelque chose à dire...

Et, se tournant vers les trois femmes, il s'excusa des exigences de la situation, de l'embarras qu'il leur causait, et les pria de lui permettre d'occuper un coin de leur habitation quelques minutes encore.

Les femmes n'écoutaient pas le juge, elles n'étaient occupées que de Léonie.

La malheureuse, qu'allait-elle donc dire, que pouvait-elle savoir, ou plutôt quel mensonge terrible allait-elle oser, et de quel poids immense ce mensonge n'allait-il pas peser sur la tête des innocents ?...

Déjà frappées douloureusement de la mort de Mariette, et désespérées à la nouvelle du si pauvre résultat de son interrogatoire, elles se retirèrent glacées de terreur, comme épouvantées, et, la porte fermée, elles tombèrent à genoux toutes les trois, et spontanément joignant les mains, elles s'écrièrent :

— Nous sommes perdus...

— Mon Dieu ! que ta sainte volonté soit faite, ajouta Marguerite.

— Non, dit l'épouse d'André Lorgeril ; non, jamais !

— Laure ! supplia Marguerite avec douceur.

— Non ! fit la jeune fille, relevant la tête avec une sauvage énergie ; je me révolte à la fin !

— Mais contre qui ? mon Dieu !

— Oh ! je ne sais pas... mais, si on me les tue, je les vengerai !

Les hommes qui pressentent ces sortes d'orages cherchent d'abord un refuge.

Et Laure, n'ayant pas la force de prier, tomba sur une chaise, et, la tête dans ses mains pleura.

— Nous sommes seuls, disait le juge à Léonie, parlez.

— Monsieur, dit celle-ci s'assurant par un regard inquisiteur que la porte était bien close et qu'on ne pouvait l'entendre à travers l'épaisseur des murailles, je ne peux me contenir plus longtemps, et puisque cette malheureuse est morte, Je parlerai. Vous connaîtrez la vérité tout entière.

Le juge attendit.

— Les assassins de mon oncle, le baron de Terrade, dit froidement Léonie, ce sont les frères Lorgeril.

Le juge fit un mouvement.

— Et cette malheureuse fille, reprit Léonie, s'approchant du cadavre de Mariette, et l'effleurant du doigt, c'était leur complice !

— Mais la preuve de ce que vous avancez là? dit le juge terrifié et d'une voix sévère.

— La preuve, dit Léonie, tombant à deux genoux sur le parquet, c'est que la malheureuse n'a pu survivre à son crime et qu'elle s'est fait justice elle-même.

— Que dites-vous là ?

— Que les médecins viennent, dit Léonie se levant, que l'on ouvre son corps, et on verra si je mens... La misérable s'est empoisonnée !

Nous prévenons nos lecteurs qu'une erreur de pagination regrettable s'est produite par la faute d'un typographe qui a publié sur le marbre de l'imprimeur toute la fin du chapitre VI, intitulé : Maudit et Maudites (liv. 10): et qui devait suivre cette phrase !

Il avait répondu avec empressement à l'appel qui lui avait été fait d'accourir rue des Postes.

Et qu'il a reporté au chapitre VII, intitulé : La Cour d'assises (liv. 11), à la suite de cette phrase :

Le baron Terrade qui, sur cette terre, s'était érigé notre protecteur...

Il faut donc lire toute cette partie à la suite du chapitre VI, et qui termine à cette phrase : La misérable s'est empoisonnée, avant de reprendre le chapitre VII : La Cour d'assises.

NOTE DE L'ÉDITEUR.

Suite de l'interrogatoire suspendu par suite de l'erreur indiquée et qui suit la fin de phrase : érigé notre protecteur, :

D. — C'est bien ! asseyez-vous, Savinien, répondez.

Vous avez tout à l'heure avoué que c'était vous qui aviez fermé la porte de la chambre à coucher ?

R. — Oui, monsieur le président.

D. — Pourquoi cette précaution ?

R. — C'était le baron Terrade qui l'avait exigée lui-même.

D. — Pourquoi cela ?

R. — Pour causer plus à l'aise avec nous.

D. — Craignait-il donc qu'on l'entendît ?

R. — Oui, monsieur.

D. — Vous m'étonnez : Et quelle est la raison que vous donnez à cette crainte ?

R. — Je n'ai pas à en donner, je constate.

D. — Le baron se méfiait-il donc de sa nièce ?

R. — Je le crois, monsieur le président.

D. — L'instruction affirme absolument le contraire et donne un complet démenti à vos paroles... Messieurs, continua le président, se tournant vers les jurés, c'est de mademoiselle Léonie Féron qu'il est question ici ; c'est une excellente personne pleine de cœur, et qui, depuis de longues années, se consacrait entièrement au baron Terrade, malade et infirme ; elle a toujours eu pour lui le zèle et le dévouement d'une fille, et l'instruction a révélé toutes les qualités de cette enfant. Vous l'entendrez, du reste, messieurs ; elle joue, malheureusement pour elle, un rôle très-actif dans ce procès, et j'ai voulu vous prémunir contre les insinuations regrettables que les accusés ont essayé de lancer contre cette jeune fille, et qu'ils pourraient vouloir essayer de renouveler ici.

Et se tournant vers Savinien :

D. — Vous disiez donc que c'était le baron Terrade lui-même qui avait exigé que cette porte fût fermée ?

R. — Oui, monsieur.

D. — Messieurs les jurés apprécieront... Pourquoi cette visite au baron le lendemain du mariage de votre frère, alors que vous deviez être très-occupé et avoir l'esprit porté ailleurs ?

R. — Je vous demande pardon, monsieur le président, le baron Terrade, malgré l'élévation de sa position, tenait à notre famille par des liens assez étroits pour que, dans le bonheur qui nous arrivait, notre première pensée fût pour lui.

D. — Soit; vous aviez bien tardé, alors ?

R. — C'est vrai, mais cela tient à des raisons toutes morales.

D. — Nous les étudierons tout à l'heure... Pourquoi, lorsque la nièce du baron vous a interrogés sur la santé de son oncle, vous lui avez répondu qu'il allait beaucoup mieux, quand tout vient, au contraire, appuyer l'assertion qu'il était beaucoup plus mal depuis quelques jours ?

R. — Cette réponse est absolument sans conséquence ; nous l'avions trouvé mieux relativement.

D. — Les moindres paroles ont une conséquence dans les faits de cette gravité... Ne pouvons-nous supposer que, répondant de cette manière, vous cherchiez ainsi à augmenter la chance que le crime serait moins vite découvert ?

R. — Un peu plus tôt, un peu plus tard, n'était-ce pas la même chose pour nous, en supposant que nous eussions commis ce crime ?

D. — Non, car c'est la lacune de temps écoulé entre votre départ et la découverte du crime qui a fait seule la possibilité de votre défense... Pourquoi, après avoir franchi le seuil de l'hôtel, lors de votre départ, vous êtes-vous mis à courir avec précipitation ?

R. — Parce que nous étions pressés d'arriver dans notre famille ; mon frère vous a dit qu'on nous y attendait avec impatience.

D. — Si vous étiez attendus, ce qui, certainement, peut très-bien s'admettre, pourquoi êtes-vous restés si longtemps, plus d'une heure, enfermés dans la chambre du baron ?

R. — Il avait à nous entretenir de faits qui le concernaient.

D. — Quels étaient ces faits ?

R. — J'ai eu l'honneur de le dire à M. le président ; de faits qui le concernaient ; je ne puis donc me faire ici le révélateur des secrets du défunt.

D. — Messieurs les jurés apprécieront encore la valeur de cette réponse... Vous aviez l'air sombre, préoccupé ; votre frère paraissait atterré, et dans votre fuite, à la hauteur du n° 17, de la rue Mouffetard, vous vous êtes approchés de l'ouverture d'un égout, et là, votre frère s'est penché et a jeté dans cet égout un objet qu'il portait sur lui, dissimulé sous son gilet... Quel était cet objet ?

R. — On m'a déjà parlé de ce couteau dans l'instruction ; mon frère et moi, nous le nions énergiquement.

D. — Qui vous a dit que c'est un couteau que vous dissimuliez sous vos vêtements ?

R. — Ceci a été dit dans le cours de l'instruction.

D. — Eh bien, oui, c'était un couteau, ce devait être un couteau, et celui avec lequel vous avez frappé votre victime et dont vous aviez hâte de vous débarrasser.

R. — Ce couteau a-t-il été retrouvé ?

D. — Vous savez bien que non, et c'est ce qui fait votre force.

Et, se retournant vers les jurés :

— Messieurs, comme vous savez, tous les égouts de Paris correspondent entre eux et déversent leurs eaux dans la Seine ; or, il est impossible qu'un objet jeté dans l'eau de ces égouts, et n'étant pas d'un certain poids, ne soit pas entraîné par le courant. Toutes nos recherches, messieurs, ont donc été infructueuses, et vous en voyez la raison.

Se tournant vers l'accusé :

D. — Admettons un instant que ce ne soit pas le couteau du crime que vous ayez jeté dans l'égout, admettons même que vous n'y avez rien jeté, pourquoi vous êtes-vous approchés et vous êtes-vous penchés à son orifice?

D. — Nous nions complétement ce fait.

M. l'avocat général se levant ;

— L'acte d'accusation l'affirme d'une manière absolue ; du reste, nous entendrons les témoins tout à l'heure.

M. le président ordonne à l'accusé de s'asseoir ; il reprend l'interrogatoire d'André.

D. — Je ne dois pas vous laisser ignorer, dit-il, que depuis le soir où vous avez été arrêtés jusqu'aujourd'hui, votre défense a été pâle, tiède, embarrassée, et que, plus nous avançons dans cette affaire, plus les charges qui pèsent sur vous acquièrent de la force et s'appuient sur des preuves d'autant meilleures que vous n'en opposez aucune.

R. — Nous ne pouvons dire que ce qui est. Nous sommes allés chez le baron Terrade. Nous en sommes sortis une heure après. Rentrés dans notre maison immédiatement, nous avons dîné en famille. Le soir on est venu nous arrêter. Voilà tout ce que nous savons.

D. — Certainement, tout cela est très-simple, mais c'est cette simplicité-là même qui vous condamne. Du reste, le fait matériel est prouvé, il est inutile d'y revenir. Vous avez dit tout à l'heure, et vous avez même insisté sur ce fait, que vous n'avez rien à gagner à la mort du baron Terrade.

R. — Et j'ai même ajouté, je crois, monsieur le président, que nous avions tout à y perdre.

D. — Comment expliquer cela?

R. — Le baron Terrade était un vieil ami de notre père, et en quelque sorte le protecteur de notre famille...

D. — J'ai sous les yeux des rapports qui constatent ces relations. Je ne vous dirai rien de votre père qui a racheté par une bonne action et une carrière honorable les fautes de sa jeunesse (1). Parlons du présent.

(1) On se rappelle que ceci se passait en 1825, sous la Restauration, et que le magistrat légitimiste faisait allusion aux opinions avancées du républicain Lorgoril.

R. — Pour m'engager à parler du présent, monsieur le président, vous n'auriez pas dû remuer les cendres du passé et condamner mon père, qui, au début de sa vie comme à son dénouement, s'est conduit d'une manière glorieuse.

D. — Il est mort en soldat, je n'ai plus rien à dire.

R. — S'il est mort en soldat, il a vécu en citoyen, et la gloire de sa mort n'efface en rien les vertus modestes, obscures et plus glorieuses de sa vie.

Un frisson courut dans l'auditoire, et quelques mains se rejoignirent pour applaudir.

Un froncement de sourcil du président et la présence des greffiers rétablirent le silence.

Il se maintint quelques secondes et l'espèce d'agitation ou plutôt d'émotion qui s'était manifestée eut le temps de se calmer.

D. — Soit ! un fils est toujours excusable quand il défend son père, même quand il intercède pour lui dans une mauvaise cause. Ce n'est pas le procès de votre père, du reste, qui se poursuit ici, mais le vôtre; expliquez-nous ce que vous aviez à perdre dans la mort du baron Terrade.

R. — Le baron nous aimant beaucoup, et s'étant créé en quelque sorte notre protecteur, nous étions assurés de sa bienveillance pour toute la vie. Nous ne pouvions donc que perdre en le perdant.

D. — Ces réflexions, vous les avez déjà faites.

R. — Jamais, monsieur. Nous les faisons aujourd'hui pour la première fois, et parce que vous nous les imposez. Nous devons au baron ce que nous sommes. Nous n'avions plus rien à espérer de lui, rien à demander, rien même à accepter, Nous sommes ouvriers, nous gagnons très-bien notre vie.

Nous étions toujours sûrs par notre travail de faire face aux besoins de notre famille et aux nôtres. La mort du baron, perte matérielle, assurément pour nous, le baron nous continuant sa protection et son amitié, ne pouvait être considérée dans notre esprit que comme un malheur domestique.

D. — Mais ne pouviez-vous attendre de cette amitié, dont vous parlez, quelque chose après la mort ?

Savinien pâlit, et André qu'on interrogeait releva la tête.

Les deux frères comprirent qu'on touchait là un des points importants du procès et qu'un abîme s'ouvrait pour les engloutir s'ils n'y prenaient garde.

R. — Je ne vous comprend pas, dit André, qui eut la maladresse de se retourner vers son frère.

D. — Ma question est, cependant, bien simple, dit le président qui prit note de l'embarras d'André et de la pâleur de Savinien. Je vais, si vous le désirez, la formuler en d'autres termes : Ne pouviez-vous espérer hériter du baron Terrade ?

R. — Mais nous n'avions aucun droit à sa succession.

D. — Droit, non, mais l'amitié du baron pour vous datait de si loin, elle s'était manifestée déjà par tant de preuves éclatantes de générosité que vous pouviez supposer...

R. — Jamais, interrompit André, jamais! monsieur le président.

D. — Le baron n'avait qu'une nièce, et il ne l'aimait pas.

André fit un geste de dénégation.

D. — C'est vous qui l'avez dit vous-même.

R. — J'ai dit que dans ces derniers temps la confiance du baron dans sa nièce s'était un peu affaiblie. Mais son amitié existait toujours.

D. — A quoi attribuez-vous le changement qui s'était opéré dans l'esprit du baron?

André ne répondit rien.

D. — Le savez-vous?

R. — Non, monsieur.

D. — Vous devez cependant le savoir... Vous, Savinien, le savez-vous davantage?

R. — Cela tient à des raisons toutes morales que nous ne pouvons analyser ici.

D. — Toujours les mêmes réponses. Ne savez-vous pas que tout se peut dire ici, et doit s'y dire... André Lorgeril, entre le baron et vous, il n'a jamais été question de testament?

R. — Jamais, monsieur le président.

D. — Dans ce dernier entretien que vous avez eu avec lui, ne vous a-t-il pas parlé de sa mort prochaine?

R. — En effet, ses infirmités, toujours croissantes, lui laissaient peu d'espoir d'arriver à un âge avancé.

D. — Eh bien, là ne vous a-t-il pas dit : « Je vais bientôt mourir et je vous fais mes héritiers. »

R. — Non, monsieur le président.

D. — Eh bien, voyons, à présent, s'il ne vous a pas dit ce que je cite, il vous a peut-être dit le contraire?

André ému, ne savait que répondre, il sentait qu'il glissait sur une pente terrible et que la franchise de ses réponses ne suffirait pas pour les sauver.

D. — Répondez, reprit le président, pressant ses questions. Le baron ne vous a-t-il pas dit, par exemple, s'adressant à vous personnellement : « J'avais rêvé de faire ta fortune, mais sans, cependant, nuire à celle de ma nièce, à qui tous mes biens reviennent de droit. Dans cette intention, j'avais pensé à vous marier tous deux. Cette union, n'ayant pas abouti, et ma nièce restant fille, quand tu t'es marié sans m'en demander avis, je me trouve délié complètement envers toi, et c'est de ma nièce, seule, que vous avez désormais à attendre toute protection dans cette maison. »

R. — Tout ceci est complétement faux, s'écria Savinien.

R. — Bien faux, répéta André.

D. — Je n'ai pas la prétention, à la vérité, de vous citer ici textuellement les paroles du baron, peut-être s'est-il exprimé d'une manière plus amicale, mais seulement le sens de ce qu'il a peut-être dit.

R. — Il n'a été rien dit de semblable.

D. — Avez-vous dû épouser mademoiselle Léonie Férou ?

R. — Il a été question d'un projet de mariage, d'un projet seulement.

D. — Qui avait conçu ce projet ?

R. — Le baron Terrade.

D. — Qui en a empêché la réalisation ?

R. — Les restrictions de mademoiselle Léonie.

D. — Vous l'avouez ?

R. — C'est la vérité.

D. — Vous aimiez cette jeune fille ?

R. — Je l'aimais alors.

D. — Vous saviez qu'elle était l'unique héritière du baron ?

R. — Je le savais, mais il n'entrait aucun calcul dans ma pensée.

D. — Vous vous êtes marié depuis d'un autre côté. Le baron a dû nécessairement vous conserver rancune de ce mariage ?

R. — Nullement, s'il en eût voulu à quelqu'un, ce n'eût pas été à moi.

D. — Il eût pu vous demander plus de patience, et il avait tout lieu de supposer, vous voyant contracter une nouvelle union le lendemain même d'une rupture avec sa nièce, que vous n'avez jamais songé sérieusement à le satisfaire.

R. — Le baron n'était pas un despote, il nous aimait pour nous-mêmes et non pour lui.

— Messieurs les jurés, dit le président, le moment est venu de vous dire qu'un projet de testament dont une copie vous sera remise a été trouvé dans les papiers du baron. Ce testament était conçu en faveur de Léonie Férou et des deux frères Lorgeril, à savoir : deux cent mille francs à Savinien Lorgeril et le reste de sa fortune, se partageant sur la tête de Léonie Férou et d'André Lorgeril, à la condition, veuillez bien remarquez ici, Messieurs, à condition expresse qu'ils seraient unis tout deux par les liens du mariage,..

Cette union ayant tardé, le baron, homme prudent, a attendu pour donner suite à son projet. L'union ayant été rompue, le projet n'eut jamais de suite. Mais, messieurs, les frères Lorgeril connaissaient ce testament, ou du moins savaient qu'un testament dont ils ignoraient les conditions expresses, avait été conçu par le baron. Bien plus, ils le croyaient fait en règle, enregistré et chez le notaire. Dans le cours de ce procès, des preuves viendront à l'appui de ce que nous avançons. Dans le dernier entretien que les frères Lorgeril eurent avec le baron, celui-ci n'ayant plus rien à espérer et voyant André pour la première fois depuis qu'il était marié, dut lui avouer nécessairement qu'il ne devait plus compter sur lui. De là, Messieurs, vous voyez la scène, l'exaspération des deux jeunes gens. Ils sont seuls avec un vieillard dont la vie ne tient qu'à un souffle. Il y a chez le notaire un testament qui les fait riches, et qui le lendemain va être cassé. Léonie Férou, qu'ils exècrent et contre laquelle André Lorgeril nourrit une haine qui, pour être comprimée, n'en est que plus vive, si l'on veut se rappeler qu'elle est née d'un sentiment d'amour-propre, va être riche du patrimoine qu'ils espèrent et qu'ils convoitent depuis leur plus jeune âge. Cette fortune, ils la considèrent comme la leur plutôt que comme celle de la femme qu'ils appelleraient volontiers une étrangère. Dans un moment, ils oublient tout ce que le malheureux vieillard a fait pour eux, ils complotent sa mort, ils le tuent et prennent la fuite, emportant sur eux un couteau homicide que quelques minutes après, ils jetteront dans un égout.

La séance fut suspendue dix minutes. Ces dix minutes écoulées, la cour reparut et les accusés qu'on avait éloignés furent ramenés sur leur banc.

On passa immédiatement à l'audition des témoins.

— Mademoiselle Léonie Férou ; fit entendre la voix du greffier.

Une jeune fille vêtue de deuil s'avança lentement jusqu'à la barre du tribunal, et, levant son voile, découvrit un visage d'une beauté éclatante, mais pâle, attristé et obscurci par les larmes.

Un frisson courut dans la foule, mais le silence se rétablit aussitôt. Toutes les poitrines cessèrent de battre. Tous les souffles se suspendaient haletants. On eût entendu une mouche voler dans la vaste salle des assises, et tous les regards anxieux étaient tournés vers un seul point, vers cette jeune fille qui allait parler, et du témoignage de laquelle dépendait la destinée de deux hommes.

— Destinées maudites!...

IX

UN DÉNOUEMENT IMPRÉVU

La déposition de Léonie Férou, qui fut longue et terrible pour les accusés, fut écoutée par l'auditoire avec le plus religieux silence.

André, qui l'entendait, se tourna plusieurs fois vers son frère et échangea avec lui un regard attristé.

Celui-ci, l'œil sec, haussa les épaules.
André, plus ému, prêtait la plus grande attention à ses paroles, et la suivait des yeux avec un sentiment de pitié et de commisération profondes.

Celle-ci parlait toujours.

On avait fait médianoche comme on disait sous Louis XIV.

Elle en avait long à dire, elle en savait beaucoup ; rien de précis cependant, rien de particulier, elle n'accusait pas, elle ne chargeait pas, elle n'affirmait rien par elle-même ; mais elle racontait et, s'effaçant dans l'ombre, se rejetant au dernier plan, parlait surtout au nom d'un témoin absent dont habilement elle avait su faire un complice.

Sa voix douce, comme voilée par les larmes et cependant bien accentuée, et s'entendant distinctement, résonnait sous les voûtes sonores du prétoire avec l'autorité que lui créait sa situation exceptionnelle.

Elle était la nièce de la victime, son unique héritière, la seule parente qu'on lui connût, et on savait qu'elle avait été la fiancée du principal accusé.

Témoin en quelque sorte du crime, elle avait reçu les dernières dépositions d'un témoin plus considérable encore et qui n'était plus là pour se faire entendre.

Les accusations émanant de la personne de Mariette Lefort étaient des plus graves et des plus claires.

Le président lut aux jurés la première

déposition au commissaire de police, éposition tiède, il est vrai, mais ne démentant aucun des faits relatés depuis et se rapportant d'une certaine manière avec celle de Léonie Féron ; celle du lendemain au juge d'instruction, déposition ne détruisant en rien celle de la veille, venant au contraire la confirmer et commençant à jeter sur cette affaire, un peu trouble jusque-là, un premier rayon de lumière ; puis enfin la lettre adressée au parquet, écrite de sa main, signée de sa main, avouée par elle à l'heure de sa mort, et désignant, sans les nommer, mais d'une manière précise, les tristes auteurs du crime.

Léonie, interrogée, raconta avec émotion les préludes de la mort de la complice des accusés....

Ici le président fit remarquer aux jurés que la complicité de Mariette Lefort ne se présentant pas appuyée de preuves suffisantes, n'était pas admise, et qu'il n'était tenu compte que des dépositions faites par elle ou écrites de sa main....

Néanmoins, on écouta Léonie dans le récit rapide et coloré qu'elle fit de cette journée où la malheureuse expira, dans d'atroces souffrances, des suites du poison qu'elle avait pris dans la matinée.

L'autopsie faite, il avait été constaté que la déposition de Léonie Féron était exacte, et que Mariette Lefort était morte empoisonnée.

On fit de nouvelles perquisitions dans l'hôtel, et le poison fut trouvé dans sa cuisine dissimulé derrière une pile de vaisselle.

Ce poison était de l'arsenic ; — on chercha d'où il pouvait provenir, et on mit la main sur un pharmacien de la rue Saint-Jacques, qui déclara avoir lui-même vendu cet arsenic à Mariette Lefort, qu'il savait domestique de l'hôtel Terrade et qui l'avait exigé au nom du baron Terrade, pour servir à la destruction d'une nichée de rats énormes qui minaient l'hôtel.

Il n'avait pas cru devoir refuser, et ses livres faisaient foi de sa déclaration.

Or, il était constant que Mariette Lefort s'était empoisonnée, et il fallait toute la prudence et toutes les réserves de la justice pour, en admettant l'empoisonnement, ne pas admettre la complicité.

On ordonna à Léonie de préciser tout ce qu'elle connaissait des relations des deux frères Lorgeril avec le baron Terrade, et d'appuyer sur les rapports qu'elle avait eus elle-même avec eux et notamment avec André.

Elle obéit, mais le fit avec une délicatesse de forme et certaines réticences de fond dont l'auditoire lui sut gré. Les juges eux-mêmes, tout en regrettant plusieurs irrégularités dans sa déposition, durent s'incliner devant sa susceptibilité et comprendre qu'ils interrogeaient une toute jeune fille dont les réponses étaient de nature à conduire à l'échafaud un malheureux qu'elle avait dû épouser et qu'elle avait peut-être aimé.

Le cœur de la femme a des replis secrets où l'œil du juge même ne peut pénétrer.

Plusieurs témoins à décharge furent

entendus, et se firent remarquer par la nullité de leur déposition.

Ils constataient l'honorabilité des accusés, leur bonne conduite, mais quant à l'affaire terrible qui les amenait sur les bancs des assises, ils n'y connaissaient rien.

La femme Potrel et le garçon boucher, interrogés tous deux d'abord comme prévenus, n'eurent rien à dire comme témoins.

Elle prétendit avoir rencontré un individu d'aspect bizarre, qui avait prétendu en savoir long sur l'affaire, mais qui avait refusé de la suivre, qui lui avait échappé.

Tout l'intérêt se concentra alors sur un ouvrier, maçon de son état, âgé de vingt-deux ans au plus, nommé Pierre Vigouroux, et qui témoigna en ces termes :

— Le soir du 29 octobre, vers six heures, je m'en revenais de mon ouvrage, quoi... le jour n'était pas très-clair et la soupe attendait. Si bien que la particulière qui n'aime pas que ça traîne, je filais des jambes, quand voilà une bourrasque que je reçois de deux individus qui dégringolaient de la rue Lacépède, sans crier : gare là-dessous, Je ne suis pas méchant, mais faut pas qu'on me taquine, je suis violent ; c'est pas ma faute, c'est dans la nature. Aussi, sans dire deux, je t'envoyai un coup de poing dans les côtes de celui qui se trouva sous ma main, dame!... et mon particulier alla s'asseoir sur le pavé du gouvernement.

« Je me dis : là, là, il va rabattre par ici et me chercher noise, je m'en va t'y répondre et t'y f... une volée... Ah bien, oui... le voilà qu'il court encore, se frottant les côtes, mais jouant des jambes que c'était plaisir à voir.

D. — De quel côté se diraigeaient-ils ?... demanda le président.

R. — Je ne suis pas méchant, mais faut pas qu'on me chiffonne... si seulement il m'avait crié : Gare !

D. — Je vous demande de quel côté ils se dirigeaient.

R. — Ah ! de quel côté ?... Faites excuse, mon président, j'avais compris...

D. — Répondez.

R. — Du côté de la rue Mouffetard.

D. — C'est bien, c'est tout ce que je voulais savoir... Reconnaissez-vous les deux jeunes gens en question dans les deux accusés ?

R. — J'ai la vue basse, mon président, mais je vas essayer.

Le susdit Pierre Vigouroux se tourna vers le banc des accusés, jeta un coup d'œil sur Savinien et André Lorgeril, et, se retournant vers la cour :

— C'est bien ça, mon président, c'est eux, ou plutôt c'est lui ; car, vrai, je n'en reconnais qu'un.

D. — Lequel ?

R. — Celui que j'ai envoyé... comme je

vous disais mon président sur un tas de pavés.

D. — Je vous demande lequel des deux vous reconnaissez ?

R. — Le plus petit.

D. — Mais il sont de même taille... Accusés, levez-vous ?

R. — Je veux dire le plus jeune, mon président, celui qui est par ici.

D. — André, dit le président, remettez-vous cet homme, et vous rappelez-vous le fait auquel il fait allusion.

R. — Cet homme, je ne l'ai jamais vu.

D. — C'est étonnant, il affirme le contraire, cependant. Si dans la précipitation de votre fuite vous ne l'avez pas remarqué, vous devez vous rappeler sa rencontre ?

R. — L'histoire du coup de poing n'a laissé aucune trace dans mon esprit, si pressé que je sois, je ne suis point homme à recevoir un coup de poing sans le rendre.

D. — C'est ce qui en effet est surprenant ?

R. — Cet homme ment effrontément.

D. — Poursuivons... appelez un autre témoin.

C'est une femme qui parut...

Une grande et belle fille, mise avec une élégance de mauvais goût et qui, au premier abord, accusait une lorette à ses débuts, une de ces individualités étranges comme il en pullule dans Paris, qui ont leurs jours de plaisir et leurs lendemains de travail, qui pactisent avec le vice, et qui se disent honnêtes filles parce qu'elles ont une aiguille au bout des doigts à quatre heures du soir, et qui ne conservent de la vertu que juste ce qui leur en faut pour jouir de la vie en sécurité, et en tirer bon profit.

Du reste elle était dans un âge tendre, elle débutait.

L'avenir lui souriait ; elle avait le temps de prendre ses ébats et d'avoir aussi son coupé un jour.

Elle avança à la barre le front haut et la mine souriante.

D. — Votre nom ? demanda le président.

R. — Camille Leroy.

D. — Votre âge ?

R. — Vingt et un ans.

D. — Votre profession ?

R. — Lingère.

D. — Où demeurez-vous ?

R. — Rue de Lacépède, n° 9.

D. — Que savez-vous, demanda le président après le serment d'usage que Camille Leroy fit du ton le plus naturel.

R. — Il était six heures du soir. j'avais travaillé toute la journée, et j'étais exténuée, quand je songeai seulement à m'occuper de mon dîner. Je pris mon panier à provisions, et je descendis dans la rue. Au détour de la rue Lacépède et de la place, je remarquai deux hommes dont la physionomie avait quelque chose de sinistre et d'effrayant.

Tous les yeux se portèrent sur Savinien et André Lorgeril, et un sourire de doute effleura les lèvres de plusieurs personnes.

D. — Regardez les deux accusés, et dites-nous si ce sont bien là les deux hommes que vous avez remarqués ?

R. — Oui, monsieur le président, ce sont bien eux répondit le témoin qui s'était à peine retourné. J'avoue qu'à l'heure qu'il est, leur physionomie n'a rien de sinistre ni d'effrayant, mais je parle de ce qui m'a frappée le jour où je les ai vus pour la première fois.

D. — Continuez.

R. — Ces deux hommes avaient dû beaucoup courir, car ils paraissaient très-essoufflés. Ils marchaient encore avec précipitation, mais les ayant remarqués avant qu'ils m'eussent dépassée, j'eus le temps d'entendre quelques mots qu'ils échangèrent entre eux. A vrai dire, je ne compris pas beaucoup le sens de ces paroles, mais elles m'étonnèrent, et quand le surlendemain, j'appris qu'un crime avait été commis dans la rue de Lacépède, je fis part à l'autorité de ce que j'avais entendu.

D. — Vous avez bien fait. Dites-nous ces paroles.

R. — Je les ai déjà citées devant le juge d'instruction.

D. — Cela ne fait rien. Rapportez-les ici telles que vous vous les rappelez.

R. — Ils passaient alors rapidement, et tout près de moi, et j'entendis distinctinctement ceci : — Tu as le couteau ? dit l'un des deux. — Oui, répondit l'autre.

D. — Quel est celui qui prononça cette phrase ?

R. — Le plus âgé.

D. — Vous le reconnaissez ?

La jeune femme tourna un peu la tête et sourit.

R. — Oh ! parfaitement, dit-elle.

D. — Continuez.

R. — Oui, avait répondu l'autre qui ajouta : je vais m'en débarrasser. — Où cela ? fit le premier. — Dans le ruisseau, répondit le second. — Garde-t'en bien, reprit le plus âgé, nous serions pincés. Nous allons le jeter dans l'égout de la rue Mouffetard. Bien fin qui viendra le chercher là...

Ils dirent encore quelques paroles, mais je n'entendis plus rien.

Un profond silence régnait dans l'auditoire, et tous les yeux ne cessaient de se porter sur les deux accusés, qui, pâles, muets et tête levée, écoutaient les dépositions qui se succédaient et les condamnaient.

— Ils sont perdus, dit une voix dans la foule.

— Convenez qu'il ne l'auront pas volé, dit une autre voix. Un si brave homme que Terrade, et il a fait tant de bien à cette famille-là.

— Qui aurait cru cela ?

— Sans doute… Et c'est cependant assez clair… Qui voulez-vous que ce soit ?

— C'est par quelqu'un, cependant que le coup a été fait.

— Cette femme on ne la fait pas parler. Elle a entendu ça.

— Quoi ?

— Tu as le couteau.

La sonnette du président rétablit le silence, une seconde interrompu.

D. — Accusés, dit-il, levez-vous, et répondez… qu'avez-vous à dire à la déposition que vous venez d'entendre ?

R. — Absolument rien, dit Savinien.

— Rien, dit André.

D. — Vous refusez de vous défendre ?

R. — Nous dédaignons de nous justifier.

D. — Prenez garde, vous entrez dans une mauvaise voie.

R. — Monsieur le président, dit Savi-nien avec dignité, vous faites votre devoir, et vous le faites avec conscience et impartialité. Nous vous en remercions, mais le nôtre est de nous résigner et de mettre tout notre espoir en Dieu. Nous ne pouvons pas nous défendre contre des attaques qui viennent de si bas et qui emploient des armes aussi infâmes et aussi haineuses.

Le président se tournant vers le témoin :

D. — Femme Camille Leroy vous avez bien dit la vérité ?

R. — Oh ! monsieur le président, exclama celle-ci, levant la main, je le jurerais sur les cendres de ma mère.

— On croirait cependant qu'ils ne sont pas coupables si on n'était pas en face de telles affirmations, dit-on, dans la foule.

— Quelle audace !

— Quelle perversité !

D. — Allez-vous asseoir… appelez le dernier témoin.

Ce fut une toute jeune fille qui approcha, une enfant de douze à treize ans au plus, ravissante de visage, mais petite, malingre, chétive, se tenant à peine tant elle était faible, et dont la vie ne paraissait tenir qu'à un souffle.

Vêtue comme une petite mendiante, elle trouvait le moyen d'être belle sous les haillons, et son visage d'une pâleur maladive, éclairé par le feu de deux grands yeux noirs, mal abrités sous de longs cils soyeux, et sous deux sourcils bien arqués, mais peu fournis, avait des lueurs d'expression peu communes à un enfant de son âge et surtout de sa situation.

D. — Mon enfant, quel âge avez-vous? demanda le président.

R. — Douze ans et quatre mois, répondit-elle, mais d'une voix si faible qu'à peine on l'entendit.

Le président la pria de parler un peu plus haut s'il lui était possible, et après les questions d'usage, il lui déclara que, vu son âge, elle ne pouvait prêter serment, mais qu'elle pouvait toujours renseigner la justice.

Il ajouta que c'était son devoir de le faire, mais en ayant bien soin nonobstant de se renfermer dans les bornes de la plus exacte vérité.

R. — Je vais essayer, dit l'enfant toute pâle.

D. — Commencez.

R. — J'étais dans la rue Mouffetard, dit-elle d'une voix tremblante, où papa m'avait envoyée faire une commission, quand j'ai vu deux hommes qui couraient et qui se sont approchés de l'égout.

D. — Faites bien attention à ce que vous allez dire, mon enfant, si vous mentiez ici, vous seriez sévèrement punie, crut devoir dire le président dans son intégrité.

Il avait remarqué que l'enfant ne paraissait pas bien sûre des faits qu'elle avançait.

Etait-ce l'émotion, ou lui avait-on fait la leçon?

Il insista.

— Et vous ne voudriez pas, ajouta-t-il d'une voix moins sévère, faire arriver du mal, beaucoup de mal à deux personnes qui ne vous ont jamais rien fait.

L'enfant qui s'était troublée se mit à pleurer.

D. — N'ayez point peur, dites-nous ce que vous avez vu, et il ne vous sera rien fait, mais dites bien la vérité, n'est-ce pas, mon enfant?

R. — Oui, monsieur, dit la petite fille en sanglotant.

D. — Parlez.

R. — Ces deux hommes marchaient très-vite.

D. — Marchaient-ils ou couraient-ils?

R. — Ils avaient dû courir, mais ils marchaient quand je les ai vus.

D. — Comment savez-vous qu'ils avaient dû courir?

R. — De loin je les avais aperçus, mais, arrivés près de l'égout, ils allèrent moins vite.

D. — Ah! ceci est bien exact?

R. — Oui, monsieur.

D. — Et là, qu'ont-ils fait?

R. — Ils se sont penchés, et j'ai entendu quelque chose qui tombait.

Un silence profond accueillit cette dernière révélation.

D. — Étaient-ce bien ces hommes? dit le président à la petite fille, en lui désignant les deux accusés.

Celle-ci leva les yeux, et les baissant aussitôt, d'une voix à peine accentuée, répondit ; — Oui.

D. — Accusés, vous entendez. Qu'avez-vous à répondre?

R. — Cette enfant se trompe assurément, dit Savinien, ou on lui a appris ce qu'elle avait à dire.

D. — Nous ne pouvons assurément, admettre que des témoins, qui ne se sont jamais vus, qui ne se connaissent pas, s'entendent pour vous perdre. Il est plus facile d'admettre que vous vous défendez avec une ténacité et une force de volonté qu'il serait désirable de voir appliquées dans d'autres circonstances.

Et, se tournant vers l'enfant :

D. — Voyons, répétez-nous ce que vous avez dit. Faites-le avec plus de détail, précisez davantage. Rappelez-vous bien tout ce que vous avez vu, nous voulons tout savoir.

L'enfant émue et embarrassée, balbutia.
— Dis ce que *t'as vu,* cria une voix dans la foule.

— Quelle est cette voix, dit le président? et qui se permet de parler ici?

— Monsieur, c'est papa, dit la petite fille.

— Huissier, faites avancer l'homme qui a parlé.

Un homme sortit de la foule et s'avança à la barre.

C'était un petit homme bancroche, qui s'approcha en se dandinant et sa casquette à la main.

— Pardon, mon doux président, dit-il, d'une voix éraillée, si j'ai pris la parole, de *mon chef*; c'est à moi *la môme*, et j'ai vu qu'elle prenait peur. Il y a de quoi, mon doux président, quand on n'a pas l'habitude de paraître devant le tribunal. Je vas vous expliquer la chose : *la môme* était allée rue Mouffetard pour les provisions du souper, quoi! vous savez, monsieur le président, on ne mange que ce que l'on a, faut pas être fier dans la vie du monde. Deux boudins et un cervelas.

D. — Dispensez-vous de ces détails.

R. — La môme revient un instant après et me conte la chose, les deux hommes, l'histoire de l'égout, quoi! Le lendemain, il n'était question que de l'assassinat de la rue de Lacépède. Tiens, que je me dis, ça a du rapport, et je fais le mien, de rapport.

D. — Vous ne savez rien autre chose?

R. — Rien de rien, monsieur le président, mais il y a là un particulier à la porte

Le plus violent désespoir était peint sur ses traits.

qui voudrait entrer, et qui a peut-être vu quelque chose, lui.

Le président donna des ordres, et un nouvel individu fut introduit.

C'était un homme de quarante ans environ, à la figure placide, aux manières bourgeoises et à la mise assez excentrique, ce qui contrastait avec ses allures.

D. — Que savez-vous? dit le président après les éternelles questions d'usage et le serment obligé.

R. — J'étais de service dans la rue Mouffetard, où je filais un drôle qui me faisait aller depuis la veille; j'aperçus deux hommes...

D. — Permettez, vous venez de dire, il y a un instant, quand je vous ai demandé votre profession, que vous étiez coutelier, établi rue Gréneta, je ne comprends pas...

R. — Oui, monsieur le président, je suis coutelier; mais, comme les affaires ne vont pas, dans mes loisirs, poursuivit-il d'une voix plus basse et embarrassée... je rends quelques services à M. Grivel.

D. — Qu'est-ce que c'est que M. Grivel?

R. — Une personne de la sûreté.

D. — Ah! très-bien... continuez.

R. — J'aperçus deux hommes qui s'approchèrent de l'égout, et l'un fit le guet, pendant que l'autre, le plus jeune, tira un objet de dessous son gilet et le laissa tomber dans l'égout.

— Ah? c'est cela! s'écria la petite fille qui était restée à la barre.

D. — Vous n'eûtes pas le temps de voir quel objet était jeté ainsi?

R. — Il me passa comme un éclair devant les yeux, et j'eusse déjà juré alors que c'était un couteau.

D. — Pourquoi n'avez-vous pas fait votre déposition plus tôt?

R. — Mais, monsieur le président, j'ignorais... que ces deux hommes que je ne connaissais pas, fussent le lendemain les accusés du crime de la rue Lacépède; ce n'est que depuis hier que le bruit de cette affaire est venu jusqu'à moi.

Le président à la petite fille :

D. — Refaites-nous votre déposition comme si vous n'aviez encore rien dit.

Celle-ci obéit et le fit cette fois d'une façon plus précise.

D. — Allez vous asseoir.

Et se tournant vers les accusés :

— La liste des témoins est épuisée; André Lorgeril, si vous avez quelque chose à ajouter à votre défense, parlez.

R. — Je n'ai rien à ajouter, et toute ma défense se résume dans ce que j'ai dit vingt fois et dans ce que je ne saurais trop répéter : je suis innocent.

D. — Et vous, Savinien?

R. — Que puis-je dire quand tout m'accuse? je ne puis qu'invoquer la fatalité ou me rejeter sur la méchanceté des hommes; nous aimons mieux nous taire et nous laisser condamner. Nous saurons mourir, parce que nous sommes de ceux qui croyons en Dieu, au châtiment du coupable et la réparation dans l'autre vie.

D. — La parole est au ministère public.

L'avocat général se leva au milieu d'un religieux silence, et commença ainsi :

« Messieurs les jurés, c'est avec une émotion profonde que je prends la parole, aussi me suis-je promis de ne la garder que juste le temps nécessaire pour relater les faits de la procédure et dans la pensée de vous laisser tout à vos réflexions et au sentiment de votre conscience.

« Messieurs, un grand crime a été commis, les coupables sont devant vous; condamnez-les, c'est ce que la justice vous demande, c'est le tribut que la société outragée a le droit d'attendre de ceux qu'elle honore de ses suffrages. »

Ici l'avocat général raconta comment le baron Terrade s'était lié avec le père des deux accusés; il parla de l'amitié qu'il avait toujours portée à ces derniers.

Puis, entrant dans le domaine des faits, il les accompagna, dans la journée du crime, jusque dans la chambre de la victime.

A l'aide de la science du célèbre docteur Jeanselme, il fit le récit de l'assassinat du baron, et démontra, dans un style simple et cependant coloré, la manière dont ils avaient dû accomplir leur crime odieux.

L'auditoire frissonna.

Il fit assister les jurés au spectacle horrible de ce vieillard infirme se débattant contre le couteau de deux assassins.

L'un le bâillonne de ses mains et le tient en respect, l'autre le frappe et tous deux prennent la fuite.

Personne n'est entré dans l'hôtel, continue-t-il, personne qu'une femme âgée, un jeune homme sur lequel les soupçons ne peuvent peser un instant et les deux Lorgeril.

Or, le rapport du docteur l'affirme, ils étaient deux.

Deux femmes, il est vrai, habitent l'hôtel.

Mais ici le rapport l'affirme encore et s'appuie sur des preuves irrécusables, la main seule d'un homme a pu frapper.

« Toute idée de suicide a été de même écartée... Or, messieurs, les coupables, ce sont les frères Lorgeril. Attendez, ils sortent, ils s'éloignent... que vous dirai-je, vous avez entendu les témoins.

« Ici, l'avocat général résume les différentes dépositions qui ont été entendues dans le cours de l'audience, et en fait ressortir toute la force.

« Que répondre à cela ? dit-il, ces témoignages ne sont-ils pas sans réplique ?... c'est Vigouroux qui dépose, un ouvrier dont le langage vulgaire trop naïf pour déguiser, vous le montre fuyant avec précipitation, c'est... mais à quoi bon continuer, c'est cette enfant surtout, cette enfant du peuple, qui entre ici dans une profonde ignorance du poids de ses paroles, et qui vous déclare qu'elle a vu les deux frères penchés près de l'orifice de l'égout.

« Sa mémoire lui fait défaut, et elle s'arrête là. Un témoin parle en sa présence, et elle s'écrie ingénûment : Oh ! c'est bien cela !...

« C'est bien cela, en effet, messieurs, et c'est tellement cela, que jamais le couteau n'a été retrouvé.

« Messieurs, le crime est patent, prouvé... est-il besoin de vous rappeler d'autres détails ? Les accusés nient, c'est vrai; mais il est facile de nier, et ils n'ont aucun fait, aucune raison à opposer à nos accusations. Ces accusations, elles s'appuient sur des preuves matérielles irrécusables... elles s'appuient maintenant sur des preuves morales qui, le crime admis, l'expliquent et lui donnent sa raison d'être.

« Car, messieurs, tel est votre sentiment de justice, que lorsque vous avez un coupable à condamner, vous vous inquiétez non-seulement du fait, mais encore de la raison du crime, de ses causes, en un mot, de l'intérêt que le criminel devait y trouver.

« Au fait, le crime devient une monomanie, un acte irréfléchi, et dans votre juste équité et votre prudence, vous faites un appel à la science, et vous interrogez pour savoir si ce n'est plus un meurtrier que vous avez à condamner, mais un fou.

« Ici, messieurs, le crime est expliqué... oui, il avait bien sa raison d'être, ce crime odieux... »

L'avocat général cite le projet de testament trouvé dans les papiers du défunt, et fait ressortir les espérances des deux frères, espérances qu'ils vont voir anéantir le lendemain... Il s'étend beaucoup sur ce point que nos lecteurs ont eu le temps d'apprécier.

— Messieurs, conclut-il, je vous demande un verdict sévère, et je vous le demande parce qu'il n'existe aucun doute dans notre esprit, et que vous êtes en présence de deux grands coupables.

« On vous parlera, dans cette enceinte, de leur situation intéressante, de leurs jeunes femmes, des enfants de Savinien, de la mère, sainte et digne femme, à qui les malheureux auraient dû penser avant de commettre leur horrible forfait.

« Songez-y, messieurs, votre cœur n'a pas le droit de s'émouvoir. Plus un criminel se distingue dans sa vie privée par les qualités durables qui font l'honnête homme et l'honnête père de famille, plus il est coupable quand il s'arme contre la société qui, la veille, lui accordait toute estime.

« On comprend, jusqu'à un certain point, et sans l'excuser, qu'un homme dénué de tout sens moral, et tombé à un degré d'abjection tel que toute idée du bien disparaisse à ses yeux, s'oublie et commette un de ces crimes que la loi est appelée à réprimer; mais que deux jeunes gens entourés de toutes les satisfactions que donne la famille, dont le bien-être est assuré par le travail régulier, dont le passé est exempt de grands malheurs, dont la position est à l'abri même de revers de fortune, et dont l'avenir se déroule souriant, se fassent criminels, c'est là un fait inouï, révoltant, odieux, et qui appelle, sur la tête des coupables, toute la rigueur, toute la sévérité des lois...

« Je ne m'étendrai pas davantage, messieurs, à quoi bon passionner ces débats et leur donner au dehors un retentissement dont la honte rejaillirait sur les innocents que les coupable laissent derrière eux...

« Punissez, messieurs, car si votre émotion vous faisait reculer devant la punition de tels crimes, que deviendraient les sociétés que nous avons mission de protéger. Et quant à ces qualités avec lesquelles on essaye d'ébranler notre sentiment de justice, elles ne sauraient nous toucher dans leur impuissance.

« Elles n'ont pas su préserver ceux qui les possédaient d'un crime affreux.

« Aujourd'hui, elles ne peuvent nous toucher et implorer pour eux.

« Et quant à eux, les malheureux qui

ont été assez abandonnés de Dieu pour
commettre un tel crime le jour qu'ils
avaient trouvé le moyen d'en commettre,
s'il est possible, un plus grand encore, par
l'excès de leur ingratitude... qu'ils expient
dans l'ombre le châtiment que vous leur
préparez, et qu'ils meurent repentants et
réconciliés avec le Dieu qu'ils ont si indignement outragé. — Notre sévérité s'arrête à cette terre, et le jour de la réparation arrivé, nous n'irons pas fouiller au
fond de la conscience des coupables et demander compte à Dieu de la libéralité de
ses grâces... »

— On nous enterre avec pompe, dit
Savinien avec ironie à l'oreille de son frère,
mais on nous promet la vie éternelle.

Celui-ci n'entendit pas.

— Perdus... l'échafaud... mieux vaut
mourir à l'instant, s'écria-t-il, et le sang
lui jaillissant de la poitrine et ensanglan-
tant tous ses vêtements, il s'affaissa comme
une masse.

— Mon frère ! s'écria Savinien, se préci-
pitant sur lui.

Le malheureux, qui, dans tout le cours
de l'audience, avait su dissimuler sous sa
redingote une arme tranchante, venait de
se la plonger en pleine poitrine.

X

DESTINÉES !...

La blessure d'André n'avait été ni profonde ni mortelle.

Le couteau avait dévié ; — les organes
de la vie n'avaient pas été atteints.

Amère ironie... des soins empressés lui
avaient été donnés ; et grâce à la force de
la jeunesse et à la vigueur de sa constitu-
tion, le surlendemain il était sur pied.

C'était un samedi qu'il s'était frappé,
l'audience avait pu reprendre le lundi.

Pâle, la poitrine enveloppée, s'appuyant
sur le bras de deux gendarmes, il était
revenu prendre sa place sur le banc de l'infamie.

Il fallait que la justice suivît son cours.

On parut ne pas s'apercevoir des souffrances qu'il endurait, et l'audience commença.

La parole était à Me ***, avocat de Savinien.

Il se leva et parla une grande heure. On
l'écouta avec attention, et quand il eut terminé, l'auditoire avait des larmes dans les
yeux.

— Certainement, c'est très-bien que

l'éloquence de la parole, dit quelqu'un dans la foule, mais rien ne prévaut contre les faits.

Le défenseur d'André se leva à son tour.

— Messieurs, dit-il, que vous dirai-je, après les remarquables paroles que vous venez d'entendre. Prouver que Savinien Lorgeril est innocent, n'est-ce pas affirmer l'innocence de mon client ? Non, messieurs, ils ne sont pas coupables, regardez-les et demandez-vous si ce sont là de vulgaires assassins ?...

« Si ce crime odieux qu'on leur reproche, ils l'avaient commis, il aurait été chez eux un acte spontané, irréfléchi, que dis-je, irréfléchi ! un acte de folie, de délire !... la victime tombée, et ressentant une profonde horreur d'eux-mêmes, ils auraient pris la fuite sans oser regarder derrière eux.

« Mais, messieurs, plus je me complais dans cette hypothèse, et plus je la repousse...

« Regardez... le soir, on vient les arrêter et on les trouve finissant le repas de famille, entourés de leurs femmes, près de leur mère et les petits enfants sur leurs genoux...

« Messieurs les jurés, vous aussi vous êtes pères de famille, vous avez, ce soir, après les devoirs de votre ministère accompli, une femme et des enfants qui vous attendent et au milieu desquels vous vous délasserez des fatigues de la journée et des soucis de la pensée.

« Supposez un instant qu'au lieu du calme de votre conscience ce soit le remords qui vous accompagne, vous y voyez-vous tranquilles, heureux, souriants ? Non, messieurs, les criminels, les gens de mauvaise vie, tous ceux qui roulent sur la pente du vice et du crime commencent d'abord par déserter le foyer domestique.

« Nous n'avons pas d'exemple de voleurs et d'assassins bons pères de famille. Il y a chez l'homme comme un instinct qui lui crie : N'approche pas tes mains souillées de sang de la tête blonde de l'enfant, ne mouille pas de tes lèvres impures le front candide du pauvre petit être qui te doit de respirer et qui un jour rougira à l'appel de ton nom.

« Messieurs, l'homme vertueux recherche les beaux paysages et aime à s'endormir dans le spectacle d'une nature riche, plantureuse, éclatante de fraîcheur et ployant sous le poids de ses splendeurs.

« Le criminel, au contraire, veut la nature tourmentée, il aime les éléments en révolte, il ne retrouve un peu de calme qu'au milieu de la pluie des orages et des tempêtes...

« Il en est de même, messieurs, dans le domaine du sentiment.

« Les deux frères Lorgeril coupables ne se seraient pas assis ce soir-là à la table de famille. Ils auraient trouvé un prétexte et auraient dîné au cabaret, si tant est qu'ils pussent encore avoir un appétit suffisant.

Ils auraient fui leur maison, messieurs, et auraient repoussé les enfants dont les éclats de rire et les joies candides les eussent étourdis et effrayés.

« Messieurs, un mot encore, un dernier.. Je ne vous ferai pas la biographie ni l'historique des relations des deux frères avec le baron Terrade, mon honorable collègue l'a fait dans la défense de Savinien avec l'autorité de la parole que lui prêtaient ses succès et son talent.

« Je ne prendrai pas à partie chacun des témoins que vous avez entendus. Mon collègue l'a fait encore, et moi-même, ému d'abord, j'ai été, j'oserai le dire, convaincu.

« Je ne vous rappellerai pas les faits un à un, m'appesantissant sur l'impossibilité qui existe, que ces deux jeunes gens de leur caractère, de leur conduite, de leur position, tout à coup deviennent assassins.

« On ne finit pas ainsi une vie honorable.

« Vous savez tous cela, messieurs ; vous avez senti comme moi l'anomalie de cette situation, et votre raison a déjà condamné une partie des faits, qui, d'abord, s'était présentée à vous avec une apparence de vérité.

« Mais un mot seulement, messieurs, un seul... ils sont là qui attendent votre décision suprême, et quand je pense que l'arrêt qui peut ou les condamner ou les rendre à la liberté dépend entièrement de vous, je m'en veux d'avoir accepté cette défense et de ne pas l'avoir confiée à un de ces talents enthousiastes pathétiques, qui,

faisant éclater cette salle en sanglots, vous eût désarmés et entraînés.

« On vous dit : Méfiez-vous de votre émotion... Pourquoi ? Ne sont-ce pas des hommes que, hommes, vous jugez, et si le cœur est un juge miséricordieux, qui sait s'il n'est pas aussi le meilleur des juges.

« Messieurs, si vous aviez à condamner un de ces misérables toujours en révolte contre la société, assassin vulgaire tuant sans remords son semblable, vous n'auriez dans le cœur aucune pitié et vous n'auriez à vous défendre d'aucune émotion.

« N'imposez donc pas silence à votre cœur... ils sont là, l'aîné a vingt-huit ans ; le second, mon client, en a vingt-cinq. Messieurs, ils ont une mère, une sainte et digne femme, vous disait à la dernière audience M. l'avocat général... elle est venue me trouver en cachette de ses enfants pour me supplier d'être éloquent.

« Et le puis-je, messieurs, ne suis-je pas trop ému moi-même, toute mon éloquence est dans ma conviction.

« Messieurs, les deux frères ont épousé les deux sœurs, deux orphelines aussi bonnes que belles, et dont la vie tout entière est suspendue à l'arrêt que vous allez rendre.

« Les enfants sont à peine élevés, André était marié depuis vingt-quatre heures quand on est venu l'arracher des bras de sa pauvre femme pour le jeter en prison.

« Ils ont déjà bien souffert, messieurs ; mais allez-vous donc faire deux veuves et deux orphelins... Votre justice sera-t-elle si impitoyable que deux petits êtres innocents perdront et leur père, et leur soutien et leur pain... Messieurs, Savinien et André étaient ouvriers et leurs bras c'étaient toute leur fortune...

« Voyez-les... ces farouches assassins, ils sont résignés, ils attendent, la physionomie éclairée par les lueurs d'espoir que leur donne leur innocence, et le front calme prêt à s'incliner devant l'injustice du sort.

« Et cependant ils savent ce qu'ils perdent, allez... et quelle source de malheurs ils laissent après eux.

« Messieurs, je m'arrête, j'en ai déjà trop dit, je fais juge votre conscience et j'en appelle à votre cœur. »

Un murmure d'approbation courut dans l'auditoire après ces éloquentes paroles, et l'honorable avocat reçut les félicitations de ses collègues.

D. — Accusés, dit le président, avez-vous quelque chose à ajouter à votre défense ou quelque observation à présenter au jury ?

R. — Non, monsieur le président, répondit Savinien, nous n'avons qu'à déclarer en face de Dieu et des hommes que nous sommes innocents !...

D. — Et vous, André ?

R. — Rien, répondit celui-ci d'une voix faible.

Sa blessure le faisait horriblement souffrir, et plusieurs fois, dans le cours de l'audience, il avait été sur le point de se trouver mal.

Le moment était venu pour le président de résumer les débats.

Il le fit avec une impartialité digne de la haute position qu'il occupait dans la magistrature, mais convaincu de la culpabilité des deux malheureux, il parla au nom de la morale, de la religion, de la vérité, et, se joignant au ministère public, fit un appel à la sévérité des lois et à la conscience des jurés.

Nous ne donnerons pas ce plaidoyer à nos lecteurs. C'était un plaidoyer éloquent néanmoins ; l'ombre de Mariette Lefort y planait.

Se défendant mal, dans les derniers actes de sa vie, de sa complicité avec les assassins, du fond de sa tombe elle dénonçait les Lorgeril.

Quatre témoins les accusaient, et aucun ne se contredisait.

Mariette Lefort était morte suicidée, empoisonnée et l'accusation sur les lèvres.

Léonie avait dit vrai ou elle avait menti ; Mariette était complice ou ne l'était pas. Rien ne prouvait cette complicité que tout faisait présumer, mais à coup sûr les Lorgeril étaient coupables. La défunte l'avait laissé supposer d'abord et l'avait ensuite déclaré.

Son hésitation se comprenait par la

F. LIX

Dit le domestique, un espèce de géant.

crainte de se compromettre ; ses aveux
étaient naturels, venant d'une femme dé-
vorée par le remords et se faisant justice
le surlendemain du crime.

Après le résumé, il fut ensuite donné lecture des questions que les jurés avaient
à résoudre; et l'audience fut suspendue.

A six heures un quart, après trois quarts
d'heure de délibération, les jurés rentrèrent à l'audience.

Le verdict était affirmatif sur toutes les
questions; des circonstances atténuantes

étaient admises en faveur de Savinien Lorgeril.

Lecture de ce verdict fut donné aux
accusés.

Trop émus, trop agités, André trop souffrant et Savinien trop préoccupé de l'état
de son frère, ni l'un ni l'autre ne l'entendirent ou plutôt ne le comprirent.

Ils savaient qu'on les croyait coupables ;
mais quelle était la peine qui leur était réservée ?

Le mot : circonstances atténuantes avait

frappé l'oreille de Savinien ; il n'avait pas saisi instantanément si ces circonstances atténuantes se rapportaient plus à lui qu'à son frère.

Pourquoi une distinction ?

Si son frère était coupable, ne l'était-il pas au même chef ?

Il ne réfléchissait pas que dans l'esprit des juges, l'homme intéressé à la mort du baron Terrade c'était André, que le porteur du couteau c'était André, que l'homme chargé par Léonie c'était André, que l'homme déclaré auteur du crime c'était André, que lui, Savinien, n'avait d'autre intérêt à ce meurtre que celui de l'amitié qu'il portait à son frère, et du désir qu'il pouvait avoir de le voir riche, en un mot qu'il n'avait dû que l'aider dans l'exécution du crime et qu'il n'était considéré que comme complice.

La cour s'était retirée pour délibérer.

Elle revint dix minutes environ après, et M. le président, s'étant recueilli un instant, d'une voix grave et solennelle prononça l'arrêt :

Tous les fronts découverts étaient penchés pour mieux entendre.

Toutes les poitrines haletantes retenaient jusqu'à leur souffle.

Dans la vaste enceinte du prétoire on eût entendu le travail de l'araignée tissant sa toile...

Quelques minutes auparavant, on avait eu soin de faire sortir les personnes touchant de près aux accusés et qui eussent pu par leurs émotions trop vives porter atteinte à la dignité des débats et jeter sur le dénoûment de cette affaire, qui s'annonçait déjà si triste, une teinte plus triste encore, quelque scène navrante imprévue et qui, déconcertant les juges et plongeant les condamnés dans le plus affreux désespoir, eût laissé l'auditoire sous une impression plus pénible et plus effrayante.

Les accusés ne voyant plus dans la salle ceux pour lesquels ils existaient et pour lesquels ils craignaient plus que pour eux-mêmes la sentence fatale, écoutaient.

Pâles et muets, ils avaient l'attitude de ceux qui sont au-dessus du jugement des hommes, et relevaient la tête avec le sentiment de la dignité et de la grandeur de la lutte qu'ils soutenaient contre la mauvaise foi des uns et l'ignorance des autres.

— Attendu, disait le président, que André Lorgeril est reconnu coupable d'un assassinat commis sur la personne du baron Terrade dans la journée du...

En ce qui touche Savinien Lorgeril :

« Attendu qu'il est reconnu coupable du même crime, mais qu'il existe en sa faveur des circonstances atténuantes ;

« Condamne les accusés, savoir : André Lorgeril à la peine de mort, Savinien Lorgeril aux travaux forcés à perpétuité, et tous deux à l'exposition. »

Savinien, de pâle, devint livide.

— Pourquoi cette distinction, s'écriat-il, si mon frère est coupable, je le suis au même titre que lui... bien plus même, car je suis son aîné, et il ne faisait rien sans me consulter.

— Condamnés, dit le président, vous avez trois jours pour vous pourvoir en cassation.

Savinien voulut encore se faire entendre.

— La séance est levée, déclara le président.

André, qui depuis quelques secondes paraissait étranger à la scène qui se déroulait autour de lui, et dont il était un des héros et la principale victime, avait le regard attaché vers un des coins de la salle, dans la partie réservée au public.

— Viens, lui dit son frère, faisant de vains efforts pour se contenir, c'est fini.

— Attends, répondit André, j'aperçois là-bas un homme, et je me demande où je l'ai déjà vu.

— Viens, la cour se retire, les gendarmes attendent.

La foule aussi commençait à s'écouler au dehors, et l'homme qu'André suivait d'un regard fiévreux se leva et montra son visage en plein.

— Ah! s'écria le condamné à mort dont les jambes chancelèrent et qui tomba sans force dans les bras de son frère, lui, lui...

— Mais qui donc?

— L'homme... le misérable qui a tout mené... qui a fait causer les témoins... l'assassin peut-être... son amant.

A cette révélation, Savinien resta comme foudroyé.

Les gendarmes étaient derrière eux, il fallut s'éloigner.

— Après l'appel en cour de cassation, vous avez le recours en grâce, dit l'avocat à l'oreille d'André.

— Dites que j'ai le recours à la postérité, répondit-il.

Se tournant vers son frère:

— C'est bien lui, n'est-ce pas? dit-il.

Quinze jours après, le pourvoi des deux frères Lorgeril fut rejeté...

Le roi Louis XVIII, qui régnait alors, resta sourd aux prières et aux larmes d'une famille éplorée et aux nombreux amis des deux frères.

Ce roi n'était pas méchant, mais il était mal entouré.

Les jésuites qui, réussissant davantage près du roi Charles X, devaient, cinq à six ans plus tard, amener la révolution de 1830, usèrent des suprêmes ressources de leur esprit et de leur pouvoir pour que le jugement fût exécuté tel qu'il avait été rendu.

Louis XVIII, qui ne pouvait avoir un

doute sur la culpabilité des deux condamnés, se sentait cependant porté à la clé-
mence à la vue d'une famille aussi intéressante que la leur.

La jeune épouse d'André, portant dans
ses bras les deux enfants de sa sœur, était
parvenue jusqu'à Sa Majesté et s'était jetée
à ses pieds.

La duchesse d'Angoulême, femme au
cœur haineux et aigri, qui, n'ayant jamais
pardonné à la France sa revanche de 89,
et avait juré à tous les libéraux une guerre
à mort, détourna la tête à la vue de Jeanne
et paralysa la bienveillance du roi.

Les frères Lorgeril étaient des libéraux
à une époque de réaction. C'étaient les fils
d'un artisan jacobin, d'un soldat de la ré-
publique et d'un officier de l'empire. La
victime était royaliste, et de tout temps
avait servi et défendu la cause royale...

On fit de la politique dans une affaire
privée; on cria que la religion était inté-
ressée dans la sévérité du châtiment qui
était réservé aux deux coupables.

Les journaux monarchiques du temps
exaltèrent les qualités du baron Terrade et
parlèrent avec éloquence de ses principes
conservateurs, on parlait déjà de principes conservateurs à cette époque, de sa foi
ardente dans l'Église et de son amour
immense pour le roi...

Ce fut un concert de louanges : quant
aux deux frères Lorgeril, point n'était
besoin d'en parler; — on savait trop ce
que pouvaient valoir les fils d'un ancien
buveur de sang.

Ils parurent au carcan, c'est-à-dire qu'ils
furent menés à pied, les mains liées, derrière la charrette du bourreau, jusqu'en
face le Palais de Justice, et que là ils furent attachés à un poteau, la tête passée
dans un collier de fer s'ouvrant par une
charnière et fermé par un cadenas.

L'exposition dura une heure.

La foule, qui les vit et qui connaissait
leur histoire, détourna la tête et passa.

Les trois femmes, à qui des âmes géné-
reuses avaient affirmé que ce supplice
n'aurait pas lieu pour les deux frères, le
crurent et ne surent pas que tant de honte
était réservée à ceux qu'elles vénéraient.

Ce jour-là, on veilla à ce qu'elles ne
sortissent pas.

Le lendemain, elles firent le voyage de
Bicêtre, dans l'espoir de les voir, mais cet
espoir fut déçu.

Aujourd'hui, les malheureux condamnés
aux galères sont renvoyés à Mazas, où ils
était déjà avant leur jugement. Quant aux
condamnés à mort, les quelques jours qui
leur restent à vivre, ils les passent dans la
prison de la Roquette.

Le dernier voyage qu'ils auront à faire
pour l'éternité sera de courte durée et
demandera à peine quelques minutes. L'é-
chafaud est dressé sur la place; on ouvre
la grande porte, le patient est déjà sur le
lieu du supplice.

Que nos lecteurs se rappellent que notre
récit remonte à 1825... alors, l'exposition

que les deux frères avaient subie avait lieu sur la place du Palais-de-Justice ;

Bicêtre et ses cachots, ses cabanons, ses geôles ;

La chaîne, rude et périlleux voyage accompli sous le bâton du garde-chiourme ;

La marque, où la chair crie sous le fer rouge, et, la vie durant, désigne la place où le feu de l'ignominie a passé ;

La guillotine à la place de Grève...

Les Lorgeril devaient, à eux deux, épuiser toutes les souffrances qu'un reste de barbarie imposait à la civilisation.

Enfermés dans les cachots, leur famille n'avait pu obtenir la permission de les visiter... Des cachots!... quels cachots!... on y a envoyé des hommes ! s'écrie un historien. Bicêtre en faisait des idiots, des maniaques et·des fous furieux.

Bicêtre, prison, avait à la fois des cabanons et des cachots, des cellules et des culs de basses-fosses.

La vie tout entière du prisonnier se passait dans l'étroite enceinte de son cabanon : le captif était un mort qui vivait longtemps en tête-à-tête avec Dieu et avec lui-même.

Les solitaires des cabanons, s'ils pouvaient entendre quelque chose de la vie humaine, n'entendaient guère que l'écho affaibli, étouffé des gémissements de quelques compagnons d'infortune.

Mais, si le prisonnier entrait en rébellion, s'il demandait un peu d'air, un peu de soleil, c'était bien autre chose ! Imaginez un long abîme tuyauté, et dans chaque tuyau une chaîne scellée au mur, et, au bout de cette chaîne, un innocent ou un coupable ; toutes les souffrances, toutes les privations, toutes les tortures de l'emprisonnement, se trouvaient réunies dans ces horribles cachots.

André Lorgeril, attendant le jour de son exécution, était dans un cabanon ; Savinien désirant retarder l'instant du contact qui l'attendait, et préférant la solitude morne, les fers aux pieds et la privation d'air à la vie au milieu des hommes vils qui allaient l'entourer, et dont l'un cependant, allait devenir son compagnon de chaîne, avait sollicité comme une grâce le supplice du cachot souterrain.

Cependant, un jour terrible pour Savinien arriva. Ce fut celui du ferrage et du départ de la chaîne.

Il fut arraché de son cachot, et jeté au milieu des hommes aux vêtements sordides, au visage sinistre, aux paroles obscènes qui grouillaient dans un espace de quelques mètres carrés.

Un moment il eut l'idée de se précipiter contre l'angle d'une pierre, et d'en finir brutalement avec la vie, mais il se roidit contre le sort, pensa à son malheureux frère qu'un autre supplice attendait, à Marguerite, dont les larmes devaient couler nuit et jour, et à ses pauvres enfants qui, tous les matins, lorsque le soleil frappait joyeusement à leurs croisées, devaient

tendre vers lui leurs petites mains frémis-
santes.

L'opération commença, et une vingtaine
de ses compagnons étaient déjà ferrés
lorsque son tour arriva.

C'était dans une grande salle pourvue
d'une pièce de bois carrée, longue d'environ trois mètres, que l'on nomme souche,
et sur laquelle deux enclumes sont assu-
jetties.

— Couchez-vous à plat ventre, lui or-
donna-t-on.

Savinien obéit, et renversé sur le ventre, plia le genou, et porta son pied en
l'air (1).

Un forçat qui se trouvait là, le maintint
dans cette position de manière à ce qu'il
restât d'aplomb, et le sbire chargé du ferrage mit la manille et la riva.

Cette opération demande beaucoup d'assurance dans les coups du lourd marteau
qui sont appliqués, car le sbire frappe de
toutes ses forces et, s'il manque son coup,
casse infailliblement la jambe du patient.

L'administration a toujours fait ce qu'elle
a pu pour qu'il y eût le moins de jambes
cassées possible.

Après que Savinien fut ferré, une certaine quantité de linge, appelée *patarasse*,
lui fut passée entre la manille et la peau

(1) Il faut entendre l'auteur de *Claude Gueux*,
revenant d'un spectacle de ce genre : c'est le génie
éclairant les profondeurs de l'horrible, et montrant
à nu une des plaies les plus vives de notre civilisation attardée : — « J'ai vu, ces jours passés, une
chose hideuse, dit le poète.

« Midi sonna. Une grande porte cochère, cachée
dans un enfoncement, s'ouvrit brusquement : une
charrette, escortée d'espèces de soldats sales et hon-
teux, en uniformes bleus, à épaulettes rouges et à
bandoulières jaunes, entra lourdement dans la cour
avec un bruit de ferrailles. C'étaient la chiourme et
les chaînes.

« Au même instant, les spectateurs des fenêtres,
jusqu'alors silencieux et immobiles, éclatèrent en
cris de joie, en chansons, en menaces, en imprécations mêlées d'éclats de rire poignants à entendre ;
on eût cru voir des masques de démons. Sur chaque
visage parut une grimace ; tous les poings sortirent
des barreaux, toutes les voix hurlèrent, tous les
yeux flamboyèrent, et je fus épouvanté de voir tant
d'étincelles reparaître dans cette cendre.

« Cependant les argousins se mirent tranquille-
ment à leur besogne. L'un d'eux monta sur la charrette et jeta à ses camarades les chaînes, les colliers
de voyage et les liasses de pantalons de toile. Alors,

ils se dépecèrent le travail ; les uns allèrent étendre
dans un coin de la cour les longues chaînes qu'ils
nommaient dans leur argot les *ficelles* ; les autres
déployèrent sur les pavés, les *taffetas*, les chemises
et les pantalons, tandis que les plus sagaces exa-
minaient sous l'œil de leur capitaine, petit vieillard
trapu, les carcans de fer qu'ils éprouvaient ensuite
en les faisant étinceler sur le pavé ; le tout aux acclamations railleuses des prisonniers, dont la voix
n'était dominée que par les rires bruyants des
forçats pour qui cela se préparait, et qu'on voyait
relégués aux croisées de la vieille prison qui donne
sur la petite cour.

« Un moment après, voilà que deux ou trois portes
basses vomirent, presque en même temps, et par
bouffées, dans la cour, des nuées d'hommes hideux,
hurlants et déguenillés : c'étaient les forçats. A
leur entrée, redoublement de joie aux fenêtres ;
quelques-uns d'entre eux, les grands noms du bagne,
furent salués d'acclamations et d'applaudissements
qu'ils recevaient avec une modestie fière.

« Quand ils eurent les habits de route, on les
mena par bandes de vingt ou trente à l'autre coin
du préau, où les cordons allongés à terre les attendaient. Ces cordons sont de longues et fortes chaînes,
coupées transversalement, de deux pieds en deux

afin de prévenir la mâchure qui devait s'en suivre nécessairement.

Malgré cette précaution, ni Savinien ni d'autres ne purent échapper à l'épreuve sans ressentir plus ou moins de mal provoqué par le poids de la manille et par celui de la chaîne, qui pèsent ensemble deux kilogrammes deux cent cinquante grammes.

Aussi, quelque douleur que ressente un condamné, il est rare qu'il demande à ce que ses fers soient changés de jambe, car il redoute le moment de l'opération; mais c'est une cruelle épreuve à faire subir à la nouvelle jambe.

Chaque condamné a une ceinture en cuir, à laquelle s'adapte un crochet en fer; ce crochet supporte, à la moitié, sa chaîne, qui se trouve ainsi relevée le long de la jambe, depuis la manille jusqu'à la hanche.

Savinien était ferré; il fut accouplé. Il était jeune, plein de foi, de sentiments, et avait les manières simples, mais dignes et réservées, de l'homme qui joint à l'élévation de caractère le travail de la pensée et les bénéfices d'une éducation solide. On lui donna pour compagnon de chaîne un de ces misérables nés dans un jour de colère de la nature en furie, et qui n'apparaissent sur la terre que pour y commettre

---

pieds, par d'autres chaînes plus courtes, à l'extrémité desquelles se rattache un carcan, qui s'ouvre au moyen d'une charnière pratiquée à l'un des angles, et se ferme à l'angle opposé par un boulon de fer, rivé pour tout le voyage au cou du galérien.

« On fit asseoir les forçats dans la boue, sur les pavés; on leur essaya les colliers; puis deux forgerons de la chiourme, armés d'enclumes portatives, les leur rivèrent à froid à grands coups de masse de fer. C'est un affreux moment, où les plus hardis pâlissent; chaque coup de marteau asséné sur l'enclume appuyée sur leur dos, fait rebondir le menton du patient; le moindre mouvement d'avant en arrière lui ferait sauter le crâne comme une coquille de noix.

« Après cette opération, ils deviennent sombres; on n'entendait plus que le grelottement des chaînes; et par intervalle, un cri ou le bruit sourd du bâton des gardes-chiourmes sur les membres des récalcitrants. Il y en eut qui pleurèrent; les vieux frissonnaient et se mordaient les lèvres. Je regardais avec terreur tous ces profils sinistres dans leurs cadres de fer... Un grand bruit me réveilla; il faisait petit jour. Ce bruit venait du dehors. Mon lit était à côté de la fenêtre; je me levai sur mon séant pour voir ce que c'était.

« La fenêtre donnait sur la grande cour de Bicêtre. Cette cour était pleine de monde. Deux haies de vétérans avait peine à maintenir libre, au milieu de cette foule, un étroit chemin qui traversait la cour. Entre ce double rang de soldats, cheminaient lentement, cahotées à chaque pavé, cinq longues charrettes chargées d'hommes : c'étaient les forçats qui partaient.

« Les charrettes étaient découvertes; chaque cordon en occupait une, les forçats étaient assis de côté sur chacun des bancs, adossés les uns aux autres, séparés par la chaîne commune qui se développait dans la longueur du chariot, et sur l'extrémité de laquelle un argousin debout, fusil chargé, tenait le pied. On entendait bruire leurs pas, et à chaque secousse de la voiture, on voyait sauter leurs têtes et ballotter leurs jambes pendantes.

« Il s'était établi, entre la foule et les charrettes, je ne sais quel horrible dialogue; injures d'un côté, bravades de l'autre, imprécations de toutes parts; mais à un signe du capitaine, je vis les coups de bâton pleuvoir au hasard dans les charrettes, sur les épaules ou sur les têtes, et tout rentra dans cet espèce de calme extérieur que l'on appelle l'ordre.

« Les charrettes escortées de gendarmes à cheval et d'argousins à pied, disparurent successivement sous la haute porte cintrée de Bicêtre; on entendit s'affaiblir par degrés dans l'air le bruit lourd des roues et des pieds des chevaux sur la route pavée de Fontainebleau, le claquement des fouets, le cliquetis des chaînes et les hurlements du peuple, qui souhaitait malheur au voyage des galériens. »

tous les crimes, y semer le vol, l'incendie,
la destruction, la mort, jusqu'à ce que la
société indignée les replonge d'une main
redoutable dans la fange et la boue, dont
ils sont sortis, dans le néant qui les attend.

L'accouplement de deux forçats se fait
à l'aide d'un anneau de jonction qui marie
la chaîne de l'un avec la chaîne de l'autre.
Quant aux manilles, elles sont trempées à
paquet, et la lime d'acier fondu n'a aucune
prise sur elles.

Nous ne suivrons pas Savinien dans
l'horrible voyage qui le menait à Toulon,
nous l'y trouverons, un jour ou l'autre,
jour marqué par Dieu, et qui sera aussi
celui d'une revanche éclatante. Garrotté, il
avait eu à subir vingt interrogatoires et à
subir toutes les visites. C'était la bête curieuse; on venait le voir par curiosité.

Au bagne, il eut les lettres T F, mar-
quées sur l'épaule nue avec un fer rouge...

Au bagne, il eut la tête rasée, un pantalon jaune, une casaque en moui rouge,
et un bonnet vert.

Mais au bagne, le bâton du garde-chiourme sur la tête, condamné à un travail
ignoble, traînant la chaîne, et son misérable compagnon l'étourdissant de son
langage obscène, mangeant à la gamelle,
et buvant au bidon de forçat, couchant
sur une planche, la barre de fer passée
dans l'anneau et lui brisant les jambes,
Savinien pensa à ceux qu'il aimait, et, fort
de sa conscience, plein de confiance en
Dieu, il attendit l'instant de les revoir et
de les presser dans ses bras.

Mais n'anticipons pas : une autre heure

allait sonner, et déjà elle tintait au cadran
funèbre de Bicêtre.

C'était dans la nuit. André Lorgeril
transféré à Bicêtre depuis peu ne dormait
pas...

Il avait appris le départ de son frère pour
Toulon, il veillait...

Il savait que son pourvoi était rejeté,
que son recours en grâce n'avait pas été
accepté et veillait...

Il savait encore qu'il n'avait plus qu'une
nuit à vivre, que son exécution était pour
le lendemain, il veillait.

Il veillait et il pleurait... il avait une
femme de dix-huit ans qu'il quittait après
deux journées de bonheur...

A six heures du matin, on vint le chercher pour le conduire à la chapelle des
condamnés à mort.

Il s'agissait pour lui, selon l'usage, d'assister à la prière des agonisants.

André se laissa conduire, et dans la chapelle s'agenouilla et pria.

Il eut peut-être un moment de calme
dans une heure d'angoisse.

Mais la nuit avait été froide, la matinée
était glaciale. Une bise âpre et glacée
soufflait dans les longs corridors obscurs
et s'engouffrait avec bruit dans la chapelle.
André frissonna sous le pantalon de toile
et la veste grise du prisonnier. Il manifesta
le désir de rentrer, et passant devant l'au-

C'étaient des profils bizarres ou sinistres qui se dessinaient dans les ténèbres.

mônier, il demanda si la consolation qu'il avait sollicitée de revoir sa famille lui était accordée.

— Oui, lui répondit l'aumônier, c'est le moment de remercier Dieu et de vous réconcilier avec lui.

André eut un sourire.

— La nouvelle que vous m'apportez, dit-il, est sensible à mon cœur, et c'est vous que j'en remercie, mais je n'ai pas à me réconcilier avec Dieu, je n'ai jamais commis de fautes assez grandes pour l'éloigner de moi sans miséricorde.

— Malheureux !...

André fixa sur le prêtre un regard empreint d'une grande douceur et d'une humble sérénité, puis s'inclina devant lui, non en coupable repentant, mais en martyr résigné. Le prêtre détourna le sien avec colère et s'éloigna.

C'était l'heure de la toilette...

On l'introduisit dans l'avant-greffe, et il prit place sur un tabouret, l'exécuteur et ses aides entraient, il tendit sa tête au ciseau.

Ses cheveux tombèrent, et comme le froid était vif, il grelotta, mais il ne dit pas un mot.

L'opération terminée, il se leva à un ordre qu'on lui donna, et sans manifester la moindre émotion, se laissa conduire au greffe.

Il y avait là le directeur de Bicêtre, l'inspecteur général des prisons, le docteur Jeanselme et plusieurs autres médecins.

André Lorgeril salua ces messieurs d'un air digne, et se retira à l'écart.

On s'approcha de lui et on lui demanda s'il n'avait rien à dire avant de mourir, aucune révélation à faire, aucune prière à formuler.

— Rien, dit-il, absolument rien, sinon jusqu'à la dernière heure de ma vie de protester de mon innocence.

On songea au prêtre pour lui arracher les aveux qu'on eût tant désiré qu'il fît, mais se rappelant que le prêtre n'avait pas été plus heureux, on s'éloigna de lui, et on le laissa en repos.

— La loi vous accorde tout ce que vous pouvez désirer, lui dit un des surveillants, et si vous éprouvez le besoin de boire et de manger, commandez comme il vous plaira, on tâchera de vous satisfaire.

— Vous êtes bien bon, répondit André dont les lèvres se plissèrent avec ironie, mais je n'ai besoin de rien, et je n'ai qu'un désir.

— Parlez.

— Celui de voir se réaliser la promesse qui m'a été faite par M. l'aumônier.

— Celle de voir votre femme ?

— Oui, dit André Lorgeril, dont les yeux brillèrent d'un vif éclat.

— Elle est là, dit le surveillant, avec les deux petits enfants de votre frère.

— Et elle n'entre pas !

— Nous attendons des ordres.

— A quelle heure l'exécution ? dit André avec calme.

— A huit heures et demie.

— Et il est ?

— Sept heures et un quart.

— Oh ! on me marchande les minutes, dit André qui se laissa tomber sur le banc de bois, et dont les traits se contractèrent.

La porte qui était derrière lui, s'ouvrit.

On lui fit signe de faire quelques pas en arrière, et il se trouva en face d'un épais grillage bardé de fer. Derrière ce grillage, il y avait un long espace vide, puis un autre grillage semblable.

André comprit que c'était à travers cette distance et ces barreaux de fer qu'il allait voir celle qu'il aimait, et une profonde douleur se peignit sur son visage.

— On m'a fait espérer, se dit-il, que je pourrais la presser dans mes bras.

Soudain, il fit un retour sur lui-même et pâlit, il ne s'était plus rappelé que ses mains étaient liées, et que toute liberté d'agir lui était refusée.

— Je n'avais pas pensé à cela, se dit-il, baissant la tête.

Soudain, il poussa un cri de joie, de rage, d'effroi, une ravissante tête de femme se dessinait derrière les deux grillages. Pâle comme une morte, ses cheveux noirs s'échappaient en boucles désolées sur ses joues amaigries.

Un feu sombre illuminait son regard et donnait à ses prunelles noires un éclat fiévreux. Un ordre arrivant instantanément, lui permit d'entrer dans l'espace vide. Elle y parut, et sa taille svelte, drapée dans les plis de sa robe et de son châle de deuil, se dressa comme une ombre. Elle se baissa à terre, éleva dans ses bras les deux enfants de Savinien Lorgeril, tous vêtus de noir comme elle, elle colla son visage contre les barreaux de fer, et André y chercha ses lèvres.

— Embrasse aussi les enfants, dit-elle. Il les mangea de baisers, réchauffant de ses lèvres la place que le fer par son contact avait refroidie.

— Marguerite n'est pas venue, dit André ?

— Non.

— Et ma mère ? dit-il d'une voix à peine accentuée.

— Elle est très-souffrante, répondit Laure contenant mal son émotion, et cette entrevue l'eût tuée.

— Oui, c'est vrai.

— Du reste, reprit Laure, elle est au lit, et Marguerite veille à son chevet.

— Pauvre femme, dit André avec accablement.

Laure n'avait pas tout dit : après l'exécution de son mari qui devait être terminée à neuf heures, elle devait aller s'agenouiller dans cette même église de Saint-Médard, où quelques mois elle avait été si heureuse, et de là, un enfant dans ses bras, tenant l'autre par la main, suivre à pied les longues rues qui conduisaient au cimetière.

La veuve Lorgeril était morte.

A quoi bon dire cela à ce fils qui allait mourir aussi ?

Ils causèrent vingt minutes environ, accroupis dans l'ombre, les deux enfants les regardant, les comprenant et pleurant. On les sépara de force, et les deux petits Lorgeril remplirent de leurs sanglots les corridors obscurs et les voûtes sombres de Bicêtre.

La voiture attendait. Le condamné à mort y monta. Un ordre fut donné, les chevaux s'ébranlèrent. Le *panier à salade* partit à fond de train... misérable voiture contenant un homme et entourée de tous côtés de cavaliers le sabre nu au poing, et les pistolets chargés dans les fontes.

Le jour était bas et avait peine à se lever, le froid sévissait avec rigueur, le ciel, enveloppé comme d'un manteau de deuil, tendait sur la route comme un suaire de glaces...

C'était froid, noir et funèbre...

— Elle m'a dit qu'elle me ferait réhabiliter et qu'elle me vengerait, se disait le malheureux que l'on condamnait à la mort; elle m'a dit : « Si j'ai un enfant de toi, sa vie se vouera à cette tâche, et les enfants de ton frère n'auront pas non plus sur la terre d'autre soin que celui de te venger... » Elle m'a dit... Oh ? que m'a-t-elle donc dit encore ? « Je ne pleure pas ta mort, parce que tu pars innocent; ceux qu'il faut plaindre sont ceux qui t'ont fait condamner et que tu laisses après toi, car, pour ceux-là, je serai implacable et inexorable... Tu ne sais pas, Lorgeril, quelle femme est la tienne et ce qu'elle sera demain... »

Douze à quinze cents personnes avaient envahi la place de Grève ; le beau monde était en majorité, le peuple n'avait que faire là où l'on guillotinait l'un des siens, que, dans son bon sens, il ne croyait pas coupable.

L'échafaud s'élevait au milieu de la place, entouré d'un cordon de gendarmes et de gens de police. La voiture arriva et ne s'arrêta qu'au pied de l'échafaud.

André Lorgeril descendit, et la première personne que son regard rencontra fut Laure, traînant avec elle les deux enfants, et qui, elle aussi, descendait d'une voiture qui avait suivi la sienne depuis Bicêtre.

Cette rencontre paralysa un instant son courage, mais, reprenant toute sa force, il monta d'un pas ferme les degrés de l'échafaud.

Le prêtre était à ses côtés, il se pencha à son oreille et lui dit :

— L'heure est venue, avouez, avouez ; Dieu seul vous entend...

André se retourna avec une douce sérénité vers le prêtre.

— Embrassez-moi, mon père, lui dit-il, vous embrasserez un innocent.

Le prêtre, stupéfait, l'embrassa sur les deux joues et lui appuya le christ sur les lèvres.

André le remercia d'un sourire, et, jetant un dernier regard du côté de la place où son cœur lui désignait Laure, il l'aperçut, la salua d'un mouvement de tête indescriptible, et, le corps sur la bascule, la tête sous le couteau, il expira...

Une clameur sourde monta de la foule et annonça que tout était terminé.

Un cri étouffé par la rumeur avait bondi de la poitrine de Laure. Il lui sembla que le couteau qui venait de rompre la vie à son André était entré dans sa chair et lui meurtrissait le cœur.

— Venez, venez, mes enfants, dit-elle, les traînant par la main, eux, les pauvres enfants qui pleuraient et avaient tout deviné sans avoir rien vu ; les hommes se trompent quelquefois, mais Dieu, un jour ou l'autre, atteint toujours le vrai coupable... *Je marche avec Dieu, moi, et je sais où frapper.*

Elle précipita sa marche...

Derrière elle, il y avait un homme dont la vue l'épouvanta plus que la guillotine.
— Lui, lui, dit-elle pressant le pas... l'homme de l'église Saint-Séverin, du parvis Notre-Dame, de la rue de Lacépède, de la cour d'assises.

L'homme maudit !

FIN DE LA PREMIÈRE PARTIE

~~~~~~~~~~~~~

DEUXIÈME PARTIE

LES VENGEANCES HUMAINES

~~~~~~~~~~

I

LA DUCHESSE D'OLIVEIRA

C'est ici qu'il est nécessaire que le lecteur nous suive pas à pas et ne nous perde pas d'une seconde.

Les événements vont se succéder, se presser, nous emporter... Ce n'est pas notre faute, c'est celle de ce drame étrange dont tous les fils s'échappent, se tordent, se brisent dans nos mains, dont nous ne sommes plus maître.

Le prologue est joué ;

Savinien est aux galères ;

La vieille mère Lorgeril est morte ;

André a rougi de son sang la terre déjà ensanglantée de la place de Grève...

L'épouse d'un jour est rentrée au logis, grelottant de froid, traînant les deux petits enfants de sa sœur à travers les rues sombres du vieux Paris et poursuivie par le spectre maudit...

L'homme qu'André avait vu aux assises, alors qu'on lui lisait sa sentence de mort et qu'il n'entendait pas, l'homme qu'elle a revu au pied de l'échafaud, dont la haute tête dominait la foule, et dont le regard fatal tombait vers elle...

Il neigeait...
Le froid était vif, un vent violent balaya le sol.

Le sang s'effaça.

Puis il y eut du soleil... un soleil tiède et doux d'abord, qui devint ardent et embrasa la terre.

Il y eut des fleurs nouvelles dans la création... puis des arbustes qui, aux premières brises printanières, secouèrent leurs cimes bourgeonnées... Les forêts se couvrirent de feuilles et les oiseaux, par milliers, arrivant des contrées lointaines ou s'échappant du nid enfoui dans les bruyères, animèrent la nature de leurs chants joyeux.

On se sentit revivre : Les vieillards assurèrent qu'un sang généreux courait dans leurs veines, et les jeunes riant aux éclats s'enfuirent par les routes inondées de soleil et s'en revinrent par les allées pleines d'ombres, une belle fille au bras et disant de ces mots vagues et tendres que nous disons tous à une certaine heure dans la vie et que nous redirions bien encore, si nous l'osions.

Osez, osez toujours...

Tout cela passe si vite... et la jeunesse et le printemps... et l'amour.

L'hiver revint, hiver rude, c'était le 20 novembre de la même année de notre drame, dix mois s'étaient écoulés depuis son dénoûment fatal.

Attendez la fin.

L'hôtel d'Oliveira ouvrait ses portes et donnait son premier bal.

Vous ne connaissez pas l'hôtel d'Oliveira... Cela n'a rien d'étonnant, on l'a démoli.

Vous savez bien qu'on démolit tout depuis quelque temps ; le malheur est qu'on ne reconstruit rien.

L'hôtel d'Oliveira s'élevait au haut du faubourg du Roule, du côté de la rue de Courcelles, et était entouré de terrains incultes.

Dans la suite, de nombreuses construc-tions s'élevèrent dans le voisinage du vaste hôtel, mais une autre heure sonna, où maisons et hôtels disparurent pour faire place à de larges boulevards.

C'est notre métier à nous de reconstruire le passé.

Nous en reconstruirons bien d'autres, et, aidé de nos souvenirs et des récits des derniers débris d'une population dispersée, nous aurons, dans les chapitres suivants, à rétablir, tel qu'il se présentait il y a quarante ans, le célèbre quartier de la Petite-Pologne.

La place Maubert, bien déchue, hélas ! aujourd'hui, ne fut jamais qu'une plate copie de la place de Laborde.

Mais n'anticipons pas. Il y avait bal à l'hôtel d'Oliveira.

Bal de nuit...

Les équipages arrivaient en foule, et, avançant lentement, stationnaient une seconde au perron et revenaient prendre la file à cinquante pas plus loin. A minuit, il en débouchait encore du faubourg Saint-Honoré, du Roule, des rues de la Pépinière, de Courcelles et de la route de Neuilly.

— Ça ne finira donc pas aujourd'hui ? disaient les gamins qui, pour jouir du coup d'œil, étaient montés, les uns sur les buttes et les autres au haut des arbres.

— Tu verras qu'il y en aura pour jusqu'à demain comme cela, dit l'un.

— C'est égal, c'est du cossu, dit un autre.

— Je regrette, dit le premier, de ne pas avoir apporté mon ouvrage, j'aurai économisé l'huile de mon patron.

— Ces riches, ça ne regarde à rien ; je vous demande un peu, éclairer le quartier sous prétexte que madame reçoit...

Les illuminations de l'hôtel d'Oliveira étaient en effet tellement brillantes, que tout le quartier paraissait noyé dans un flot de lumières.

Vers une heure du matin, le vent apporta au dehors les notes mourantes d'une puissante et éloquente mélodie.

On dansait...

— Dis donc, Charlot, dit un gamin qui, malgré l'heure avancée de la nuit, ne paraissait pas disposé à quitter son poste d'observation, je vois des ombres...

— Chinoises ?

— Non, des ombres de femmes... Tiens, à travers la mousseline des rideaux, on les voit très-bien... O mon Dieu !...

— Quoi donc ?

— La jolie femme !

— La bleu de ciel ?

— Non, la rose ; si je n'étais pas cordonnier de mon état, Charlot, et que je fusse majeur, je la demanderais en mariage.

— Elle te refuserait, va... ces femmes-là, ça n'a pas de cœur.

— Qui sait ? Tiens-tu bien sur ton arbre ?

— Oui, et toi ?

— Moi, je sens que ça craque...

— Prends garde !

— Bah ! si je tombe et que je rende l'âme, tu lui diras, Charlot, que je suis mort pour elle.

— Je te le promets... mais elle ne le croira pas.

— Si, ça la flattera... O mon Dieu !... encore une plus jolie !... Charlot, allons-nous-en, ces femmes-là, vois-tu, mon vieux, nous feront perdre le boire et le manger.

— Et le sommeil.

— Viens-tu ?

— Non, je reste là, moi, j'attends les rafraîchissements.

— A ton aise, mon vieux, moi je rabats du côté de la case.

Quant à nous, usons de nos priviléges, et n'imitons pas Charlot.

La nuit devenait froide, et je vous jure qu'il faisait bien meilleur dans la salle du bal.

On valsait...

C'était plaisir de voir toutes ces belles têtes de femmes qui ondulaient capricieusement, disparaissant dans les bras de leurs cavaliers pour reparaître au-dessus de leurs épaules.

Les habits noirs faisaient tache, mais on les perdait dans les flots de mousseline, de soie, de velours et de brocart.

Ce soir-là, du reste, les hommes étaient plus laids que d'habitude et les femmes plus belles que jamais.

Pourquoi cela ?... Nous n'en savons rien; nous constatons le fait, voilà tout. Toujours est-il que les hommes paraissaient étriqués et que les femmes déployaient un luxe dont l'éclat terrifiait les faibles et donnait le vertige aux plus forts.

Le duc d'Oliveira parut, ayant au bras la jeune et ravissante duchesse d'Oliveira.

On se pressa sur leurs pas, on les salua d'acclamations bruyantes, on se haussa sur la pointe des pieds pour mieux les voir, et on se précipita au-devant d'eux dans l'espoir d'échanger un regard avec le duc et un sourire avec la duchesse, tout comme jadis les courtisans de Versailles mendiaient les faveurs du roi-soleil et de sa favorite.

Cela tenait à des raisons mystérieuses qui se dérouleront dans la suite de ce récit.

Comme raisons apparentes, elles étaient déjà plus que suffisantes pour expliquer cet engouement.

Le duc d'Oliveira, qui, tout jeune, avait habité la France, et qui parlait admirablement notre langue, était natif de Saint-Louis, et se trouvait l'unique héritier du nom, des titres et de l'immense fortune d'une des plus puissantes familles du Sénégal.

Les quinze dernières années de sa vie, il les avait passées loin de la France ; mais ayant perdu son père et tout ce qui pouvait l'attacher à son pays, il était revenu à Paris, avait fait construire l'hôtel auquel il donnait son nom, et manifestait l'intention de ne plus retourner au milieu des climats brûlants et fiévreux qui avaient tué tous les siens et l'avaient tant de fois menacé.

Dans son dernier voyage, il avait, dans une ville de province où il avait séjourné, rencontré une jeune personne d'une grande distinction et d'une grande beauté, et s'en était épris.

La jeune fille était riche, le duc d'Oliveira l'était davantage ; ils étaient jeunes, beaux, et portaient tous deux un beau nom ; il n'y avait aucune raison d'opposition à objecter à ce mariage.

Le baron de Montarieu, le père de la jeune fille, y consentit, et le mariage eut lieu dans une petite ville du Midi, sans bruit, sans pompe, sans fracas et sans autres invités que les bonnes gens du pays, qui bénirent l'union dont elles étaient loin de soupçonner la richesse, et qui cependant, ce jour-là, leur apporta un peu de bien-être dont elles se souvinrent toute l'année.

Le duc, de retour à Paris, habitant son hôtel depuis deux mois seulement, donnait son premier bal, sa première fête, et avait multiplié ses invitations avec une profusion royale.

Ces hommes se faufilaient à la nuit dans la rue des Grésillons.

Il n'était pas étonnant qu'on y eût répondu avec un tel empressement.

Le duc d'Oliveira était un personnage mystérieux, c'était assez pour qu'on fût avide de le voir et de le connaître.

Il était étranger et natif d'un pays où les hommes mouraient comme des mouches et d'où les Européens ne reviennent pas (1).

_____

(1) Sur deux cents Français qui vont au Sénégal, cinq au plus en reviennent, et encore reviennent-ils pâles, perclus, malades et en quelque sorte mourants.

Il portait un grand nom, un nom illustre dans l'histoire de Saint-Louis, et on le disait immensément riche.

Marié nouvellement, sa femme était jeune et d'une ravissante beauté.

N'étaient-ce pas là des titres suffisants à la curiosité et à l'avidité parisiennes ?...

Maintenant, le duc d'Oliveira avait trente-trois ans, et il en paraissait à peine vingt-cinq, tant les rigueurs du climat sénégalais avaient eu peu de prise sur sa nature nerveuse et aristocratique.

Il avait les cheveux châtains, le teint pâle et les yeux doux et bleus comme ceux d'une femme.

Ce fait-là ne s'était jamais, peut-être, rencontré au Sénégal.

A ceux qui s'en étonnaient, le duc répondait que sa famille, qui s'était établie au Sénégal il y avait plusieurs siècles et qui y avait prospéré, était originaire d'Écosse, et que, de père en fils, les d'Oliveira avaient toujours été blonds et pâles.

Le fait, pour être surprenant, n'en était que plus excentrique, et n'en plaisait que davantage par son côté merveilleux.

Les femmes, à l'envi, déclarèrent le duc d'Oliveira superbe et tout à fait grand seigneur.

Svelte, élancé, de très-haute taille et flexible comme un roseau que le vent eût balancé, le jeune duc se faisait pardonner sa taille un peu exagérée par la noblesse de son attitude et l'affabilité de son maintien.

Son visage était fier et doux à la fois, une barbe châtain, presque blonde, descendait sur sa poitrine, longue et épaisse, mais sans raideur ni austérité. Il avait le nez aquilin, bien arqué, le front sans grande profondeur, mais bien disposé, la bouche petite, les dents belles et la peau d'un blanc mat.

Dans tous les pays de la terre, il eût passé pour un brillant cavalier; arrivant du Sénégal, c'était une merveille.

La duchesse d'Oliveira faisait contraste avec son mari.

Française, assurait-on, elle eût paru beaucoup plus d'origine espagnole que lui, si ce n'eût été sa froideur et son calme.

Bref, la duchesse d'Oliveira ne se révélait Française que lorsqu'elle parlait.

Alors l'esprit pétillait dans ses yeux et sur ses lèvres. Ses joues se coloraient, son front sévère se déridait, toute sa physionomie se transformait et prenait une expression animée et pleine de vivacité...

Ce n'était plus la même femme.

La duchesse d'Oliveira joue peut-être le principal rôle dans cette histoire; que nos lecteurs nous permettent de l'esquisser en quatre lignes :

Elle était de petite taille, mais faite au moule. Sa poitrine, sans être trop forte, était bien accusée, et ses épaules, sans être trop larges, dessinaient des formes d'une pureté irréprochable.

Sa tête, taillée par le ciseau d'un Athénien dans un marbre romain, s'était colorée sous les rayons du soleil arabe. On eût voulu cette tête sur un plus grand corps, tant elle était belle, expressive et saisissante.

La peau était blanche, mais avec des tons chauds et dorés qui parfois lui donnaient une apparence méridionale; les lèvres tranchaient de leur pourpre éclatante sur le marbre veiné de cette peau aux nuances d'ambre. Le nez était mince et droit, l'oreille délicate et fine, le front large, bien découpé et proéminent; mais la beauté qui chez elle effaçait, annulait

toutes les autres beautés, c'était celle des
yeux : elle les avait à fleur de tête, grands,
fendus en olive, frangés de cils noirs ; la
prunelle plus noire encore, chargée d'effluves et rendue plus pénétrante par l'arc
d'ébène hardi de deux sourcils dont les
ombres n'auraient pu en tempérer l'éclat.

La comtesse d'Oliveira comptait peut-
être dix-huit ans.

Elle en paraissait vingt et seize, vingt
parce qu'elle accusait toute la maturité de
la force et toute la plénitude de la raison ; seize, parce qu'elle joignait aux co-
quetteries de la femme et aux roueries du
monde, toute la grâce d'une jeune fille et
la naïveté de la pensionnaire.

Composé étrange, mélange inouï, qui
étonnait d'abord et finissait par effrayer...

Elle avait de ces mots qui faisaient sourire et de ces sons de voix qui épouvan-
taient...

— Quelle était cette femme ?... la duchesse d'Oliveira.

— Sans doute... mais d'où venait-elle ?...
d'une petite ville du midi de la France...

— Soit... mais sa mère ?... elle était
morte...

— Mais son père ?... le baron de Montarieu ?... il existait, et il avait accompagné sa fille à Paris.

Il habitait un petit hôtel situé non loin
de là, dans le bas de la rue d'Anjou-Saint-
Honoré, presque à l'angle de la rue Lavoi-

sier. Il venait souvent voir sa fille, pour laquelle il avait toujours été un père excellent et un peu indulgent.

Ne pardonne-t-on pas à un père de trop
aimer sa fille... soit.

Mais avec son gendre ?... il était dans
d'excellents termes, et on l'avait vu passer
des journées entières dans la compagnie
de ce dernier.

Tout cela, comme l'on voit, était très-
acceptable.

Bien des noms s'affichent dans Paris
avec moins d'apparence de vérité.

Le duc d'Oliveira portait un nom des
plus illustres, et sa personne répondait à
l'idée que l'on peut se faire d'un descendant de grande maison. Sa fortune devait
être immense, à en juger par le train de
son hôtel, ses écuries, ses voitures, sa li-
vrée et la fête qu'il donnait.

Quant à la jeune duchesse, elle était
charmante, gracieuse. Elle avait une parole aimable pour toutes les femmes, un
compliment pour les vieillards, un sourire
pour le cavalier brillant qui la ramenait à
sa place après la valse, et des regards élo-
quents pour le reste des hommes.

Ceux-là qui ne sont pas encore vieux,
mais qui ne sont déjà plus jeunes, qui ne
blanchissent pas du tout, grisonnent à
peine, mais dont l'obésité s'empare... des
malheureux à la veille d'une abdication,
et qui mettraient le feu aux poudres et fe-
raient sauter le monde pour montrer leur
jeunesse, leur vaillance et leur ardeur.

Ceux-là, je vous en préviens, ce sont les plus intrépides à la danse, et ceux dont l'œil assassin essaie de poignarder le plus de cœurs de femmes. Les cœurs poignardés le savent bien et s'inquiètent peu de la blessure. La lionne caresse de sa patte veloutée la crinière du beau lion, et tourne un œil hagard avec le lionceau.

Le bal était à sa période la plus brillante.

Après plusieurs mélodies des grands maîtres italiens, l'orchestre entonnait sa grande voix, et danseurs et danseuses bercés un instant par la poésie étincelante du ciel napolitain, se réveillaient à l'archet fiévreux et oubliaient le monde entier dans l'ivresse de la danse.

Les hommes pressaient les femmes amoureusement, et un frisson inavoué courait des uns aux autres.

Le monde n'avait rien à y voir.

Le bras serrait la taille, mais avec le respect dû à si belle personne et aucune des règles de l'étiquette n'était attaquée...

La tête de la femme se renversait sur l'épaule du cavalier, mais la bouche était close et la paupière alourdie se baissait et dissimulait l'éclair de la prunelle.

Les épaules rondes, blanches et mates s'épanouissaient nues et éloquentes sous l'œil du cavalier, mais celui-ci n'y mouillait pas ses lèvres et le regard qu'il y plongeait se relevait avec crainte et se perdait dans la profondeur de la salle.

La soie criait, quelques mots entrecoupés s'échangeaient, l'orchestre couvrait tout de son harmonie puissante...

Dans une petite pièce attenante, peinte à fresque et éclairée par un lustre en cristal, autour d'un tapis vert, une douzaine d'hommes qui avaient passé la quarantaine se pressaient et s'interpellaient.

Les cartes passaient de mains en mains.

On entendait de l'or qui sonnait, autre musique que celle de l'orchestre et qui avait plus qu'elle le don d'enivrement.

Les uns faisaient galerie, les autres jouaient ; mais les uns et les autres ne songeaient guère au plaisir du bal, aux toilettes et à la beauté des femmes, ils étaient tout entiers aux chances du jeu qui parfois poussaient tout l'or d'un côté et quelquefois le rejetaient tout à coup de l'autre.

Ceux qui ne jouaient pas pariaient... c'est une autre manière de jouer.

Le plus acharné au tapis vert était un vieillard sec, anguleux et à la tête la plus étrange qu'on pût voir.

Figurez-vous un homme de près de six pieds, mais si maigre qu'on eût juré qu'on allait passer à la place qu'il occupait sans l'effleurer, une espèce de géant sans poitrine, sans épaules, tout jambes et tout col.

A cette espèce de perche habillée était adaptée une tête comme bien vous pensez, mais une tête que vous auriez reconnue entre mille, si jamais dans votre vie vous l'eussiez rencontrée.

Elle était énorme dans son volume et énorme dans ses détails.

Un nez immense, une bouche à l'avenant, de longues oreilles plates, un menton long et saillant, un front carré, des yeux en boules de loto, une forêt de cheveux grisonnants dont jamais le peigne n'avait dû approcher et qui formaient au-dessus de sa tête comme un bouquet d'épines, de chardons et de broussailles. Avec cela, le visage imberbe et rasé de frais, la tenue irréprochable et une décoration étrangère à la boutonnière.

Cet homme étrange avait eu de tout temps, comme il est facile de s'en apercevoir, un visage des plus laids et des plus déplaisants, cependant, au repos, ce visage si repoussant qu'il fût, se couvrait d'un voile de placidité telle qu'il paraissait moins horrible, et l'on se sentait enclin à prendre en pitié l'homme qui le portait. L'œil était doux, généreux, la lèvre riante, on se rapprochait et tout mauvais sentiment s'effaçait.

A certaines heures, ce visage changeait et prenait une expression diabolique ; mais nous verrons avant peu cet homme à l'œuvre ; contentons-nous de le suivre.

Il jouait serré et perdait gros.

— Pas de chance, baron, lui dit un de ceux qui jouaient contre lui.

Il eut un rire éclatant.

— Oui, répondit-il, il y a des années comme cela.

— Vous voulez dire des nuits.

— Des années... cette année, j'ai déjà perdu quatre cent mille francs.

— On se récria.

— C'est la vérité, monsieur, dit un des joueurs, partout où je me suis rencontré cette année avec le baron de Montarieu, je l'ai vu perdre.

— Mais quatre cent mille francs...

— Bien comptés, messieurs.

— Et vous n'abandonnez pas le jeu ?

— Déserter le champ de bataille ? jamais.

— Banco, cria-t-on.

— Il se leva.

— Eh bien, messieurs, c'est cinq cents louis pour cette nuit, dans une heure, si vous le voulez bien, et demain au cercle....

Quelques joueurs, les heureux, s'inclinèrent.

— Comme vous le désirez.

— A votre place, moi je ne jouerais maintenant que l'année prochaine, dit l'un d'eux.

— Parce que je perds ? allons donc, messieurs, je perds depuis le 1er janvier et nous sommes au 20 décembre, ce serait dommage d'avoir tenu tête si longtemps. Du reste, qui sait, messieurs, j'ai encore le temps de me rattraper. Si j'ai perdu quatre cent mille francs dans une année, j'en ai gagné une fois cinq cent mille dans une nuit.

— A Bade?...

— Non, au Brésil.

— Vous avez beaucoup voyagé? baron.

— J'ai traversé le monde, messieurs.

Il rentra dans la salle de bal, se promena quelques minutes d'un air indifférent et s'approcha du duc d'Oliveira.

— De l'argent! lui dit-il à voix basse et d'un ton moitié impératif et moitié sarcastique.

— Je n'en ai pas, répondit le duc d'Oliveira d'un ton sec.

— Il m'en faut.

— J'en suis fâché.

— Je viens de perdre cinq cents louis.

Le duc fit un mouvement.

— Sur parole.,. ajouta le baron de Mortarieu.

Le duc eut une rougeur au front, ses traits se contractèrent, mais il fit un effort sur lui-même, se contint et tourna le dos au baron.

— Je ne peux rien y faire, dit-il froidement.

Le baron, à son tour fronça le sourcil, et un éclair de colère illumina son œil fauve.

— Bah, dit-il, avec un grand éclat de rire qui ouvrit ses larges lèvres, je devrais être habitué à lui et le connaître depuis le temps où... Allons, recourons au grand moyen.

Une jeune femme passa près de lui au bras d'un cavalier.

— Un mot, lui dit-il à l'oreille.

— Quand?

— A l'instant.

— Oui, répondit celle-ci dont les traits exprimèrent l'ennui et la lassitude.

Elle trouva un prétexte, quitta le bras de son cavalier et rejoignit le baron de Mortarieu.

— Que me voulez-vous encore? lui dit-elle.

— Encore est joli; décidément, ma fille, le monde n'adoucit pas vos mœurs. Au contraire, vous étiez plus aimable que cela avant d'être duchesse... N'avons-nous plus d'amour pour ceux qui ont tout fait pour nous?

Il eut un sourire de conciliation.

La duchesse d'Oliveira répondit à ce sourire et passa son bras sous le sien ou plutôt le bout de ses doigts, car c'est à peine si sa main pouvait atteindre à ce maudit bras.

— Vous me prenez au milieu du bal, dit-elle, quand je me dois au monde, à mes invités... quand je ne sais déjà à qui répondre ; puis vous avez une de ces façons mystérieuses de demander un rendez-vous qui trouble, gêne et dispose mal en votre faveur... oublions tout cela, que voulez-vous ?

— A la bonne heure, voilà qui est mieux... je me disais aussi : il va arriver un moment où ma chère enfant va changer de langage et m'épargner les reproches. Cette pauvre duchesse, elle a tant à faire... d'un côté son mari, de l'autre son père... une immense fortune à diriger, un nom illustre à soutenir.

— Que voulez-vous ? dit la duchesse qui n'écoutait pas.

— Tu le sais bien, ma douce amie.

— Je suis à cent lieues de m'en douter.

— Bah ! allons donc, mais de l'argent, divine enfant.

La duchesse d'Oliveira eut un tressaillement nerveux.

— De l'argent... c'est une plaisanterie... vous êtes en avance avec nous de cinquante mille francs et je ne compte pas les sommes considérables que vous redevez à M. le duc.

— Deux cent mille francs.

— Et vous venez encore me trouver... vingt-cinq mille francs ne vous suffisent pas.

— Tu le vois bien, chérie.

— Monsieur, dit la duchesse d'Oliveira, d'un ton sec, vous allez nous ruiner.

— Le duc d'Oliveira a encore dix mille têtes de bétail à Saint-Louis et dans l'île de Gorée... il y en a pour vingt ans, belle enfant.

— Et après ?

— Oh ! après... nous aviserons.

— Que vous faut-il ce soir ?

— Une bagatelle... cinq cents louis.

— Demandez-les à M. le duc.

— Ah ! décidément nous jouons au chat coupé, mon ange. Mon gendre, que le diable emporte, m'a envoyé à toi.

— C'est bien, dit la duchesse avec un soupir, je vais lui dire deux mots, dans quelques minutes vous aurez cette somme.

— Vous êtes bien la meilleure des filles, madame la duchesse, dit le baron de Mortarieu ployant son grand corps et abaissant ses lèvres jusqu'au front de sa fille ; ceux qui diront le contraire n'ont jamais comme moi mis à l'épreuve les ressources inépuisables de votre bonté filiale.

Ils se séparèrent, et la duchesse se rapprochant du duc d'Oliveira lui dit deux mots à l'oreille.

Un instant après, le duc allait retrouver le baron de Mortarieu et lui glissait dans les mains une liasse de billets de banque.

— Merci, mon bon ami, dit le baron avec un éclair de joie dans les yeux.

— Allez-vous donc encore jouer?

— Il le faut bien.

— Et perdre encore ?

— Ou gagner... c'est selon... quand on joue, on perd ou l'on gagne, c'est ainsi... moi, j'ai tant perdu, qu'il se pourrait bien faire que j'arrivasse à gagner.

Les deux hommes se quittèrent, le baron de Mortarieu reprit sa place au tapis vert, et le duc d'Oliveira rentra dans le bal.

A quelques pas plus loin, il rencontra la duchesse qui l'interrogea des yeux.

— C'est donné et peut-être déjà perdu, dit le duc avec un sourire.

— Il nous ruinera, dit la duchesse.

— Que voulez-vous, ma chère amie, fit le duc prenant le bras de sa femme et le passant sous le sien, les enfants doivent bien un peu pâtir des fautes des parents.

Elle eut dans les yeux un éclair qui s'éteignit aussitôt :

— Vous avez raison , dit-elle ; puis après tout, perte d'argent n'est pas mort d'homme.

Elle prit son plus gracieux sourire.

— Je vous retrouve, ma bonne amie, dit le duc, toujours bonne et toujours indulgente.

— Mon père ne me désole tant que pour vous.

— Vous savez bien, duchesse, que tout ce qui vous touche est sacré, et qu'il suffit que le baron de Mortarieu soit votre père pour que je jette ma fortune à ses pieds.

— Merci, dit la duchesse tendant la main à son mari, mais n'oubliez pas ce que vous m'avez promis.

— De ne lui rien donner sans vous consulter ou vous en prévenir.

— Oui, je tiens beaucoup à cela. J'aime mon père, mais j'aime aussi mon mari, et je crains que votre amitié pour moi ne vous aveugle au point d'être faible.

— Voyez, cette fois, si je n'ai pas été implacable.

— Je vous en sais gré. Il me craint plus que vous, il y reviendra moins souvent.

— Oh! votre front sévère lui impose peu. Il sait comme moi que vous êtes aussi bonne que belle.

— Les pères et les maris ne savent jamais cela... Belle! mais regardez donc autour de vous, monsieur le duc, dit la jeune duchesse en souriant.

— Je ne vois que vous.

— Quoi! ma beauté ne pâlit pas un peu au milieu de l'essaim de femmes ravissantes qui tourbillonnent ici ?

— Non, parole d'honneur, vous êtes la plus belle !

Du paria, du maudit...

— Après bientôt une année de mariage, trouver sa femme jolie, c'est vraiment merveilleux ! dit la duchesse, déployant, avec le duc ravi, tous les charmes de sa grâce.

— Vous avez, du reste, une toilette qui vous sied si bien.

— Duc, nous allons faire des jaloux et des envieux... je vous défends de m'approcher... Tenez, voici le marquis de Marvell, il va devenir mon protecteur... Monsieur le marquis, offrez-moi votre bras... je fuis mon mari.

— Il faut toujours fuir son mari, madame, dit le vieux marquis de Marvell, qui avait été vert galant dans son temps, et qui était resté galant.

Le duc d'Oliveira s'éloigna comme à regret.

— Voilà un homme bien malheureux ! dit le marquis à la duchesse, désignant le duc d'Oliveira qui s'éloignait.

— Pourquoi cela, marquis ?

— Il aime sa femme.

— Et il y a péril en la demeure ?

— Il y a toujours péril en la demeure pour un homme qui a une femme aussi jolie que vous, duchesse, croyez-en ma vieille expérience.

— Mais savez-vous, marquis, que vous m'outragez ?

— Serait-ce donc vous outrager, duchesse, de vous dire que vous aurez fort assaut à soutenir, que M. le duc aura fort à faire pour veiller en sentinelle au seuil d'une beauté aussi admirable que la vôtre, et que si j'avais encore seulement deux fois vingt ans, duchesse, j'y perdrais mon nom ou...

— N'ajoutez rien.

— Pourquoi ?

— Mettez-vous donc sous la protection d'un sexagénaire, dit la duchesse en riant et donnant de son éventail sur les doigts du vieux marquis.

— Vous êtes cependant bien en sûreté, duchesse.

— Un jeune homme aurait mis ma vertu à moins rude épreuve.

— Vraiment ?

— Il eût tenu un langage plus réservé.

— C'est vrai, c'est vrai, mais il eût peut-être un peu plus agi, duchesse.

Un domestique, cherchant la duchesse d'Oliveira, venait d'arriver jusqu'à elle, et, se penchant à son oreille :

— Madame, lui dit-il, quelqu'un demande à vous parler, et...

Celle-ci releva la tête, et regardant le domestique en face :

— Votre audace m'étonne à un tel point, dit-elle, que je ne veux pas y croire.

— Venez, madame, venez...

La duchesse, étonnée, s'excusa près du marquis de Marvell, quitta son bras et suivit le domestique.

— Jean, que se passe-t-il ? demanda-t-elle vivement, car je suppose qu'il y a quelque chose de grave pour que vous vous soyez permis de venir à moi jusqu'au milieu du bal, jusqu'au bras d'un étranger...

— Madame, il y a dans le grand escalier un homme qui demande à vous parler et qui fait du bruit.

— Quel est cet homme ?

— Nous ne le connaissons pas, nous ne l'avons jamais vu.

— A quel titre se présente-t-il, enfin ?

— Il n'en a aucun.

— Et vous ne l'avez pas jeté à la porte ?

— Nous avons essayé, mais il nous a opposé une vive résistance... Il en faudrait au moins six comme nous autres pour nous en débarrasser.

— Eh bien, on se met dix s'il le faut, dit la duchesse d'Oliveira pourpre de colère, je n'ai jamais compris qu'un homme pût avoir peur d'un autre homme.

— Oh ! ce n'est pas là la raison, madame; mais cet homme me paraît décidé à tout et semble n'avoir rien à perdre... il commençait à faire du bruit, et il aurait certainement amassé du monde du dehors et attiré par ses cris les personnes du bal.

J'ai craint le scandale, et j'ai pensé qu'il était plus prudent de le faire patienter et d'appeler madame la duchesse.

— Mais vous ne m'avez pas dit ce que voulait cet homme!

— Parler à madame la duchesse d'Oliveira.

— A moi?

Le domestique fit un signe affirmatif.

— Mais, quel homme est-ce?...

— Un homme du peuple, une espèce de...

— Allez, parlez... je vous interroge.

— Une espèce de chiffonnier... dit le domestique, qui, se croyant un personnage, eut honte d'avoir prononcé ce mot.

La duchesse frappa du pied avec colère. Ses beaux yeux se troublèrent, ses lèvres se plissèrent et des nuages sombres coururent sur son front.

— Que n'avez-vous été quérir M. le duc?

— Cet homme demandait à parler à madame, j'ai pensé...

— Ordonnez-lui de s'éloigner, et s'il résiste... Eh bien, employez la force... ce n'est pas l'heure de répondre à un tas de mendiants.

Le domestique s'inclina; et un instant après, on put entendre, de l'entrée du salon, quelques mots grossiers échangés à voix haute sur les marches du grand escalier; puis du bruit, des cris, des injures... le scandale menaçait de grandir et de devenir plus éclatant.

Un homme de taille moyenne, mais trapu des épaules, carré du buste, aux bras musculeux et aux poings formidables, était aux prises avec une douzaine de valets et les faisait danser comme autant de marionnettes.

Il s'était effacé contre la muraille, les jambes écartées et arc-boutées, et jouait des poings; tous ceux qui approchaient roulaient au bas de l'escalier ou se retiraient vivement après avoir reçu quelques horions.

Cet homme pouvait avoir quarante-cinq ans au plus. Sa tête effroyable d'expression n'accusait que la brutalité, l'ignorance et l'abrutissement. On eût dit une bête féroce échappée de sa tannière, une de ces natures singulières qui n'ont de ressemblance avec l'homme que par une similitude de conformation, mais qui paraissent étrangères à tout ce qui existe et que l'on connaît; une de ces individualités qui surgissent un jour à l'œil épouvanté de l'observateur comme un de ces phénomènes étranges dont il ne peut se rendre compte, comme une de ces anomalies qui le confondent, comme une espèce d'hommes inconnue qui le bouleverse et le rejette à plusieurs siècles en arrière.

Les vêtements que portait ce paria eussent fait un étrange contraste avec les toi-

lettes brillantes des invités du duc d'Oliveira.

Ses souliers ne tenaient pas à ses pieds.
Il avait les jambes nues et son pantalon
noirci et déchiré ne lui venait que jusqu'aux genoux tant il était effiloqué. Il
avait une redingote, mais faite de pièces
rapiécées et de nuances si différentes, qu'on
n'eût pu jamais en préciser la couleur pri-
mitive. Son chapeau aux bords relevés,
défoncé et aplati sur son front jusqu'à ses
yeux, donnait à son visage, déjà si terrible, un aspect encore plus repoussant.

— Venez-y donc! criait-il dans l'escalier, tas de canailles! Venez-y tous! et pas
un de vous ne restera debout!

— Madame la duchesse, dit le domestique qui revint à celle-ci, il n'y a pas
moyen de déloger cet homme.

— Allez chercher la garde.

— Le poste est loin de l'hôtel, on ne
peut laisser ce misérable si longtemps dans
l'escalier... le monde peut venir... il en
profitera pour faire du scandale.

— Oh! si j'étais homme, s'écria la duchesse... Eh bien, si deux hommes ne peuvent venir à bout d'un seul, prenez chacun
un bâton et assommez-le.

— Dans l'escalier... au seuil du grand
salon?..

— Mais que voulez-vous que je vous
dise, est-ce moi qui peut le faire partir!..
Allez, faites ce que je vous dis...

Le domestique indécis se disposait encore une fois à se retirer.

— Tas de coquins, criait de nouveau le
paria; venez-y donc... Ah!.. je vous ferai
aussi danser, moi.., et sans musique... et
si votre maîtresse qui tarde bien, n'est pas
contente, vous lui direz que c'est Jacques
Féron qui conduisait les violons.

Ici il eut un gros rire, brandit ses poings
vigoureux, et les valets se regardant n'osè-
rent avancer.

De pourpre qu'elle était dans sa colère,
la duchesse d'Oliveira devint pâle comme
une morte.

— Jacques Féron, murmura-t-elle prenant sa tête dans ses mains et contenant
son émotion.

Elle chercha sur elle, et n'y trouvant
pas ce qu'elle désirait, elle jeta autour
d'elle un œil hagard.

La porte du grand salon était fermée. On
entendait les pas des danseurs et mille voix
confuses couvertes par la voix de l'orchestre.

Personne ne venait...

La duchesse d'Oliveira arracha ses ba-
gues, ses bracelets, ses épingles d'or et
appela un domestique.

— Donnez à cet homme, dit-elle, et
qu'il parte.

— Mais madame...

— Donnez, vous dis-je, et qu'il parte
immédiatement... ah! attendez. Elle se
souvint que sa bourse qu'elle n'avait pas
trouvée d'abord était dans son corsage...
elle s'en saisit vivement.

Le paria avait avancé... l'état de défense ne lui allait plus, il attaquait... c'est alors que pour la première fois il aperçut la duchesse d'Oliveira...

— Ah! pardieu... la voilà celle que je cherche, s'écria-t-il avec un éclair de haine dans les yeux, et les traits contractés par une expression diabolique.

En ce moment, une voiture s'arrêtait dans la cour, au bas du perron, et on entendit le pas d'un homme qui montait.

La duchesse effrayée avait une bourse pleine d'or à la main; par-dessus la tête du domestique, elle la jeta aux pieds du paria.

Mais soit que celui-ci ne l'eût pas vue, soit que l'or ne pût assouvir sa colère, et que la haine chez lui fût plus forte que la cupidité, il repoussa la bourse du pied avec un sourire méprisant, et prit son élan pour s'élancer sur la jeune femme.

Celle-ci recula épouvantée; les domestiques l'entourèrent et opposèrent une muraille au paria.

Mais ce dernier ne se tint pas pour battu.

Les cheveux hérissés, l'œil enflammé, l'écume aux lèvres, les poings crispés, il revint à la charge, bondit comme une hyène, écarta les uns de ses rudes mains, renversa les autres, culbuta les derniers, donna de la tête contre le groupe, et se faisant une trouée arriva jusqu'à la duchesse d'Oliveira.

Elle poussa un cri.

Le paria l'effleurait de son haleine, et faisant entendre un rire effrayant, levait la main sur elle...

La duchesse d'Oliveira se crut perdue et se cacha le visage de ses mains.

L'homme qui montait était arrivé au haut de l'escalier.

Il avait vu la scène, il approcha, et avant que la main du paria, levée sur la duchesse, fût retombée sur elle, la sienne avait glissé sous sa poitrine et l'enlevait de terre comme il eût pu le faire d'un enfant.

Le paria fit entendre un juron effroyable, semblable à un rugissement de bête féroce.

Mais l'inconnu tenait bon, et ses cinq doigts accrochés aux vêtements et enfoncés dans la chair, ne paraissaient point disposés à lâcher prise.

Le paria se débattit... mais ses poings ne heurtaient que le vide...

Plié sur les genoux de l'inconnu, celui-ci roidit son bras, et l'élevant jusqu'à hauteur d'homme, le coucha sur la rampe.

— Madame la duchesse, dit-il, sans se départir de son calme et sans que la force qu'il lui fallait déployer se trahît chez lui par aucun effort... veuillez avoir la bonté de prendre une décision... Monsieur attend vos ordres...

Il était suspendu dans le vide...

La duchesse d'Oliveira se retourna lentement et regarda le paria qui râlait sous le poing de l'inconnu.

Elle hésitait à répondre.

II

LE MARQUIS DE SANTA-FIOR.

Le bal était des plus brillants...

Le monde affluait, il en arrivait encore à deux heures du matin et la fête menaçait de ne se terminer qu'au grand jour.

Dans le petit salon grenat éclairé par un millier de bougies et qu'on nommait la salle des armes, plusieurs personnes s'étaient retirées et faisaient cercle autour de la cheminée de marbre blanc près de laquelle était appuyé le marquis de Santa-Fior.

Cette pièce, petite relativement, mais assez vaste cependant, était de forme octogone et de l'aspect le plus étrange.

Tapissées de peaux d'animaux féroces, les murailles offraient une immense panoplie, réunissant dans ses groupes divers l'histoire du monde entier.

Il y en avait de tous les pays, de toutes les contrées, de tous les siècles, de tous les peuples, depuis le crik malais jusqu'à l'épée en croix des anciens chevaliers ; depuis la hallebarde du quinzième siècle jusqu'à l'arquebuse incrustée d'ivoire du seizième ; depuis le tomawhak du Huron jusqu'au kandjiar turc ; depuis la sagaie du sauvage et le machète mexicain, jusqu'au fusil damasquiné du dix-huitième et le couteau baïonnette du dix-neuvième...

Au reflet des bougies, ces armes cha-toyaient et jetaient des lueurs phosphorescentes.

Le marquis de Santa-Fior, tirant de sa gaîne d'argent un petit poignard à lame d'acier trempé, et à poignée d'or incrustée de perles fines, causait depuis quelques minutes, et l'on se pressait pour l'entendre.

Ce poignard, qui ne le quittait jamais, attirait l'attention de l'auditoire, qui, suspendu à ses lèvres, oubliait bientôt le poignard pour le récit du brillant aventurier.

La gaîne d'argent ciselé bordée de deux rangées de rubis traînait sur la petite table de marqueterie, et le marquis de Santa-Fior, jouant avec la pointe du poignard, enroulait complaisamment autour de ses mains, qu'il avait fort belles, la double chaînette de diamants suspendue à la garde et qui représentait dans son ensemble les deux plus jolies rivières de diamants qui jamais eussent ruisselé sur des épaules de femme.

La valeur de ces deux rivières pouvait s'évaluer à un million.

Le grand salon était devenu désert, l'orchestre jouait dans le vide pour quelques acharnés au plaisir, la foule obstruait les portes d'entrée de la salle d'armes.

On savait que le marquis de Santa-Fior, dont la venue avait été annoncée, y était et causait, c'était à qui le verrait de plus près et prêterait une oreille attentive à ses récits merveilleux.

Il parlait alors des tribus cannibales du

Niam-Niam et de Monbuttoo dans l'Afrique centrale, que, paraît-il il, avait exploré avant Livingstone, Schweinfurth et Samuel Baker.

« Les Niam-Niam, disait-il, malgré leur goût prononcé pour la chair humaine, ne sont pas un méchant peuple. Les hommes sont braves, honnêtes et attachés à leurs devoirs domestiques, les femmes modestes, fidèles, et cette tribu est très-supérieure, sous tous les rapports, à la tribu voisine des Monbuttoo. Ils sont plutôt beaux que laids, fort coquets dans leurs parures, et assez doux dans leurs manières. Leur mode de porter des tabliers en peaux de bêtes avec les queues pendantes par derrière a été probablement l'origine de la fable, qu'il existe au centre du continent africain une race d'hommes à queue.

— Mais ils sont cruels, dit une petite duchesse qui était toute pâle de l'émotion qu'elle se promettait.

— Mon Dieu, oui et non, répondit Santa-Fior, et le goût qu'ils ont pour la chair humaine n'est pas une preuve de perversité; d'ailleurs, les Européens ont peu à les redouter, et il suffit d'être habile pour les tenir en respect, ceux-ci en ayant la plus grande idée, et se figurant volontiers qu'un blanc a le don de commander aux éléments et qu'il a le pouvoir de faire vomir des flammes des entrailles de la terre.

— Quelle idée, fit la petite duchesse.

— C'est chez les Niam-Niam que vous avez approché le roi Munza.

— Non, c'est chez les Monbuttoo, ou je n'ai fait d'ailleurs que l'entrevoir. Schweinfurth a vécu quelque temps à ses côtés, et je me rappelle encore le récit de sa présentation.

Contez-nous cela, marquis, contez-nous cela, firent toutes les voix.

— C'est fort court, mais assez pittoresque.

Schweinfurth voyageait de compagnie avec un Nubien, et le roi Munza attendait impatiemment leur arrivée pour échanger les dents d'éléphant dont ses magasins étaient pleins contre le cuivre d'Aboo-Sammat.

Le cuivre et le fer répondent en ce pays à l'or et à l'argent chez nous. Munza était fier de posséder beaucoup de cuivre rouge et en portait sur lui une si grande quantité qu'il ressemblait, dit le voyageur, à une batterie de cuisine ambulante.

L'entrevue de Schweinfurth avec ce roi anthropophage est peinte d'une façon très-pittoresque. Le 22 mars 1870, il reçut audience dans le palais, c'est-à-dire dans une vaste salle faite de bois et de feuillages, haute de quarante pieds et large de cent.

L'Allemand était vêtu de noir, avec de grandes bottes à l'écuyère ; ses fusils, ses revolvers et son inévitable chaise en bambou, qui avait résisté à la corpulence de Wando, étaient portés devant lui par des chevaliers d'honneur pris dans la tribu des Niam-Niam, pendant que ses serviteurs nubiens suivaient, chargés des présents destinés à S. M. Monbuttoo.

Celle-ci se présenta, après avoir eu soin de se faire un peu entendre, dans un équipage magnifique. Ce n'étaient qu'armes en cuivre, ornements de toutes sortes en cuivre sur lui et autour de lui. Aboo-Sammat, son gendre et son ami, l'accompagnait ; car si les Européens ne dédaignent pas toujours l'alliance des marchands d'esclaves, ceux-ci ne dédaignent pas non plus celle des potentats cannibales.

Le grand prince, qui faisait toujours sa nourriture journalière de la chair de ses ennemis, était un homme d'environ quarante ans, grand, maigre, osseux et nerveux, orné d'un nez caucasien qui se rencontrait désagréablement avec des lèvres de nègre. Toute sa personne exprimait l'avarice, la violence et la cruauté.

Avec une possession de soi tout aristocratique, il feignit un moment de ne pas prendre garde à l'homme blanc, qu'il était si désireux de voir, et quand il daigna enfin s'apercevoir de sa présence, il lui adressa par interprète des questions insignifiantes sur un ton distrait et ennuyé. Même les présents, qui consistaient en une pièce de drap noir, un télescope, un plat d'argent, un vase en porcelaine, un livre relié à tranches dorées, trente colliers en perles de verre, n'eurent pas le don de le tirer de son indifférence affectée, et Schweinfurth se retira de sa présence, convaincu qu'aucun prince d'Europe n'avait plus d'empire sur lui-même que le roi Munza.

Mais où Schweinfurth s'étendait le plus dans ses souvenirs sur son séjour chez les Monbuttoo, c'était dans la description d'un bal donné à l'occasion d'une grande victoire et à laquelle il avait assisté.

Le roi doit danser seul dans ces sortes de bal, et il paraît qu'il s'en donne à faire pâlir le plus prodigieux de nos valseurs. Quatre-vingts femmes tatouées et nues l'entourent, ses propres femmes.

Un cri d'horreur courut dans la salle, et Santa-Fior, sans se laisser intimider, poursuivit :

Elles frappaient dans leurs mains en signe d'admiration. Ses principaux officiers, ses courtisans formaient la haie. Les kongs et les timbales faisaient un vacarme épouvantable.

Le roi, coiffé d'une peau de singe noir surmontée d'une forêt de plumes, les reins ceints d'un tablier fait de queues d'animaux, les bras et les jambes chargés d'anneaux bruyants en cuivre, se livrait alors à des contorsions effrénées.

Jamais derviche ne tournoya dans une valse plus frénétique ; jamais acrobate n'exécuta mieux le grand écart. Les jambes prenaient à tout moment la position horizontale ; les bras étaient lancés en l'air dans toutes les directions.

Pendant de longues heures, le royal danseur continua ainsi presque sans s'arrêter, et Schweinfurth finissait par croire qu'il était infatigable, quand l'orage survint, la pluie envahit la salle, et Munza se retira, vaincu par les éléments.

C'est alors qu'un jeune savant demanda si ce n'était pas dans ce pays qu'existait une race de petits hommes si petits qu'une femme aurait pu en perdre plusieurs en route.

— En effet, dit Santa-Fior, Hérodote, et depuis lui tous les historiens, parlaient d'un roc à pygmées sans qu'on ait jamais pu le découvrir, je l'ai rencontré moi sur la frontière du pays du Monbuttoo et comme Schweinfurth je crois que ce sont les der-

..... Périt sur l'échafaud en 1793.

niers survivants d'une race d'hommes des bois qui aurait autrefois peuplé l'Afrique centrale jusqu'à l'Atlantique, et qui a disparu devant des conquérants appartenant à une race plus forte. Les Monbuttoo sont une tribu relativement supérieure, et la barbarie aurait, là comme ailleurs, « cédé le pas à la civilisation. »

— En avez-vous vu de tous ces petits hommes ? demanda la vieille marquise.

— Comment donc, madame, mais des milliers.

— Et ils sont gentils.

— Sans nul doute, et j'en ai même eu un en ma possession qui se nommait *Tikkitikkir*, de la tribu des Akkas, je l'avais échangé contre un chien, et mon secret désir était de l'amener en Europe.

— Oh ! oui, oui, firent plusieurs voix.

— Mais il mourut avant d'embarquer.

— De quelle maladie ?

— D'indigestion.

— Il était si gourmand que cela ?

— Voici. Se voyant acheté par un blanc

sa pensée intime était qu'il allait être man-
gé ; rassuré sur ce point, sa joie fut si
grande qu'il festoya outre mesure et qu'il
en mourut.

Mais Santa-Fior jouait toujours avec
son poignard dont les perles fines étince-
laient aux lumières.

— De qui tenez-vous ce joli poignard,
marquis? lui demanda la petite baronne de
Saint-Chéron.

— D'un roi, madame, du roi des Woloffs,
à qui j'ai été présenté à Richard-Toll.

— Oh! contez-nous encore cette histoire.

— Celle-là, ce serait la dix-septième fois,
au moins, permettez-moi de n'en rien faire.

— L'histoire du roi des Woloffs, cria-
t-on.

Le marquis de Santa-Fior eut un sourire
gracieux, et montrant son magnifique poignard.

— La voici en deux mots, dit-il.

On se pressa davantage, et on écouta, se
promettant de l'émotion.

— Je revenais, commença le narrateur,
des forêts de Sahel, j'étais seul d'Européen
dans un frêle esquif au milieu d'une quin-
zaine de nègres, une tempête effroyable
nous surprit en route, et je fus témoin,
alors, d'un de ces spectacles grandioses
qu'il n'est permis à l'homme de contempler
que dans ces contrées éloignées et perfides.

En un instant, toute la vallée fut sub-
mergée, l'inondation entraîna avec elle,
les villages, les forêts, des quantités de
troupeaux et des peuplades entières.

Les hommes qui pressentent ces sortes
d'orages, cherchent d'avance un refuge,
et, malgré leur expérience, sont encore
souvent devancés par l'élément destruc-
teur. Les animaux s'échappent aussi quelquefois, mais il en périt un grand nombre.
Les oiseaux voyagent dans l'air, battant
de l'aile avec des cris de détresse, et, épui-
sés de fatigue, tombent bientôt au milieu
des flots dans la gueule béante d'un mons-
tre marin qui les dévore.

Autour de notre esquif, des tigres et
des hyènes se poursuivaient, suspendant
leurs combats pour se jeter sur les sangliers qui, eux-mêmes, chassaient les
gazelles...

Nous passâmes plusieurs nuits ainsi,
nous nourrissant de pintades arrachées aux
oiseaux de proie et aux crocodiles, et
constamment exposés à la pluie torrentielle
qui ne cessait de tomber.

Il n'y eut bientôt plus moyen de trouver
notre nourriture, nous avions une lutte
trop terrible à livrer, et nous avions bien
assez de nous défendre contre les éléments
et les bêtes féroces.

J'avais faim, je me résignai, je croyais
mourir; mais les nègres se résignèrent
moins facilement; ils délibérèrent entre eux
et un de leurs compagnons tomba mort,
frappé de vingt coups de poignard.

Ils se jetèrent sur le corps de leur victime, et, sans autre préparation, la dévo-
rèrent.

Un frémissement d'horreur courut dans
l'auditoire.

Il y avait là des petites maîtresses qui avaient bien de la peine à digérer deux mauviettes rôties dont elles suçaient les ailerons ; elles se voyaient déjà appelées à partager l'horrible repas du nègre ensanglanté...

— Continuez, continuez, fit-on.

— Le lendemain, reprit le marquis de Santa-Fior, les nègres crièrent de nouveau et cherchèrent des yeux une nouvelle victime.

— Ils songèrent à vous, dit une petite voix de femme, étranglée dans son corsage de soie, qui n'eût pas tordu le cou à un oiseau, haute comme une enfant de douze ans, et qui passait pour cravacher ses domestiques.

— Non, répondit le marquis de Santa-Fior, je l'échappai cette fois.

Un bruit éloigné, mais cependant distinct, nous apprenait que nous n'étions pas loin de l'Allah-Toll, lieu qui signifie, pour les nègres, un îlot sur lequel les animaux se réfugient pendant les inondations.

Je ne doutai pas un instant de ce qui allait arriver ; les nègres ramèrent vers l'Allah-Toll, et bientôt s'offrit à ma vue un spectacle horrible.

Figurez-vous un espace de terrain assez restreint, battu de tous côtés par les flots mugissants, et, sur cette échappée de terre, une armée de tigres, de hyènes, de panthères, poursuivant les gazelles, éventrant les sangliers et remplissant l'air du bruit de leurs rugissements.

Les nègres mirent leur poignard aux dents et se jetèrent au milieu des bêtes féroces.

Resté seul dans la nacelle, il me fut donné d'assister au combat le plus étrange et le plus forcené dont un homme puisse être témoin.

Poignard aux dents et hache en main, les nègres échafaudèrent autour d'eux des monceaux de cadavres, mais ils n'avaient pas compté sur autant d'ennemis ; ils semblaient sortir de dessous les flots, plus il en tombait, plus il en renaissait.

Les panthères et les hyènes, cachées d'abord derrière les roseaux, arrivaient à la curée et achevaient les malheureux blessés par le tigre et déjà couchés à terre ; des reptiles de toutes sortes grouillaient dans les herbes et les mordaient aux jambes, pendant que les sangliers les décousaient par derrière et qu'il se défendaient en face contre les carnassiers.

Le combat dura quatre heures, peut-être, dans les ténèbres d'une nuit profonde et au milieu de cris épouvantables.

Assiégé moi-même dans ma nacelle à moitié brisée, je songeais à m'éloigner, confiant ma vie au hasard des flots, quand, fuyant devant un crocodile, j'aperçus un nègre se débattant au milieu des vagues ; il faisait de vains efforts pour arriver jusqu'à la nacelle, et laissait derrière lui une trace rougeâtre que de nouvelles vagues venaient blanchir.

Je me jetai dans les flots, je nageai jusqu'à lui, je le pris dans mes bras, et, atteignant l'esquif, je le déposai à mes pieds, et, le sabre au poing, je fis volte-face aux animaux qui nous poursuivaient...

On écoutait, haletant, et, tout entier au récit coloré du voyageur, on ne s'aperçut même pas que toute danse avait cessé au grand salon, que les derniers danseurs, groupés dans une pièce attenante et se haussant pour mieux entendre, augmentaient l'auditoire, et que la duchesse d'Oliveira elle-même, suspendue au bras de son mari, s'était glissée dans la foule, et, pâle d'émotion et l'œil fixé sur le narrateur, écoutait, comme avec une sorte de terreur.

— Quelques minutes après, poursuivit celui-ci, abandonnant mes malheureux compagnons dont les bêtes féroces s'arrachaient les chairs pantelantes et dont j'entendais les cris étouffés et les gémissements plaintifs au milieu des rugissements des vainqueurs, je m'éloignai de ce lieu maudit et j'essayai de m'orienter pour regagner la terre ferme.

Ignorant l'endroit où je me trouvais et le côté vers lequel je devais me diriger, j'errai toute la nuit et une partie du jour suivant.

Il y avait trois jours que je n'avais pris de nourriture, et je tombais sans force auprès de mon compagnon d'infortune, quand celui-ci, dont j'avais pansé les plaies, commença à revenir à lui.

En quelques mots à peine intelligibles, je lui expliquai notre situation, et malgré son état de souffrance et d'abattement, il put me rendre sur l'heure le service que je lui avais rendu.

Il connaissait le pays, il y était né, et pointa à coup sûr vers la terre.

Près d'aborder, un nouveau malheur nous arriva.

Notre nacelle faisant eau de tous les côtés se brisa, et ses débris furent emportés par les flots.

Mon courageux compagnon, à son tour alors, m'assit sur ses robustes épaules, et, quoique épuisé par ses blessures, il nagea avec courage, vers la terre que nous apercevions enfin, à travers les brumes épaisses de la nuit qui s'avançait.

Le lendemain j'étais sauvé, et je parus devant le roi des Woloffs qui m'avait fait demander sous sa tente, et que je trouvais assis à terre et entouré de ses femmes, de ses guerriers, et de ses esclaves, et éclairé par les lueurs d'un immense bûcher qui brûlait à ses pieds.

— Homme pâle, me dit-il, j'ai appris tes exploits, et je veux que tu emportes dans ton pays la preuve de la reconnaisance du roi des Woloffs.

A ses côtés était le nègre que j'avais arraché à la mort, et qui, à son tour, m'avait sauvé.

— Somba, reprit le roi, est le fiancé de la plus belle de mes filles, tu ne sais pas jusqu'à quel point tu as fait la joie dans mon cœur en le conservant...

Et, disant ces paroles, le roi appuya son bras sur l'épaule du nègre, et de la main qui lui restait libre, il tira de sa ceinture le poignard que vous voyez, et me le tendit.

—Prends, dit-il, je le tiens de mon grand oncle Tabaski, roi des Bracks, porte-le à ton père.

Ce poignard ne m'a plus quitté, dit le marquis de Santa-Fior, et il me semble que c'est pour moi comme le Grigri de Mahomet, dont les nègres se ceignent le corps pour traverser les flots à la nage, et échapper aux caïmans et aux crocodiles, un talisman qui doit me préserver de tous les malheurs et m'aider à parvenir à mon but... Si toutefois j'en avais un, ajouta-t-il en souriant, et remerciant l'auditoire d'avoir bien voulu lui prêter si grande attention.

Le marquis de Santa-Fior ne parlait plus qu'on l'écoutait encore.

Il semblait que cette voix pure et sonore continuât à vibrer alors qu'elle se taisait, et, se résignant avec peine à rompre le cercle qui s'était formé autour du narrateur, on restait en place et on se haussait encore pour voir une dernière fois, à l'éclat des lumières, le héros d'aventures si singulières.

Le marquis de Santa-Fior, avec lequel nos lecteurs ont déjà fait connaissance à la fin du chapitre précédent, était un homme, tout ensemble d'une force excessive, d'une beauté prodigieuse et d'une puissante originalité.

De haute taille, le corps bien proportionné, la poitrine ouverte, les épaules larges, sur un cou musculeux, le marquis de Santa-Fior portait la tête la plus étrange qu'on pût voir.

Un peu accentuée peut-être, cette tête reflétait tous les sentiments et toutes les passions qui peuvent agiter l'âme humaine.

Son front, vaste et bombé, ployait sous le poids d'une forêt de cheveux noirs et lustrés comme l'aile du corbeau, et retombant en flots d'ébène sur ses larges épaules. Il avait la peau olivâtre, et une moustache à la courbe fine, mais peu fournie, se relevait sur sa lèvre supérieure d'un rouge vif et aux plis dédaigneux. Une barbe noire comme ses cheveux et d'un fil soyeux tombait sur sa poitrine, non rude et brutale, mais douce et floconneuse. Ses yeux, noirs et brillants, avaient à la foi un regard ardent, menaçant, et, quand ils le voulaient, une expression calme, pleine de bonhomie et de tendresse. Ses sourcils, qui se rejoignaient sur son front, lui donnaient un air effrayant, quand, par hasard, il racontait quelques épisodes de sa vie aventureuse, mais savaient se distendre au besoin et ne paraître qu'une étrangeté de plus dans l'originale beauté de ce visage.

Quand il souriait, du reste, toute sa physionomie s'éclairait comme par enchantement, et les femmes admirant ses dents plus blanches que l'ivoire, et ses mains d'une petitesse et d'une finesse incroyables, disaient, en dissimulant une émotion cachée :

— Notre lion, ce soir, ne secoue pas sa crinière.

Le marquis de Santa-Fior était né au Sénégal, il avait habité son pays de longues années, puis parcouru le monde entier, et, pour la première fois, se trouvait à Paris depuis quatre mois seulement.

Il ne faut pas demander si, instruit comme on le supposait, aventureux comme on le savait, beau comme on le voyait, riche comme on ne pouvait en douter, à en juger par le train de maison qu'il menait, à l'argent qu'il jetait par toutes les fenêtres de sa fantaisie opulente, par les prodigalités insensées de son grand cœur... le marquis de Santa-Fior n'était pas le héros du jour et l'hôte obligé de toutes les grandes fêtes du monde parisien.

En qualité de compatriote, et quoique ne l'ayant jamais rencontré au Sénégal, le duc d'Oliveira n'avait pu faire autrement que de bien recevoir le brillant cavalier qui venait à lui les mains ouvertes...

Le duc d'Oliveira, comme on l'a vu, était du reste bien de sa personne, d'une nature tout autre que celle du marquis de Santa-Fior, il avait ses mérites personnels qui devaient le mettre à l'abri de toute crainte de rivalité.

Du reste, c'était un homme doux, bon, faible et timide même. Il avait fait au marquis de Santa-Fior un accueil bienveillant, et sans qu'une grande amitié eût jamais lié ces deux hommes, ils se voyaient avec plaisir et ne paraissaient point devoir être appelés à se mesurer un jour.

Chose étrange, ils arrivaient tous deux du Sénégal, à quelques mois d'intervalle, et dans leurs voyages ils ne s'étaient jamais rencontrés.

— Le Sénégal est grand, dit en riant le marquis de Santa-Fior dans sa première entrevue avec le duc d'Oliveira.

— Et je ne sortais jamais de chez moi, dit ce dernier.

— Et moi, au contraire, dit le marquis, j'étais toujours dehors. On me croyait à Saint-Louis, j'étais dans la Gorée. On m'envoyait chercher dans Richard-Toll, j'étais à Galam.

— Voilà qui explique tout, dit le duc d'Oliveira.

... Cependant une collation avait été servie dans les grandes pièces du rez-de-chaussée.

On avait fait médianoche, comme l'on disait sous Louis XIV, et après le léger repas, chacun se délassant et se reposant à sa façon, se promenait, causait.

Les uns avaient repris leur place au jeu ayant à leur tête le fameux baron Mortarieu, à qui la nuit coûtait déjà huit cents louis ; les autres, bravant le froid et le vent qui soufflait avec force au dehors, avaient entr'ouvert les fenêtres, et fumaient d'excellents cigares sur les balcons dorés.

Ceux-ci retournaient au buffet ; ceux-là ne l'avaient pas quitté.

Plusieurs, enfin, intrépides au mouvement, essayaient une nouvelle valse... Parfois se murmuraient à voix basse des mots qu'on n'eût pas osés sans musique ; l'orchestre couvrait tout de sa grande voix.

La duchesse d'Oliveira avait quitté le bras de son mari, et s'était suspendue à celui du marquis de Santa-Fior.

— Depuis le commencement de la soirée, lui dit-elle, je n'ai pas encore eu le temps de vous parler.

— Croyez, répondit le marquis de Santa-Fior, ployant sa haute taille, et se penchant à son oreille, que, moi qui passe pour tout braver, si je l'avais osé, il y a longtemps que je vous aurais donné cette occasion, ou plutôt, ajouta-t-il en souriant, je m'en serais emparé.

— Je voulais, dit la duchesse d'Oliveira d'une voix tremblante, vous remercier de ce que vous avez fait pour moi ce soir.

— Moi, j'ai fait quelque chose pour vous, belle duchesse? dit le marquis de Santa-Fior, comme cherchant à se rappeler.

— Qui sait. Sans vous, peut-être, cet homme m'eût-il blessée. C'était un fou, un furieux ; il paraissait déterminé.

— Ah! cet homme de tantôt... ma foi, je n'y pensai déjà plus, duchesse. A la vérité, il vous serrait d'assez près, et vous m'en voyez encore tout étonné.

— N'est-ce pas... que cet homme eût osé...

— Du tout... ces hommes-là n'osent jamais... Ce qui m'étonne et me surprend fort, je vous l'avoue, c'est que quinze domestiques n'aient pu se rendre maîtres de lui, et qu'il ait pu arriver jusqu'à vous.

— En effet, dit la duchesse.

— Décidément, madame, vous êtes bien mal servie.

— J'y songeais... et ce dont à quoi je songe surtout, dit-elle, en se pressant plus près du marquis de Santa-Fior, c'est qu'il n'en est pas moins vrai que c'est grâce à vous si j'ai échappé à un grand danger.

— Oh! madame, dit le marquis de Santa-Fior en s'inclinant.

— Il n'y a pas, marquis, des sauvages que dans les forêts vierges du Sénégal, et ceux qui, ici, tout à l'heure, vous écoutaient, ne soupçonnaient pas ce que vous veniez de faire un instant auparavant.

— Avouez, duchesse, dit le marquis, que tout à l'heure je n'ai pas couru un très-grand danger.

— Grâce à votre adresse et à votre force prodigieuse.

— J'aurais voulu en courir, afin d'avoir le droit de m'appuyer sur d'autres raisons.

— Marquis...

— Vous savez bien que je vous aime, madame, dit le marquis de Santa-Fior d'une voix émue, et, par un mouvement fébrile, pressant contre lui la frêle duchesse d'Oliveira.

— Marquis, taisez-vous, nous sommes entourés d'espions, et mon mari, vous le savez, est jaloux comme un tigre.

— Des tigres, dit le marquis en souriant, j'ai appris à les combattre.

— Si vous saviez comme il m'aime.

— Et vous, l'aimez-vous ?

La duchesse d'Oliveira ne répondit rien.

— Répondez-moi, madame, dit le marquis, effleurant son oreille de ses lèvres brûlantes, et de son regard de feu cherchant à lire dans les yeux ténébreux de la jeune femme.

— Pourquoi me forcer à vous répondre, dit celle-ci, ne m'avez-vous pas comprise?...

Sa main se trouva être dans celle de l'étranger, qui la pressa avec une sorte de frénésie.

— Éloignez-vous, dit-elle.

— Oui, éloignons-nous, dit le marquis de Santa-Fior, car je trouve qu'on étouffe ici. En Europe, vous fermez toutes les fenêtres, et vous avez des lumières qui étouffent autant qu'elles éclairent.

Ils se perdirent dans les vastes salons, et le marquis, remis du trouble passager qu'il n'avait pu dissimuler, se baissa vers la duchesse.

— Pourquoi n'aimez-vous pas votre mari. lui dit-il?

— Pourquoi?

— Oui, pourquoi?

Elle le regarda en face.

— Si je vous répondais : parce que je vous aime.

Le marquis de Santa-Fior frissonna sous le feu de ce regard de femme qui dardait sur lui ses deux prunelles noires.

— Est-ce donc la vérité? dit-il.

— Non, dit-elle. Je ne l'aimais pas avant de vous connaître, mais maintenant...

— Parlez, dit le marquis d'une voix douce et sonore.

— Depuis que je vous connais... je le hais.

Il y eut un long silence.

— C'est étrange, dit le marquis de Santa-Fior, comme se parlant à lui-même, le duc d'Oliveira est jeune, beau, élégant.

— Est-ce à vous, marquis, d'énumérer ses qualités? dit la duchesse sur un ton de reproche.

— Non, mais c'est ma manie à moi de chercher à me rendre compte de tout ce qui me frappe. Or, je vois ici un homme accompli, et cet homme, après quelques mois de mariage, a trouvé le moyen de se faire détester de sa femme... il y a évidemment une raison à cela.

— Qui sait?... dit la duchesse en minaudant, les femmes n'agissent-elles pas quelquefois sans raison.

— Pas les femmes comme vous, duchesse.

— Eh bien oui, j'en ai une... plusieurs même, mais une surtout et qui ne souffre pas de réplique.

La poire d'angoisse garantissait leur silence.

Le marquis de Santa-Fior prêta une oreille attentive.

— Il m'a trompée…

Le marquis devint pâle.

— Il vous a trompée, dit-il, mais sur quoi…? sa fortune n'est-elle pas…

— Oh ! il ne s'agit pas de sa fortune, mais de lui.

— Lui ! il vous aime.

— Et que m'importe qu'il m'aime, ou qu'il ne m'aime pas, puisque je le déteste Tenez, marquis, dit-elle en s'appuyant sur le bras du Sénégalais, cela vous étonne, n'est-ce pas. Eh bien, il n'y a cependant rien d'étrange dans tout cela. J'étais jeune, toute jeune, j'avais vécu dans le plus complet isolement. Mon oncle me tenait très-sévèrement, et ne me permettait aucune sortie.

— Votre oncle ?

— Mon père, voulais-je dire, reprit-elle en rougissant, et cependant avec effort.

— Je vous demande pardon, madame, dit le marquis de Santa-Fior, de vous avoir interrompue. Je ne vous connais pas d'oncle, mais je connais votre père, le baron de Mortarien.

— La méprise est toute de mon côté, dit-elle avec un sourire, et en se suspendant avec nonchalance au bras du marquis. Mon père me tenait donc très-sévèrement. Je ne voyais personne, le duc d'Oliveira se présenta alors à moi, et mon père me l'offrit pour mari. Je n'avais aucune raison pour le refuser, je l'acceptai.

— Mais ne disiez-vous pas que vous l'aviez aimé ? rappela le marquis.

Elle eut un sourire.

— Comme une jeune fille qui n'a rien vu et ne voit rien sait aimer, dit-elle, avec un mouvement qui lui permit de glisser son bras plus avant sous celui du Sénégalais. Je ne pus m'empêcher de trouver que le duc d'Oliveira était beau ; de là, je me laissai aller fatalement sur la pente de l'erreur. C'était un étranger, il arrivait de contrées lointaines, il avait beaucoup voyagé et était né sous un climat brûlant, j'ai cru que son âme couvait un feu ardent. Oh ! je vous l'avoue, marquis, toute jeune, j'ai aimé ces natures fières et vaillantes comme la vôtre.

— Il ne s'agit pas de moi, dit le Sénégalais, en entraînant la jeune duchesse loin de la foule, mais de lui.

— Ne m'avez-vous pas compris, dit celle-ci, enveloppant le marquis d'un regard éloquent. Je lui prêtai toutes les qualités qui vous distinguent ; pendant des nuits entières, mon père me parla de lui et me raconta les histoires de sa vie : sous une apparence froide, me contait-il, il dissimulait une âme de feu prête à s'embraser à l'amour d'une femme comme moi.

Il avait, que sais-je, moi, dans les forêts sombres du Soudan, et aux cataractes de Govines, combattu les lions et les tigres, et semé la mort sur son passage.

Sa main blanche était une main de fer.

Son cœur ne s'ouvrait que pour aimer avec l'ardeur de la folie. Des paroles tombaient brèves et isolées de ses lèvres, parce que son front était lourd de pensées.

Je crus tout cela, moi. J'étais une enfant, je ne dormais plus, dans la pensée que j'allais épouser un héros.

Elle eut un rire sec, mordant, qui vibra en note fausses et s'éteignit dans sa gorge comme un cri de rage et de colère, et j'ai épousé un imbécile, dit-elle.

— Ah ! dit le marquis de Santa-Fior, dont le visage se contracta, et qui eut comme un éclair de joie dans le regard. Il paraît que vous ne l'aimez guère?

— Eh bien, non.

— Et si nous nous aimons, nous?

Elle le regarda en face.

— Et vous ne me tromperez pas, dit-elle, vous n'aurez pas peur?

Elle eut un beau rire.

— Peur, fit-elle, peur de lui... si on m'attaque, vous me défendrez, n'est-ce pas ?...

— Qui peux donc vous attaquer ?

— Lui, d'abord.

— Sans doute. Mais n'est-ce pas tout ?

— Oh ! si vous saviez... j'ai des enne-mis...

— Des ennemis...

Ils furent interrompus par plusieurs per-sonnes qui vinrent au devant d'eux et qui saluèrent la duchesse.

— Ce n'est pas un amant que cette femme cherche, se dit le marquis de Santa-Fior, à part lui, c'est un protecteur, c'est un défenseur. Qui peut donc en vouloir à cette femme ? Quel homme est-ce donc que ce duc d'Oliveira?

Un pli ironique creusa les lèvres du jeune marquis de Santa-Fior.

— Le duc d'Oliveira, fit-il enfin... Oh ! je suis bien près de tenir ce que je cherche, et il se pourrait bien faire qu'à force de chercher j'arrivasse à tenir dans mes mains beaucoup plus que je n'avais rêvé.

— Venez, venez, duchesse, dit-il à la jeune femme qui se retrouvait libre. Venez, j'ai à vous parler.

— Allez-vous donc m'enlever? dit-elle.

Le marquis resta interdit.

— Oh ! cette femme, se dit-il, mais quelle est donc cette femme ? Oh ! elle ne sait pas à quel abîme elle court. Peut-être, dit-il se tournant vers elle, mais venez, il faut absolument que je vous parle.

Le baron de Mortarieu n'avait point cessé de jouer de la nuit et n'avait pas cessé de perdre.

Il y avait en face de lui, à la table de jeu, un vieillard octogénaire, au moins, ployant sous le poids de l'âge et des infir-mités, qu'on nommait Bitaroz, et qu'on disait ancien général péruvien.

Depuis quatre heures, qu'il tenait le jeu contre le baron, il gagnait à tous coups.

— Pardieu ! monsieur, c'est jouer de malheur ! s'écria le baron de Mortarieu, repoussant l'or qu'il avait devant lui, et jetant ses cartes sur le tapis. J'ai perdu cette nuit dix ans de la vie d'un honnête homme.

L'octogénaire ne dit pas un mot, il ra-massa l'or et les billets de banque qui s'a-moncelaient sur le tapis, et qui lui appar-tenaient par droit de victoire, et faisant disparaître les billets de banque dans une des poches de son habit; il se leva en chancelant, fit ouvrir les fenêtres par un valet, et s'avançant sur le balcon, il appela le baron auprès de lui.

— Ohé ! baron, dit-il d'une voix che-vrotante, voyez donc, c'est très-curieux, ici la nuit, éclairée par un millier de bou-gies ; là-bas, en face de nous, le jour qui se lève... N'est-ce pas, c'est très-drôle; la

musique, la danse, et là, sous nos pieds des
malheureux, des misérables, des parias,
des maudits, levés avant le jour, et qui ba-
layent la route pour faire la place belle et
nette à nos chevaux.

— Toujours philosophe, général, dit-on
dans le groupe.

— Eh ! messieurs, on peut être philosophe à moins. Quatre-vingt-trois ans
d'âge, la jambe solide encore, et l'œil bon.
Je mourrai centenaire, messieurs, ce qui
me fait encore, si je sais bien compter,
dix-sept années à vivre... avec cela, douze
millions de fortune.

— Quel homme étrange que ce général,
dit-on.

— Oh ! vous regardez mes diamants...
il est vrai que j'en suis couvert. Ils sont
tous de la plus belle eau, messieurs. J'en
ai pour deux millions sur moi. Pardonnez
ma faconde, messieurs, je suis en bonne
humeur, cela se comprend, j'ai gagné dix
mille francs à ce pauvre baron de Mortarieu.

Et, tout en parlant, l'octogénaire, courbé
en deux, faisait tinter les poignées d'or
qu'il avait dans les mains, et son petit œil
fûté regardait sournoisement le baron de
Mortarieu.

— Tant d'or, baron, dit-il, qui de vos
mains a passé dans les miennes, fragilité
des choses humaines ! Eh bien ! baron, il
ne faut pas que cet or reste en route. Que
diable ! tout ce qui brille est fait pour courir le monde... Un valet !

Un domestique se présente.

— Prends-moi, maroufle, lui dit-il, ces
cinq billets de banque qui se promènent,
mets-les sous enveloppe, et porte-les de la
part du général Bitaroz à la Marchetti, qui
saura ce que cela veut dire :

Et l'octogénaire, prenant à pleines mains
l'or qui ruisselait sur le tapis, s'avança sur
le balcon.

— Venez çà, messieurs, dit-il, nous allons bien rire...

Et se retournant vers les domestiques :
— Maroufles, je vous ai laissé pour boire
à ma santé.

Et s'approchant tout au bord du balcon,

— Ohé, là-bas, cria-t-il, parias qui nous
faites un bruit du diable et nous troublez
dans notre joie, partagez-vous l'obole.
C'est notre cher ami, le baron de Mortarieu, qui, cette nuit, paie les frais du bal.

Et d'une main que l'âge n'avait pas encore tout à fait affaiblie, il jeta les poignées de louis au milieu du groupe des
balayeurs qui se regardèrent d'abord in-
terdits, et se jetèrent ensuite, en se culbu-
tant, sous l'étrange pluie qui leur arrivait.

Le baron de Mortarieu quitta la salle
de jeu.

Il était furieux...

Les cheveux en désordre, mordant sa
moustache, il se promena dans le salon.

La danse continuait...

L'orchestre faisait entendre alors les

premières fantaisies de Galoppi, de Marcello et du Chiozzeto, les compositeurs bouffes de l'Italie.

Le baron, songeant aux dix mille francs que la nuit lui coûtait, aux dix mille francs si horriblement gaspillés par le vieux général Bitároz, n'avait garde d'écouter la musique, il rêvait plutôt au moyen de se rattraper et marchait lentement sans trop regarder autour de lui.

Il leva la tête, par hasard, et aperçut à quelques pas de lui le marquis de Santa-Fior, causant avec la duchesse d'Oliveira.
— Toujours ensemble, dit-il ; et lui... il est là... le sot.

Il se mit en quête du duc ; et se posant en face de lui les bras croisés.

— Où est ta femme ? dit-il.

— La duchesse ? je ne sais, dans le bal... elle fait les honneurs du salon... Et vous, baron, comment avez-vous fini votre nuit, avez-vous encore perdu quelques centaines de louis ?

— Tu l'as dit, mon fils, dix mille francs !

— Mais comment allons-nous faire ? c'est la ruine pour nous que votre passion pour le jeu.

— Il n'est pas question de cela, mon fils. Où est la duchesse ?

— Je ne sais... Perdre tant d'argent au jeu.

— Tu ne sais, veux-tu que je te le dise,

moi, où elle est ?... Eh bien, elle est au bras du marquis de Santa-Fior, qui ne la quitte pas.

Le duc pâlit légèrement.

— Je réponds de la vertu de ma femme, comme vous, baron, vous devez répondre de la vertu de votre fille.

— Il s'agit bien de vertu, dit le baron.

— Mais de quoi s'agit-il donc, alors ?

— Oh ! murmura le baron de Mortarieu, et ne pouvoir rien lui dire... il y a... il y a... qu'il ne faut pas laisser la duchesse en compagnie du marquis de Santa-Fior.

— Je vous dis, baron, que ma femme...

Le baron haussa les épaules.

— Tu ne sais donc pas ce que c'est que le marquis de Santa-Fior ? dit-il à l'oreille du duc.

— Non, je ne sais de lui que ce que chacun en sait dans le monde.

— Et moi aussi, malheureusement.

— Eh bien, alors ?

— Mais je sens un ennemi,

— Un ennemi... et pourquoi ?

— Oh ! pourquoi... pourquoi ?

Le baron parut faire un violent effort sur lui-même.

— Jacques, dit-il, suis-moi, il faut que je te parle..

Et, de nouveau, apercevant le marquis de Santa-Fior qui disparaissait de la foule avec la duchesse d'Oliveira :

— Pourvu qu'il en soit temps encore, dit-il.

III

UN MARI AMOUREUX DE SA FEMME

La fête se terminait...

Les vides se creusaient peu à peu, des groupes çà et là se divisaient et se dispersaient, des visages qu'on avait vus un instant auparavant disparaissaient.

Mais si les salons s'éclaircissaient, les vestibules étaient trop étroits pour contenir la foule impatiente.

Les valets, ployant sous le fardeau, avaient peine à arriver jusqu'aux maîtres et à monter leurs voix à un diapason suffisant pour se faire entendre du cocher.

— La voiture de M. le marquis de Larochenoire !,..

C'était la voiture du prince de Puymérens qui arrivait au bas du perron.

Et pendant l'instant d'attente qui s'écoulait, le vent soufflait avec force, le froid se glissait sournoisement sous l'hermine et mordait à même les épaules toutes tièdes de l'atmosphère du bal.

Ce matin-là, plus d'une grande dame, qui avait dansé sa belle nuit et qui avait pris des glaces à quatre heures du matin, était rentrée dans son hôtel avec le germe d'une fluxion de poitrine.

Elle aimait trop le bal, c'est ce qui l'a tuée.

. . . .

Que j'en ai vu mourir ainsi de jeunes filles !

Cependant quelques intrépides résistaient...

On dansait toujours, et quelques autres, qui ne dansaient pas, écoutaient la ravissante musique.

Après Galoppi, Marcello, Palestrina, Chiozzeto, c'était le tour de Jomelli, de Pergolèse et de Cimarosa.

Il semblait que l'orchestre eût juré d'épuiser dans une nuit d'ivresse le répertoire étincelant des maîtres italiens.

La duchesse d'Oliveira quittait le bras du marquis de Santa-Fior, et, acceptant le bras d'un indifférent, rentrait dans le salon quand elle fut saluée par un jeune homme blond, qui, s'inclinant devant elle, lui présenta une jeune femme qui l'accompagnait.

Cette femme, qui eût été belle sans les prétentions hautaines qu'elle affichait, et le mauvais goût de sa toilette, qui était cependant des plus riches, s'inclina à son tour devant la duchesse d'Oliveira et ébaucha un complaisant sourire.

La duchesse répondit par un salut froid et détourna la tête.

Le monsieur qui avait son bras sous le sien sentit ce bras tressaillir.

C'était un sot, il ne vit rien que ce que tous ceux qui les entouraient avaient pu voir comme lui.

— Voici une jeune dame, dit-il, qui ne me paraît pas avoir l'honneur d'être de vos amies.

— En effet, répondit la duchesse, je ne sais pourquoi, mais j'éprouve pour elle peu de sympathie.

Le monsieur se lança dans une longue tirade sur la raison des sympathies et des antipathies.

A ce sujet, il raconta plusieurs histoires, et cita des faits entre autres le chien et le chat par exemple qui ne peuvent se souffrir, quoique tous deux animaux domestiques et appelés à vivre sous le même toit.

Il causa longtemps et poussa plus loin ses citations ; il en arriva jusqu'à parler de Nisus et d'Euryale, de Castor et de Pollux, les amis inséparables. La duchesse d'Oliveira ne prit pas peine de l'interrompre, elle avait un moyen plus simple à sa disposition et qu'elle employa, elle ne lui prêta aucune attention et n'entendit pas un mot de sa tirade.

Un instant après, elle s'arrangeait pour être seule et le hasard la remettait en présence de la jeune dame, qui, elle aussi, avait perdu son cavalier.

— Madame la duchesse, dit celle-ci en retrouvant à propos le même sourire complaisant, votre fête était vraiment charmante.

— Vous êtes bien bonne, mademoiselle, et je suis d'autant plus flattée de cet éloge, que je ne comptais pas vous y rencontrer, répondit la duchesse d'Oliveira avec hauteur.

La jeune femme pâlit.

— M. le comte de Bérengère, madame, dit-elle en balbutiant, a reçu, il y a huit jours, une lettre d'invitation de la part de M. le duc d'Oliveira, mais comme M. le comte ne va pas dans le monde sans moi, je n'ai pas cru, cette fois plus que les autres, me dispenser de l'accompagner.

Elle avait subitement repris un certain aplomb et essayait de soutenir le regard fixe et froid de la duchesse.

— Si vous êtes de la suite du comte de Bérengère, c'est différent, dit la duchesse avec ironie ; mademoiselle, je vous fais mes excuses.

Elle fit un léger salut de la tête et s'éloigna, laissant tout interdite et tremblante d'émotion la femme qu'elle venait d'insulter.

Celle-ci, la rougeur au front, la regarda s'éloigner sans trouver un mot à répondre.

Puis, peu à peu, revenant à elle :

— L'horrible femme ! murmura-t-elle. Tu te crois donc bien puissante aujourd'hui, que tu mets ainsi sous tes pieds ceux qui t'ont servie et t'ont faite ce que tu es...

Elle eut une larme dans les yeux.

— A quel prix encore ?... Oh ! tu sais bien que Camille ne peut pas parler sans se nuire et t'abattre sans tomber avec toi... Mais, prends garde, il ne faut qu'un instant pour que toute raison cède devant la colère... ne me pousse pas à bout.

C'est égal, la méchante femme m'a bien blessée...

Le comte de Bérengère, son amant venait au-devant d'elle.

— Qu'avez-vous donc, mon enfant ? lui dit-il, vous paraissez affligée.

— Moi ? oh ! non, je suis gaie, au contraire ; partons-nous, comte ?... Oh ! duchesse, je me vengerai !...

Le comte fit avancer sa voiture et y fit monter sa maîtresse.

— Savez-vous, dit-il avec un sourire, que vous ne manquez pas d'audace ?

— Moi... pourquoi ?

— Me contraindre à vous présenter dans ce monde brillant qui ne vous connaît pas.

— Et qui, s'il me connaissait, s'éloignerait de moi avec horreur, n'est-ce pas, comte, que c'est cela que vous voulez dire ?... Tenez, vous en êtes encore tout pâle.

— La réception de la duchesse a été froide, et je compte que la première fois que je la rencontrerai, elle se plaindra à moi.

— Eh bien, comte, pour la consoler, vous lui direz que je me promets de paraître à toutes ses soirées et de n'en pas manquer une seule.

La jeune femme était pâle sous le capuchon de soie jeté sur sa tête, et elle frissonnait sous sa mante de velours.

— Vous oseriez ?

— Vous verrez.

— Vraiment les femmes sont surprenantes, dit le comte qui lui prit la tête et approcha son front de ses lèvres.

— Je vous trouve bien plus surprenants, vous autres hommes, répondit celle-ci, de trouver les femmes bonnes pour en faire vos maîtresses et d'en rougir.

— Mon amie...

— Vous êtes à nos pieds, vous nous dévorez du regard, vous ne pouvez vivre sans nous, un sourire de nos lèvres vous ravit l'âme, une parole dure vous bouleverse, vous êtes à nous, pieds et poings liés... s'agit-il de se montrer en public, d'affronter les regards de la foule, vous pâlissez, vous fuyez, tout votre amour tombe, disparaît. Et c'est cela que vous appelez aimer ?

— Ai-je hésité à vous présenter chez la duchesse d'Oliveira ?

— Après combien de prières !

Il me faut vous quitter, disait-elle...

— Écoutez donc... vous avez, pour commencer, voulu faire tout simplement vos entrées dans un des premiers salons de l'aristocratie étrangère.

— Vous n'avez cédé que parce que vous étiez bien sûr que je n'étais pas femme à vous pardonner un refus, après une telle insistance de ma part, mais... Vrai, aussi vrai que j'ai passé cette dernière nuit chez la duchesse d'Oliveira, si cette porte ne s'était pas ouverte devant moi, ce refus vous aurait coûté deux cent mille francs.

Le comte sourit.

— Aussi cher que cela ? dit-il.

— Une femme ne coûte-t-elle pas ce qu'elle veut à un homme... quand cet homme est le comte de Bérengère, dit-elle en minaudant et laissant tomber son bras d'albâtre sur son épaule.

— Et quand cette femme est vous, Camille, dit le comte pliant le genou et la regardant dans les yeux, vous qui êtes tant aimée !

— Et cependant vous aviez bien envie de ne pas m'ouvrir la porte de la duchesse d'Oliveira, fit-elle avec un ton amical de reproche.

— Convenez, chère amie, que ce n'était pas encore là votre place.

— Ma place?... dit la jeune femme, qui releva la tête ; elle ne le sera jamais, car jamais vous ne remplirez votre promesse envers moi.

Vous m'épouserez, dites-vous, quand?...

Vous me ferez comtesse de Bérengère, jamais !...

Et que m'importe! comtesse ou non, votre femme ou votre maîtresse, ma place est d'être où vous êtes.

Est-ce parce que je serais comtesse que je vaudrais mieux que je ne vaux aujourd'hui

Celui qui gagnera, monsieur, ce sera vous ; je ne veux pas être plus longtemps responsable de vos préjugés et des conséquences de votre faiblesse...

Et qu'ont-elles donc de plus que nous, ces femmes dont vous vantez tant les charmes et dont vous admirez les vertus ? La plupart ont fait comme moi et ont commencé par la fin. Les autres, leurs maris les ont tirées de la boue. Et puis, quoi! grandes dames ?

— Qu'est-ce que cela me fait ? Où est leur mérite ? elles sont nées dans un boudoir quand d'autres sont nées dans la rue.

Elles ont été bercées dans la soie, quand d'autres l'ont été dans des haillons.

Je vous demande un peu ce que cela me fait.

Le père de celles-ci a volé plus que le père de celles-là, voilà tout.

Nous ruinons nos amants, mais elles ruinent leurs maris. Elles font plus, elles ruinent leurs enfants. Elles ont vraiment bien de quoi être fières, et si elles nous dédaignent tant, c'est parce qu'elles nous craignent...

Comte de Bérengère, j'irai encore chez la duchesse d'Oliveira, et, dans les salons où elle trône, je lèverai la tête plus haut qu'elle.

— Quelle femme étonnante ! se dit le comte, qui ne vit là qu'un caprice de femme et ne devina rien au delà.

La voiture du comte de Bérengère descendait alors le faubourg Saint-Honoré et tournait la rue Royale.

Elle se croisa avec une autre voiture, dans laquelle étaient deux hommes qui causaient entre eux.

Le comte de Bérengère les aperçut le premier et les salua avec une grande politesse.

Ceux-ci lui rendirent son salut, et les deux voitures, changeant de direction, se perdirent de vue.

— Quelles sont les personnes que vous venez de saluer ? demanda Camille à son amant.

— Le marquis de Santa-Fior, répondit le comte à Camille, et le général Bitaroz.

— Qu'est-ce que c'est que le général Bitaroz ?

— Comment, vous ne connaissez pas le fameux général péruvien ?

— Non, pas du tout.

— Vous avez dû le voir cette nuit, un grand vieillard presque aussi sec que le baron de Mortarieu, et à qui on donne au moins quatre-vingt-dix ans. C'est un original de première force, il a gagné dix mille francs cette nuit à ce pauvre baron... Et savez-vous ce qu'il en a fait? Il les a distribué aux balayeurs, qui, à cinq heures du matin, fonctionnaient devant les fenêtres de l'hôtel.

— C'est, en effet, très-original, dit Camille.

— Oh! mais c'est un très-grand général, reprit le comte. Il est très-célèbre au Pérou. Il a cassé la tête à je ne sais combien d'Espagnols, lors de...

— Ah! de grâce, dit Camille, pas de faits historiques, comte, j'ai tellement envie de dormir...

— On vous en fera grâce, toute belle, dit le comte, qui lui prit la main et laissa tomber sa tête sur son épaule.

Une conversation plus vive et plus animée avait lieu alors dans cette autre voiture qui fuyait dans la direction du quartier de la Chaussée-d'Antin, et qui emportait le marquis de Santa-Fior et le général Bitaroz.

— Qu'avez-vous fait? disait le premier au second.

— Ce que je pouvais faire.

— Jouer.

— Jouer d'abord, et gagner assez au baron pour piquer son amour-propre à un point tel qu'il recommencera. Le drôle enrageait, c'était plaisir à voir. Avant qu'il soit trois jours, je l'attire chez la Paquitta, et je le ruine.

— Pas aussi vite que cela, dit le marquis de Santa-Fior en souriant.

— Si ce n'était que lui à ruiner, dit le général Bitaroz, ça ne serait pas une grande affaire. Mais c'est le duc d'Oliveira qu'il faut mettre à sec.

— Ce sera difficile, dit le marquis.

— Je m'en charge,.. Et toi, qu'as-tu fait ?

— Oh! c'est différent, dit le marquis de Santa-Fior, j'ai obtenu un rendez-vous de la duchesse.

Le général Bitaroz fit un mouvement.

— Déjà? dit-il.

— Oui, dit le marquis, et pour aujourd'hui même.

— Oh! de quelle joie tu remplis mon

âme, mon Georges bien-aimé, dit le vieux général Bitaroz, tendant les deux mains au marquis de Santa-Fior qui les pressa avec effusion. Tu as toujours confiance en moi? dit-il.

— Toujours.

— Et tu marcheras aveuglément dans la voie que je t'ai tracée... sans crainte... sans arrière-pensée... sans remords?

— Sans crainte, sans arrière-pensée, et sans remords, répondit le jeune homme.

— Merci !

— Mon père, je vous suis dévoué.

— Ne m'appelle pas ton père, dit le vieillard dont la voix tressaillit, avant que le grand jour soit arrivé, que l'heure de la réparation n'ait sonné.

— Je vous obéirai, répondit le marquis, et pour la dernière fois, mon père, permettez-moi de vous embrasser.

Le vieillard ouvrit ses bras, le jeune homme s'y précipita, et tous deux restèrent longtemps pressés l'un contre l'autre.

Quel mystère existait-il donc entre ces deux hommes, l'un jeune, l'autre vieux, tous deux d'allures si étranges; et qui, se rencontrant dans le monde ne paraissaient point se connaître?

— La duchesse d'Oliveira n'a mis aucune condition à votre entrevue? demanda le général Bitaroz au marquis de Santa-Fior, en fixant sur lui deux yeux perçants.

— Aucune.

— Elle ne t'a rien imposé, rien demandé, rien manifesté, rien laissé deviner.

— Oh ! si, je crois qu'elle m'a laissé deviner quelque chose.

— Oh ! parle.

— Elle aurait peu de regrets de la mort de son père.

— Le baron de Mortarieu?

— Oui.

— Mon fils... mon fils !... s'écria le vieillard s'oubliant, l'heure est proche où tu vas tout savoir... où...

Il s'arrêta.

— Mais tu suivras bien mes instructions? dit-il.

— Je vous le jure.

— Oh ! tu ne saurais croire comme la joie qui inonde mon âme est grande, comme il est doux de toucher au port après tant d'années d'attente.

Et l'émotion et l'enthousiasme, se traduisant sur la figure du vieillard, le rajeunirent de vingt ans.

Ils étaient arrivés devant l'hôtel de ce dernier, la voiture s'arrêta et le général descendit.

— A ce soir, répondit celui-ci.

Et la voiture repartit au galop, pour revenir sur ses pas, et ne s'arrêter que rue des Champs-Élysées, où le marquis de Santa-Fior demeurait.

Cependant le même jour, à onze heures du matin, la duchesse d'Oliveira s'était retrouvée en présence de son mari. A peine avait-elle pris un peu de repos.

Aussitôt après le départ de ses derniers hôtes, les bougies éteintes, les premiers rayons du soleil venant frapper contre les vitres, elle s'était deshabillée, et, s'enveloppant d'un peignoir, s'était étendue sur un canapé.

— Madame la duchesse ne veut pas se mettre au lit ? demanda sa camériste.

— Non, avait-elle répondu. Je dormirai bien mieux ainsi.

A onze heures, le déjeuner était servi dans la petite salle à manger, et le duc et la duchesse s'asseyaient l'un près de l'autre.

— Je n'espérais pas avoir le bonheur de vous voir, lui dit celui-ci.

— Et pourquoi cela, monsieur le duc ?

— Je pensais que vous auriez pris ce matin un repos dont vous devez avoir grand besoin.

— Je ne voulais pas me priver moi-même du plaisir de me retrouver un instant seule avec vous.

— Le duc la regarda à la dérobée, et la joie se peignit sur ses traits.

Oh ! le monde a trop d'exigences, reprit la duchesse quittant la table, et allant s'étendre sur le canapé, n'êtes-vous pas comme moi, et ne trouvez-vous pas que c'est bien long toute une nuit ?

— Toute une nuit à briller, dit le duc.

— Ah ! fit la jeune duchesse, briller ! Sans doute, une femme est toujours un peu coquette, mais si nous étions plus raisonnables, nous chercherions moins à briller, et nous aimerions davantage.

— Mais savez-vous que je vous trouve ravissante ce matin ? dit le duc.

— Venez donc me dire cela de plus près. On dirait que vous avez peur de moi.

— Je vous ai vue vous éloigner... je n'osais m'approcher.

· Oh ! les maris, dit la duchesse avec un délicieux sourire, ils ne voient jamais rien. Pour être aimée un peu d'eux il faudrait leur faire la cour du matin au soir, et encore ils ne s'apercevraient pas que leurs femmes les aiment.

Le duc tout joyeux vint prendre place sur le canapé.

— Allons donc, dit la duchesse, il y a une heure que ce malheureux meuble vous tend les bras, mais pour vous punir, vous ne l'occuperez plus, cette place que vous avez si longtemps dédaignée, et c'est à mes genoux, monsieur, que vous passerez votre matinée.

— Le duc obéit et, s'agenouillant sur le

tapis, il prit les deux mains de la duchesse dans les siennes, et la regardant dans les yeux :

— Vouss ète bien charmante, ce matin. dit-il, et cependant j'aurais bien envie de vous en vouloir.

— A moi ?

— Oui... à vous.

— Et pourquoi, monsieur mon mari ?

— Cette nuit, j'étais maîtresse de maison, je me devais au monde, vous le savez bien.

— Le monde a été négligé comme moi.

— Ah !... et en l'honneur de qui ?

— Du marquis de Santa-Fior.

La jeune duchesse prit un air courroucé, et retira ses mains des mains de son mari.

Celui-ci les retint.

— N'est-ce donc pas vrai, dit-il ?

— Vous êtes jaloux ?

— N'ai-je pas quelque droit de l'être ?

— Jamais.

— Vous êtes restée plus de deux heures en sa compagnie.

— Il me racontait un voyage... et puis

qu'ai-je besoin de m'excuser ? cela m'a plu d'écouter le marquis de Santa-Fior, et il ne me plaît pas d'écouter les reproches de monsieur le duc d'Oliveira.

— Duchesse !... dit le duc qui cette fois abandonna les mains de sa femme et se leva avec un sentiment de colère dont il ne fut pas maître.

— Tenez, dit la jeune femme, reprenez votre place où vous étiez, je ne vous en veux pas. Je sais qui vous suggère ces vilaines jalousies, et m'attaque constamment dans votre esprit,

— Qui donc accusez-vous, madame?

— Mon père,

— Votre père ne mérite pas cette accusation.

— Je le sais, ne cherchez pas à l'excuser, je l'ai vu du reste causant avec vous et me désignant. C'est un homme bien méchant que le baron de Mortarieu.

— Votre père, madame.

— Eh! qu'importe, dit la duchesse d'Oliveira, haussant les épaules. Cet homme a beau être mon père, il m'a toujours fait plus de mal que de bien.

— Vous m'étonnez. Je l'ai toujours vu zélé et empressé pour vous.

— Mais ne comprenez-vous pas, dit la duchesse, que je lui en veux de chercher à me nuire dans votre esprit, et que je ne peux lui pardonner de toujours se dresser entre vous et moi.

— Vous vous trompez, duchesse.

— Allons, soit, interrompit celle-ci en adoucissant sa voix. Tombez à mes genoux et demandez-moi pardon. Je ne dirai plus de mal du baron de Mortarieu, qui a encore perdu dix mille francs au jeu cette nuit.

— Ah ! ceci est vrai, dit le duc ; terrible passion qui le ruinera et nous sera funeste.

— Convenez donc au moins de cela, cher duc, dit la duchesse, forçant pour ainsi dire son mari à ployer le genou devant elle, et reprenant sur lui tout l'empire qu'elle avait un instant auparavant. et qu'elle n'avait perdu qu'une seconde.

— Oh ! de ce côté, il est terrible, dit le duc.

— Il nous ruinera, tout simplement, dit la duchesse.

— J'aviserai avant.

— Quand ?

— Aujourd'hui même.

— Je serais curieuse de savoir comment vous vous y prendrez ?

— Je lui dois tant.

— Ah ! voilà déjà que vous faiblissez.

— Puis-je, dit le duc, traiter votre père comme un créancier ordinaire, et lui refuser des fonds comme un banquier qui n'a plus de garantie ? Puis-je lui répondre quand il viendra à moi : Baron, je n'étais rien quand vous m'avez rencontré. Issu d'une famille opulente, j'avais tout perdu, vous avez travaillé à me faire retrouver le nom de mes ancêtres et à me faire rendre l'immense fortune que mon père, poursuivi par des circonstances malheureuses, avait laissé s'égarer en d'autres mains. Je vous dois tout, le nom que je porte, puisque j'ignorais qu'il fût le mien, la fortune que je possède, puisque jamais je n'aurais songé à la revendiquer. Je vous dois enfin plus encore. Abandonné, perdu, isolé, je vous dois les soins qui ont présidé à ma jeunesse, l'instruction qui m'a fait un homme, l'éducation qui m'a permis d'occuper la haute position qui m'était réservée ; je vous dois enfin le bonheur de ma vie, puisqu'après tant de bienfaits, vous m'avez encore donné la main de votre fille unique, de cette ravissante enfant que j'avais rencontrée et que je ne pouvais déjà plus oublier.

La jeune duchesse pressa les mains de son mari avec un semblant de tendresse.

— Voyons, reprit le duc, pourrais-je de bonne foi dire à votre père : voilà ce que je vous dois, et je vous refuse l'argent dont vous avez besoin ?... Et cependant, je vais le faire, ajouta-t-il.

— Ah ! vous en sentez donc la nécessité ?

— Sans doute, seulement...

— Tout à l'heure, monsieur le duc, vous n'avez pas tout dit. Certes, le baron de Mortarieu a fait beaucoup pour vous. Mais cette éminente fortune qu'il vous a fait retrouver, n'a-t-il pas déjà su vous en dévorer la moitié ?

— Par certaines circonstances...

— Soit. Mais ne lui faisons-nous pas cinquante mille francs de revenus, et ne sait-il pas encore en dépenser quatre fois autant ?

— Ne suis-je pas votre mari ?

— Ma fortune ne venait pas de lui, monsieur le duc, mais de ma mère. Le baron de Mortarieu n'avait absolument rien. Il y a des bornes, monsieur le duc, à toutes les reconnaissances, et vous voyez bien que si le baron de Mortarieu a fait quelque chose pour vous, vous l'avez bien payé.

— Duchesse... votre père...

— Tenez... ne causons plus de lui, mais de nous, dit la duchesse, reprenant sa voix la plus douce et la plus affable.

— Je le veux bien.

— Vous m'aimez toujours ?

— Vous le demandez ?...

— Et vous ne serez plus jaloux ?

— Jamais.

— A la bonne heure !

Il y eut réconciliation. Le duc embrassa sa femme, et celle-ci, pour pénitence, le contraignit de s'asseoir auprès d'elle.

— C'est à vos pieds que je devrais être, dit-il.

— Je suis grande et miséricordieuse, répondit la duchesse.

Le duc, ravi et heureux, s'abandonna à toute l'ivresse de son cœur, et dans une heure, crut conquérir sa femme tout entière.

Heureusement pour lui, la duchesse d'Oliveira n'abusa pas de son empire et ne lui demanda pas de sacrifices. Cet homme eût été au bout du monde pour la satisfaire. Il eût payé un million chacun de ses sourires; il ne lui avait jamais demandé compte des larmes qu'il avait versées pour elle.

Il était alors dans toute la joie de son âme, et dans toute l'émotion de son plaisir, quand la porte s'ouvrit.

Un domestique parut.

— Une lettre pour monsieur le duc, dit-il.

— Donnez, dit celui-ci, en la prenant vivement sur le plateau d'argent.

— Vous permettez, fit-il en se tournant vers la duchesse.

La duchesse s'inclina, et le duc lut rapidement les quelques lignes que la lettre contenait.

Il pâlit, chancela, mais, par un violent effort de volonté, se remit aussitôt et jeta la lettre, avec une indifférence merveilleusement jouée, sur la petite table en marqueterie qui occupait un des angles de la pièce.

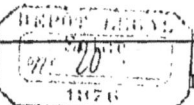

Une mansarde avec de l'air et des fleurs.

— Quel est le fâcheux, dit la duchesse, qui vient nous troubler jusque dans notre intimité.

— Vous l'avez dit, duchesse, ce ne peut être, en effet, qu'un fâcheux, dit le duc d'Oliveira, affectant un sourire qui n'était plus dans son cœur, et portant la main de sa femme à ses lèvres.

La duchesse s'aperçut que ce mouvement n'était pas naturel, et que le sourire du duc n'était qu'un sourire de complaisance ; elle eut aussitôt un soupçon.

— Vous permettez ? dit-elle, avançant sa main, petite et mignonne, vers la table.

Elle s'attendait à ce que le duc retînt la lettre.

— Parfaitement, dit-il au contraire, prenant la lettre et la tendant à la duchesse.

Celle-ci, surprise et inquiète, y jeta les yeux vivement.

« — Cher ami, lut-elle, nous chassons demain le cerf chez le prince de Miramont, êtes-vous des nôtres ? C'est une absence de vingt-quatre heures de Paris, et nous ne serons qu'entre nous.

« Je vous serre la main,

« Le vicomte DE MORTEIN. »

— Et c'est cette invitation qui vous a causé tant d'émotion ? dit la duchesse en riant aux éclats.

— Mais je n'ai éprouvé aucune émotion, pas que je sache, au moins, dit le duc en ébauchant un sourire qui ne parvint pas à effacer le pli soucieux qui s'était creusé sur son front.

La jeune femme darda sur lui un regard profond.

— Après ça, dit-elle, vous êtes un homme si étrange !...

Elle n'acheva pas sa phrase et eut comme un sourire ironique à l'adresse de son mari.

— Que faites-vous aujourd'hui ? dit-elle.

— J'ai à travailler.

— Déshabituez-vous donc, monsieur le duc, de ces mots vulgaires qui déshonorent la bouche d'un homme de votre sorte.

— J'ai quelque ordre à mettre dans mes affaires... quelques papiers à visiter.

— Vous me désespérez, monsieur le duc, dit la duchesse se levant, et lui donnant sa main à baiser.

— Et vous, que faites-vous, madame la duchesse? dit le duc d'Oliveira, dont cette fois le calme ne se démentit pas.

— Je ne sais au juste, répondit celle-ci ; je vais toujours m'habiller... faire atteler... et, cela fait, j'irai probablement au bois.

— Délicieuse promenade que je vous souhaite, dit le duc, qui accompagna sa femme quelques pas et rentra chez lui.

Les portes fermées, les portières baissées, et, bien sûr d'être seul, le duc d'Oliveira se laissa tomber sur un fauteuil et prit sa tête dans ses mains.

Le plus violent désespoir était peint sur ses traits.

— Qui trompe-t-on ici ? se dit-il, dans quelle atmosphère suis-je appelé à vivre? quel est ce mystère étrange et effrayant qui m'enveloppe et qui, peu à peu, soulève ses plis devant mes yeux? et quelle femme, quelle femme que la mienne !... Me trompait-elle donc ce matin comme elle me trompait hier? tout ne serait-il que mensonge et hypocrisie sur ses lèvres? ne serais-je pour elle qu'un jouet, qu'un bouffon?... Oh ! je saurai... je veux savoir!...

Et, froissant dans ses mains la lettre que la duchesse d'Oliveira avait lue, il la jeta dans le brasier enflammé.

— J'irai où cette lettre m'appelle, dit-il.

Il se haussa sur la pointe des pieds et atteignit une panoplie dont il détacha un pistolet de poche.

— Et si elle y est, ajouta-t-il, examinant

l'arme qu'il avait dans les mains, je la tuerai. . . . .

. . . .

Entre ces lignes que la duchesse d'Oliveira avait parcourues dans la lettre signée vicomte de Mortein, la duchesse n'avait pas distingué d'autres lignes écrites avec une certaine encre qui s'était effacée au premier souffle et qui disait :

« *Au pavillon de Roseïde, avenue de Neuilly, à la nuit tombante, rendez-vous mystérieux entre le marquis de Santa-Fior et la duchesse d'Oliveira, sécurité parfaite et surprise facile. Prudence et énergie.*

« Niom-Bac-Houl. »

— Oh! oui! s'écria-t-il, c'est bien Niom-Bac-Houl, qui a écrit cela, ce sont bien les griffes du diable qui m'entrent dans les chairs, mais j'irai à ce rendez-vous quoique je n'y sois pas convié.

Oh! Léonie!.., Léonie!...

IV

LA COMÉDIE DE L'ADULTÈRE

La matinée était fraîche mais riche de promesses ; la journée s'annonçait superbe et ravissante.

La jeune duchesse d'Oliveira résolut de la mettre à profit.

Elle passa dans son boudoir, sonna sa cameriste et se fit habiller.

— Fais-moi belle, dit-elle à celle-ci, qui avait toute sa confiance, aujourd'hui je veux plaire.

— Madame la duchesse n'est-elle pas toujours sûre de plaire? répondit la fine mouche qui avait de bons gages à l'hôtel d'Oliveira et qui volontiers elle-même faisait parfois l'essai de sa beauté, acceptant le caquetage des beaux du jour.

La duchesse prit son miroir.

— Non, dit-elle, j'ai les traits fatigués, la joue pâle, un mauvais teint, tu auras beaucoup à faire, Christine ; fais de ton mieux.

— Madame était si bien cette nuit.

— Oui, mais il me faut être mieux aujourd'hui.

— Quelle toilette madame désire-t-elle ?

— La plus simple...

— Si nous étions au printemps.

— Oui, mais l'hiver ne part pas comme cela ; tiens, une robe de velours noir, un col de Malines, ma parure de perles, mon chapeau noir doublé de satin blanc et mon mantelet garni de dentelles.

— Madame la duchesse sera divine ainsi.

— N'est-ce pas ?... Tout cela n'est peut-être pas très-riche, mais je crois que je ne serai pas trop mal...

— Et c'est là le principal, dit la camériste avec un sourire.

Mademoiselle Christine n'en était pas à son début et savait sa duchesse par cœur.

La toilette la plus simple d'une femme du monde demande plusieurs heures. La pâte d'amande et la poudre de riz y jouent un grand rôle. La coiffure surtout exige de grands préparatifs et de grands soins. A la vérité, la duchesse d'Oliveira était *réussie.*

A deux heures de l'après-midi, elle monta dans sa voiture et se fit conduire au bois.

Le cocher était poudré, comme il convient à un cocher de bonne maison et les deux valets de pied montés derrière la voiture faisaient bonne mine, le nez en l'air et boutonnés jusqu'au menton.

Les valets m'ont toujours beaucoup amusé.

Ceux-là étaient blanc et or, laine et soie, lévites doublées de fourrures et chapeau à torsades ; ils se tenaient droits comme deux hallebardes et jetaient sur la foule misérable un profond sourire de dédain.

Que Dieu ait leur âme... S'ils en ont une.

La duchesse d'Oliveira emplissait sa voiture de sa robe étoffée, et étendue avec nonchalance sur ses coussins de soie cra-

moisie regardait sans voir au-dessous d'elle et songeait au marquis de Santa-Fior.

Le ravissant jeune homme !

La veille, avant l'heure rapide d'un échange de paroles brûlantes, il lui avait conté plusieurs de ces histoires terribles qui révèlent un héros et dont les femmes raffolent.

— Quel homme, se disait-elle, quel lion! Comment se fait-il que M. le duc d'Oliveira qui est né dans le même pays, dont le sang a été chauffé au même soleil ne connaïsse pas de ces histoires-là et n'ait jamais été le héros de quelque aventure terrible et périlleuse ?...

Je n'aime pas les hommes à face pâle...

Elle frissonna.

La voiture était alors à la hauteur des Champs-Élysées, cette longue avenue féerique qui n'a pas de rivales dans le monde et qui, à certains jours et certaines heures de l'année voit miroiter dans son parcours tout ce qu'il y a de riches et de brillants équipages dans Paris.

A l'époque où se déroule notre récit, le bois de Boulogne était loin d'être ce qu'il est aujourd'hui, mais les Champs-Élysées étaient déjà dans un état de vie et de prospérité que promettait la magnifique avenue que nous avons aujourd'hui.

Le temps était pur. Pas un nuage ne courait dans le ciel, l'atmosphère attiédie par un soleil aux rayons pâles mais déjà vivifiant, permettait aux femmes enveloppées dans la soie et le velours de braver la rigueur de la saison. On se fût cru au printemps tant la température était douce et le soleil brillant.

Les équipages arrivaient en foule et prenait la file.

La duchesse d'Oliveira saluée par plusieurs cavaliers qui traversaient au galop l'avenue et gagnaient le bois répondait par une légère inclination de tête et quelquefois par un sourire.

Et cependant elle avait alors la mort dans l'âme.

— Je n'aime pas les hommes à face pâle, avait-elle dit, et elle avait ajouté : ils sont trop lâches, ils n'ont pas de sang dans les veines, une arme à feu leur fait peur, et inhabiles, cette arme éclaterait dans leurs mains avant qu'ils en eussent fait usage... Une épée nue leur fait froid au cœur et ils ils ne savent pas aimer et défendre une femme.

Et soudain elle venait de se rappeler une histoire sanglante que son mari, cet homme qu'elle accusait d'être un esprit oublieux, pusillanime et qu'elle soupçonnait de lâcheté, lui avait contée un soir.

— Qui sait ? dit-elle, il est peut-être homme à se venger.

La duchesse d'Oliveira commençait la vie, elle y tenait.

Elle revit en fouillant sa mémoire toutes les scènes de cette histoire qui lui revenait d'une façon singulière, et dont toutes les péripéties passaient devant ses yeux :

— Au Sénégal, lui avait dit le duc d'Oliveira, assis à ses genoux et sa main blanche et fine s'oubliant dans la sienne, dans le pays de Trarsas, quand une femme trompe son mari, elle perd son titre d'épouse et devient sa plus vile esclave. Un jour que j'errais dans la campagne, je fus témoin d'une exécution de ce genre. Une femme accusée d'adultère était attachée au tronc d'un arbre. Cette femme était jeune et belle et son visage paraissait si rempli d'épouvante que je fus pris de pitié et voulus m'approcher d'elle.

— Un homme me repoussa.

— Étranger, me dit-il, éloigne-toi, et ne porte pas de consolations à la femme qui a déshonoré le toit de l'homme.

— Vas-tu donc tuer cette pauvre femme ? lui dis-je.

— Non, fit-il tirant un grand sabre qu'il émoussa sur une pierre ; le sang qui va être versé ne sera pas le sang de la femme, mais celui de son complice... quant à elle, ajouta-t-il en jetant un regard méprisant à la malheureuse, plût au ciel qu'elle fût morte !

J'attendis pour voir ce qui allait arriver.

Je n'attendis pas longtemps. Un bruit effrayant de tamtam me bourdonna aux oreilles et je vis apparaître au détour du bois un jeune homme de vingt-cinq ans au plus, beau, fort, robuste, d'un visage plein d'expression et d'une tristesse morne qui en rehaussait l'éclat.

L'homme qui avait émoussé son sabre était le mari.

Je ne l'aurais pas su que je l'eusse deviné à la fureur qui se peignit sur ses traits à la vue du coupable.

— Approche, chien, cria-t-il dans sa langue étrange et colorée.

Le jeune homme désigné au sacrifice avait les mains liées derrière le dos et était entouré de nègres de sa tribu qui veillaient à ce qu'il n'échappât pas par la fuite au supplice qui lui était réservé.

Il s'approcha sur l'ordre du mari et se contenta de lever la tête, adressant un dernier regard d'amour à la femme pour laquelle il mourait.

Le tamtam résonna de tous côtés, et l'époux outragé, brandissant son sabre dont la lame étincela au soleil au-dessus de la tête du coupable, lui cracha au visage, le frappa à plusieurs reprises et le renversa à terre.

La victime ne pouvait opposer de résisiance, mais n'eût-elle pas eu les mains liées qu'elle n'eût pas essayé de lutter.

Il savait qu'il méritait son châtiment et que Mahomet avait dit : Celui qui prend un mouton ou une robe peut rendre une robe ou un mouton. Mais celui qui rompt les liens sacrés du mariage, ne peut les renouer jamais ; aussi faut-il le tuer, et celui-là qui mourra souffrira moins que l'époux survivant à son déshonneur.

Pour les Sénégalais, le crime d'adultère est le plus grand de tous les crimes.

— Un homme souffre moins, disent-ils, si on lui tue son père, son fils, son frère, son ami, que si on lui prend sa femme.

Ce sont les mœurs du pays, et celui qui se rend coupable d'un tel crime sait qu'il a mérité la mort, que rien ne peut le soustraire à son supplice, et il vient de lui-même recevoir le coup mortel de la main de l'homme qu'il a outragé.

Mais le coupable était à terre, le mari l'y coucha d'un coup de pied, puis, le saisissant par les cheveux, il lui appuya la tête sur ses genoux, et brandissant une seconde fois son sabre il en approcha la lame ébréchée du cou du patient.

Celui-ci ne fit pas un mouvement, ne prononça pas une parole et ne poussa pas un cri.

La lame effleura la peau, puis mordit dans la chair ; et l'opération horrible commença.

Le mari sciait la tête de l'amant.

Et comme le sabre ne coupait pas, que le bourreau accomplissait sans se presser son acte de sauvagerie, il fallut vingt bonnes minutes pour que la tête du malheureux fût séparée du tronc.

Jusqu'à son dernier soupir, il avait gardé le silence.

Ni le bourreau, ni les assistants, n'avaient non plus troublé le sacrifice par aucun incident.

La femme, seule, pleurait en regardant

avec douleur le cadavre de l'homme qu'elle avait aimé...

— Voilà, dit le mari vengé, montrant à ceux qui l'entouraient la tête du coupable, et la repoussant du pied auprès du corps ensanglanté, de quoi servir de pâture aux animaux les plus immondes de la création.

Puis se tournant vers la femme :

— A nous deux, dit-il.

Et l'ayant déliée de l'arbre à son tour, il la jeta brutalement à terre et lui coucha la tête sur ses genoux.

Puis il lui arracha ses pagnes, qu'il remplaça par une ceinture de Guinée, la dépouilla des verroteries qui ornaient son beau corps, de ses colliers et de ses bracelets ; puis cela fait, il rasa ses longs cheveux, et la relevant par un geste méprisant, il la chassa devant lui comme une bête de somme.

Et désormais cette femme, avait ajouté le duc d'Oliveira, n'est plus dans son pays qu'une vile esclave que son mari maltraitera selon son bon plaisir, et la servante méprisée et fouettée par les autres femmes que le mari conduira sous sa tente. »

— En France, avait dit la duchesse d'Oliveira, l'adultère n'est pas puni avec cette sévérité.

— Quelquefois.

— Pas que je sache.

— Avez-vous souvenance de la mort de la comtesse de Saint-Sauveur.

— Qui, si je ne me trompe, périt sur l'échafaud en 1793.

— Cela même.

— Comme aristocrate.

— Pas précisément.

— Et pour avoir donné asile à un noble poursuivi par le Comité du salut public.

— Oui; mais ce que vous ne savez pas c'est que le noble était le duc de Bérens, l'amant de la belle comtesse qui, vous le voyez, n'était pas tout à fait désintéressée dans son dévouement et que c'était le mari lui-même qui avait désigné la cachette.

— C'est odieux.

— Soit, mais l'amant et la femme adultère payèrent de leur tête leur criminelle complicité, et le mari fut vengé. Quelques années après le comte de Saint-Sauveur revint en France.

— Avec les alliés.

— Comme vous dites, et ayant au bras une femme charmante qu'il avait épousée en Bavière.

— C'est horrible.

— Ma foi, je l'ai rencontré il n'y a pas dix ans, et il n'avait pas l'air de penser comme vous. Il était très-vieux alors et menait encore joyeuse vie.

— Cette histoire fait exception dans nos mœurs.

— Nullement, en France, comme partout, avait répondu le duc, d'une voix grave, le mari est juge de son honneur ;

et comme on ne peut faire de la femme qui nous trompe une vile esclave, on la tue et on l'oublie.

Et la duchesse d'Oliveira dont le landau franchissait les premières allées du bois et qui se rappelait les détails les plus minutieux de ces histoires d'adultère, se prit aussi à se souvenir de la réponse froide et implacable du duc.

Elle était audacieuse et cependant elle se prit à trembler.

On tient à la vie quand on a dix-huit ans, qu'on est belle, qu'on est riche et que l'on aime pour la première fois... on craint le froid du cercueil et les plis sinistres du suaire qui éternellement vous cache la lumière et l'espace... on craint de mourir quand on a le sang jeune, ardent, et le monde entier pour vous fêter... et la duchesse d'Oliveira courait à un adultère.

Sa voiture suivit au pas, à la suite des nombreux équipages qui entraient alors dans le bois par la porte Maillot, et ne se perdit dans les allées que longtemps après.

La duchesse d'Oliveira avait été vue par tout ce qu'il y avait de beau monde à Paris. De nombreux cavaliers, penchés sur leur selle, l'avaient saluée avec courtoisie. Ces cavaliers étaient tous des amis de son mari. Tous eussent donc pu affirmer que la duchesse d'Oliveira s'était promenée au bois, dans sa voiture, c'était ce qu'il lui fallait ; elle avait des témoins de son honneur.

Il n'y avait personne autour d'elle, elle donna l'ordre au cocher d'arrêter et descendit de voiture.

— Retournez au pas, dit-elle, vous m'attendrez avenue de Neuilly, devant l'hôtel de Ruïsbell.

Le cocher obéit. La voiture s'éloigna, et la duchesse d'Oliveira disparut par un chemin étroit qu'elle abandonna bientôt quand elle fut certaine de n'être plus en vue de ses domestiques.

Quelques minutes après, elle était rencontrée comme par hasard par le marquis de Santa-Fior, qui lui offrait son bras.

— Où allez-vous donc ainsi, seule ? lui dit le marquis, jouant la naïveté.

— Chez la comtesse de Ruïsbell, où ma voiture est allée m'attendre, répondit-elle avec un grand sang-froid.

— Vous m'étonnez, dit le marquis.

— Pourquoi ?... Qu'y a-t-il d'étonnant à ce qu'une femme comme moi désire un instant être seule ? Du reste, ma voiture me donne sur les nerfs, mes valets m'ennuient. Il y a des moments où l'on rêve d'être une bonne petite bourgeoise qui promène sa mélancolie le long des haies perdues. M. le duc d'Oliveira comprendra cela aussi bien que vous, monsieur le marquis.

Du reste, ajouta-t-elle après une légère pause, et comme si elle eût besoin de se donner des raisons à elle-même, mon docteur m'ordonne la promenade à pied. On doit avant tout écouter son docteur, fit-elle avec un malicieux sourire à l'adresse du marquis de Santa-Fior, et c'est dans cette bonne pensée que je vais de mon pied léger, jusqu'à l'hôtel de Ruïsbell.

Elle pencha son front triste sur le visage livide du blessé.

— La comtesse est absente depuis trois jours, dit le marquis.

— Et comment le saurais-je, puisqu'elle ne m'en a rien fait dire?

— Vous êtes une femme adorable, dit le marquis de Santa-Fior, effleurant de ses lèvres l'oreille de la duchesse, et, tirant de sa poche une clef qu'il avait déjà dans la main, il ouvrit une petite porte dissimulée sous un manteau de lierre, et donnant sur un parc immense, dont les arbres séculaires garantissaient la solitude et le mystère.

— Mais ce n'est pas mon chemin, dit la duchesse, faisant mine de ne pas pouvoir avancer.

— Pardonnez-moi, madame, dit le marquis de Santa-Fior, franchissant à son tour la petite porte, et la fermant derrière lui. Ma propriété donne juste en face de l'hôtel de Ruïsbell, et ma galanterie vous épargne un long détour que vous n'aviez pas prévu, et dont la fatigue aurait détruit l'effet de la promenade ordonnée.

La duchesse d'Oliveira s'inclina avec un sourire, et se pressa contre le marquis de Santa-Fior.

— Nous sommes bien seuls? dit-elle.

— Seuls, dit le marquis. Et si on vous interroge, vous aurez réponse à tout.

— Oh ! dit-elle avec un soupir et comme avec un sanglot qui gonfla sa poitrine, je suis encore inhabile. J'aime pour la première fois, mon amour me trahira.

— Eh ! que m'importe un homme ! dit le marquis, soulevant la duchesse de terre, et l'emportant dans ses bras.

— Le duc d'Oliveira !...

— Votre mari !

— Oh ! s'il n'y avait que celui-là, dit la duchesse, laissant tomber sa tête sur l'épaule du marquis, et s'abandonnant à l'amour, qui, pour la première fois, lui emplissait le cœur.

Tout à l'émotion et à la joie de se retrouver ensemble, loin des bruits du monde et des regards de la foule, tous deux, comme nos lecteurs le soupçonnent, pour des raisons différentes, n'avaient pas vu un homme, qui lui aussi, s'était égaré dans les allées désertes, et qui les suivait à distance. Cet homme, dans la crainte d'être remarqué, avait ralenti sa marche et avait perdu du terrain. Quand il songea à les rejoindre, il était trop tard : le marquis de Santa-Fior et la duchesse d'Oliveira disparaissaient derrière la petite porte obscure, et le bruit de leurs voix et de leurs pas s'éteignait dans le murmure confus de la nature. Un cri de rage et de colère sortit de la poitrine de cet homme, qui, oubliant la prudence, qui jusque-là avait accompagné tous ses actes, courut comme un fou jusqu'à la petite porte et en souleva le marteau avec violence. Mais, aussi rapide que lui, et avant que le marteau ne fût retombé et n'eût rendu son bruit sonore, un autre homme se précipitait en avant et arrêtait le bras de l'inconnu.

Celui-ci se retourna avec fureur, et pâlit soudain à la vue de l'homme qu'il avait devant les yeux.

— Que vas-tu faire ? lui dit celui-ci.

— Me venger !

Le nouveau venu haussa les épaules.

— Viens, dit-il, et causons.

— Causer ?... Quand elle est là... elle... la malheureuse !

— Eh bien ?

— Avec lui !

— Tu es fou !

— Je te dis que je veux les tuer tous les deux !

— Je te dis, moi, que tu es fou.

— Mais, je ne les laisserai peut-être pas...

— Viens, dit le baron de Mortarieu, car c'était lui, en passant son bras sous celui du duc d'Oliveira, et en l'entraînant à quelques pas. Viens, te dis-je, et écoute-moi.

— Que vas-tu m'apprendre que je ne sache déjà ? Maintenant, je suis perdu, déshonoré... Oh ! la malheureuse... moi qui l'ait tant aimée...

— Que vas-tu faire ?

— Et que veux-tu donc que je fasse, s'écria le duc d'Oliveira, croisant ses bras sur sa poitrine, et s'éloignant encore de quelques pas de la maison maudite, que veux-tu donc que je fasse, toi, je te le demande ?.,. Je vais les tuer, te dis-je.

— Dans ce pays, on n'assassine pas ainsi les gens, dit le baron de Mortarieu avec calme.

— Et que fait-on, quand un misérable vous vole votre femme, le bonheur de votre vie et la joie de votre foyer ?

— Les imbéciles se font tuer après.

— Oh ! je ne craindrais pas le marquis de Santa-Fior.

— Au pistolet ?

— Au pistolet comme à l'épée, comme au poignard, à l'arme qu'il voudra. Oui, tu as raison. On n'assassine pas les gens dans ce pays, on les tue dans un combat loyal. C'est un duel à mort qui va avoir lieu entre nous deux.

— Mais c'est le duelliste le plus adroit que je connaisse.

— Je sais me battre aussi, moi, peut-être.

— Il te tuera.

— Eh bien! nous nous battrons comme on se bat quand on n'a pas peur de mourir, avec une de ces armes terribles, qui, dans les mains d'un enfant, sont aussi mortelles que dans celles de l'homme le plus adroit.

— Eh bien! soit, dit le baron de Mortarieu, tu te battras, mais pas à présent.

— Eh! crois-tu donc que je puis vivre avec le déshonneur sur le front, la haine et la rage dans le cœur?

— La duchesse d'Oliveira n'ira pas crier sa honte au milieu du monde, et le scandale que tu veux faire l'apprendra à tous.

— Oh! mon Dieu, mon Dieu! s'écria le duc d'Oliveira, en proie au plus affreux désespoir et les larmes aux yeux, et c'est ta fille, baron, qui me traite ainsi... ta fille... Comment l'as-tu donc élevée? Quelle mère a donc été la sienne? Quels conseils a-t-elle donc reçus? Et quel mal lui ai-je donc fait, moi?

— Est-ce sur ma tête, dit le baron de Mortarieu, regardant fixement le duc d'Oliveira, que tu veux faire peser le crime de ma fille, de ta femme?...

— Non, oh! non, répondit celui-ci, car jusqu'à ce jour tu as été mon protecteur et mon bon génie... J'avais perdu la trace de mon père, le souvenir de mon enfance; j'ignorais jusqu'à mon nom, et tu me l'as appris. Après avoir veillé sur mon enfance,

tu as veillé sur ma jeunesse, et tu m'as fait rendre les immenses biens de ma famille, et c'est grâce à toi que je peux relever la tête et porter dignement un nom qui est le mien, et jouir d'une fortune que m'a laissée mon père.

— Merci de ce souvenir, Jacques.

— Mon père... dit le jeune homme avec une amère tristesse, qu'est-il devenu, lui?..

— Il est mort.

— Tu en es sûr?...

— Je ne puis plus en douter.

— Enfin, tu m'as donné ta fille, baron, ta fille, riche par sa mère, et que j'aimais avec adoration.

— Pauvre ami!

— Et elle me trompe indignement.

— Viens, viens... ne restons pas ici davantage, dit le baron, plus embarrassé qu'ému.

— Et tu m'as dit que tu connaissais l'homme qui me vole l'honneur et empoisonne ma vie.

— C'est le fils de l'homme qui a été le plus grand ennemi de ton père.

— Mais, dit le duc d'Oliveira, se saisissant du bras du baron de Mortarieu, c'est peut-être une haine qui se poursuit de père en fils... qui sait?... il ne l'aime peut-être pas, la femme qu'il arrache à son foyer.

Le baron de Mortarieu tressaillit.

— Oh! tu vois, s'écria-t-il, tu as dit vrai... ma fille est la victime de la haine que le marquis de Santa-Fior nourrit contre toi.

— Mais pourquoi cette haine?,..

— Mystère de famille!

— Oh! tout est mystère autour de moi... Mon enfance, mystère... une main inconnue payant mes années de collège, mystère; ma jeunesse aventureuse; ma fortune perdue, puis retrouvée; mon nom oublié et rendu aujourd'hui ; enfin, au moment où je crois avoir, après tant de traverses, mérité un bonheur calme et durable, de nouveaux mystères m'enveloppent et se déroulent en plis sinistres sous mes pas...

Ils avaient quitté la petite porte fatale par laquelle la duchesse d'Oliveira avait disparu, et avaient gagné l'avenue de Neuilly.

Le duc d'Oliveira s'arrêta.

— Où allons-nous ? dit-il.

— Nous rentrons.

— Jamais.

— Il le faut bien.

— Et que ferai-je chez moi ?

— Tu attendras la duchesse.

— L'attendre, elle... la malheureuse.., et quand elle arrivera, que lui dirai-je ?...

— Ecoute.

— Pourrai-je seulement supporter sa vue... Baron, c'est ta fille, sauve-la, je ne réponds pas de moi, je la tuerai.

Il prit sa tête dans ses mains et pleura comme un enfant.

— Ecartons-nous, dit le baron jetant un œil hagard autour de lui, si on nous voyait, nous serions perdus.

— Pourquoi ?...

— Un homme qui pleure...

— Oh ! c'est du sang que je verse.

Ils s'effacèrent, et le duc d'Oliveira donna un libre cours à ses larmes.

— Avoir bâti sa vie sur celle d'un tel homme, se dit le baron de Mortarieu que cette scène indignait sans l'émouvoir ; faites donc des sacrifices, jouez donc tout l'avenir sur un coup de dés... Oh ! s'il avait été de ma trempe, c'est le monde que nous nous partagerions.

— Ecoute, reprit-il, veux-tu me prêter attention deux secondes, je vais te dire ce qu'il te faut faire.

Le duc regarda le baron en face.

— Il y a des moments, dit-il, comme livré à ses réflexions et les exhalant malgré lui au dehors, où je me demande si tu es mon bon génie, comme je t'appelais tout à l'heure ou le démon de ma vie... Pourquoi m'as-tu emmené au Sénégal ? Pourquoi m'as-tu donné ta fille ? Pourquoi m'as-tu pris dans la boue pour me faire duc d'Oliveira... dis pourquoi ? quel était ton but ?..,

— Ne te l'ai-je pas dit un millier de fois ?

— Parle encore.

— Je dois la vie à ton père qui m'a arraché aux nègres du Soudan qui se disposaient à me brûler à petit feu.

— Et c'est pour cela ?

— C'était un homme effrayant de courage, d'audace et d'énergie. Aussi grand que moi, il était de la force d'un hercule. Voyant que les nègres refusaient de me rendre à la liberté, il s'empara d'une hache et tomba au milieu d'eux. Ils étaient quinze. Il en tua quatre, en mit cinq hors de combat et les six autres prirent la fuite. A partir de ce jour, je me dévouai corps et âme au vieux duc d'Oliveira. Plus tard, quand l'heure des revers sonna pour lui, je ne m'attachai que plus à sa fortune chancelante. Aurais-tu donc voulu que je l'abandonnasse quand il était malheureux, lui, si grand, si prodigue, si généreux dans la prospérité et à qui je devais la vie ? Un jour il partit, il s'exila, il quitta le Sénégal pour n'y jamais revenir. Je voulus l'accompagner, il me le défendit. Mortarieu, me dit-il, on m'a tout pris, mes ennemis ont eu le dessus, je suis ruiné et on me conteste jusqu'au titre que je porte et que je tiens de mon père. Je vais faire un grand voyage qui doit, je l'espère, se terminer par mon triomphe et la honte de ceux qui m'ont poursuivi. Mortarieu, si je réussis, tu me reverras, si j'échoue, je ne remettrai jamais les pieds au Sénégal et j'irai mourir dans quelque lieu désert. Je me donne cinq ans pour cela. Si à cette époque tu ne m'as pas revu c'est que tu ne me verras jamais. Alors prends ce coffret, qui est fermé à clef et fais-en sauter le couvercle...

— Oui, oui, je sais, dit le duc d'Oliveira, et dans ce coffret, mon père te parlait de ma naissance, t'indiquait la maison où j'avais été déposé en France et t'ordonnait, au nom de l'amitié que tu lui avais vouée et de la reconnaissance, de continuer l'œuvre qu'il n'avait pu mener à bien, et de travailler à me faire recouvrer le nom et la fortune qu'on lui avait disputés et dont on l'avait injustement dépouillé.

— N'ai-je pas, Jacques, accompli jusqu'au bout, les dernières volontés de ton père?

— Certes, mais tout cela est si étrange, si singulier.

— N'es-tu pas le duc d'Oliveira?

— Je suis ce que tu m'as fait et le jouet de ta fortune, qui sait, peut-être de ton ambition.

— Jacques, c'est mal, ce que tu dis là.

— Pardonne-moi, je ne sais ce que je dis, je souffre, vois-tu, je souffre, je te parle de mon père, et je ne pense pas à mon père..., je te parle du passé et c'est le présent qui m'occupe, l'avenir qui m'effraie... Baron, si je tuais ta fille, qu'est-ce que tu dirais?

Le baron de Mortarieu tressaillit.

— Je la pleurerais.

— Et tu ne la vengerais pas?

— Elle n'est plus ma fille, elle est ta femme.

— Et elle mérite la mort, n'est-ce pas?

— C'est son complice d'abord qu'il faut tuer?

— D'abord, d'abord... Oh! Mortarieu, quel homme es-tu donc que tu sacrifies ainsi ta fille? tu ne l'aimes donc pas, ta fille?

— Avant l'affection, il y a chez moi le sentiment du devoir et de l'honneur.

— Tu ne sais pas ce que je me suis dit souvent; c'est étrange, comme le père et la fille ont de la froideur l'un pour l'autre. Tu crains plus pour moi que pour elle. C'est étrange, m'aurais-tu donc trompé?

Le baron eut un mouvement de dénégation.

— Quelle idée! dit-il.

— Sais-tu qu'elle ne m'est pas venue d'aujourd'hui, cette idée... il y a déjà longtemps qu'elle m'obsède... Si Léonie était réellement ta fille légitime, tu ne la sacrifierais pas si facilement à l'honneur d'un mari!...

— Ce n'est pas l'heure des confidences, dit le baron de Mortarieu, profondément agité, et faisant signe à un cocher de voiture de place de venir à lui; Léonie est ma fille, mais moi aussi elle m'a trompé; elle a tourné contre moi les armes que j'avais si patiemment aiguisées pour d'autres... Ne m'interroge plus... un jour viendra, et ce jour-là n'est pas loin, où tu apprendras bien des choses que tu ignores encore.

Le remise était devant eux.

— Pour qui cette voiture? demanda le duc.

— Pour nous.

— Je ne veux pas m'éloigner.

— Que veux-tu donc?

— Rendre visite au marquis de Santa-Fior.

— Et me battre aujourd'hui même,

— Y songes-tu?

— Non, dit le baron, qui ouvrit la portière et s'effaça pour y laisser monter le duc d'Oliveira, nous allons rentrer à l'hôtel et y attendre la duchesse.

— Oh! jamais, jamais!...

— Puis, ce soir, je verrai le marquis au cercle.

— Au cercle... Il paraîtra au cercle le sourire triomphant sur les lèvres, il dira à tous...

— Le marquis est un homme du monde... il ne dira rien et attendra qu'on le provoque.

— Il n'osera y pénétrer.

— S'il n'y paraît pas, je sais où je le rencontrerai.

— Et après?

— Je le préviendrai sans bruit, sans scandale, que demain à huit heures, deux de tes amis se présenteront chez lui pour lui demander l'adresse de deux des siens,

— Mais, alors, je ne pourrai me battre qu'après-demain.

— Après-demain, soit, mais sans provocation directe, tapage, vacarme... j'arrangerai cela, et je ferai courir le bruit d'une querelle de jeu.

— Je ne joue jamais.

— Oui, mais moi je joue pour toi, et ton nom a été, par aventure, compromis... je me charge de tout.

Le duc d'Oliveira hésitant, monta dans la voiture.

Le baron glissa une adresse dans l'oreille du cocher, monta derrière le duc et ferma la portière ; la voiture s'ébranla.

En ce moment, à vingt pas au plus, le marquis de Santa-Fior et la duchesse d'Oliveira continuaient un entretien noué à l'autre bout du parc.

Tous deux avaient le visage heureux.

Le marquis atteignait un but depuis longtemps poursuivi...

La duchesse aimait pour la première fois.

Le parc où ils se promenaient s'étendait sur les derrières de l'hôtel d'Armanco, qui, comme on l'a vu, avait une entrée du côté du bois de Boulogne, non loin de la porte Maillot.

A la droite et à la gauche de l'hôtel s'élevaient deux coquets pavillons construits dans un style bâtard, mais plein d'originalité, et qu'on nommait : le premier, le pavillon de Govines, et le deuxième, le pavillon de Roséïde. L'hôtel d'Armanco, acheté par le marquis de Santa-Fior, par procuration, à une époque où il habitait encore le Sénégal, était une propriété princière qui, avec ses dépendances, était bien estimée trois millions. La façade donnait en face de celle de l'hôtel de Ruïsbell, qui alors avait devant sa porte cochère un magnifique attelage qui faisait l'admiration de quelques personnes qui passaient.

Le duc d'Oliveira jeta un regard sur l'avenue, et, poussant un cri, se saisit du bras du duc de Mortarieu.

— Que te prend-il encore? dit celui-ci.

— Regarde.

Le baron mit la tête hors la portière.

— Eh bien, dit-il, je ne vois rien.

— Et cette voiture?...

Le duc d'Oliveira était pâle et sinistre.

— Cet équipage, dit le baron, qui se troubla et se remit aussitôt, mais, mon cher, il y a à Paris dix personnes qui ont un attelage comme celui-là.

— Arrêtez! arrêtez! criait le duc au cocher, je ne veux pas aller plus loin.

— Prends garde au scandale.

— Je n'irai pas en fiacre quand ma voiture est là, peut-être, dit le duc.

Et comme, soit que le cocher n'eût pas entendu, soit que le baron lui eût fait signe de ne pas tenir compte des ordres du duc d'Oliveira, le véhicule ne s'arrêtait pas, le duc, au risque d'un accident, ouvrit la portière et sauta à terre.

Le baron le suivit bientôt et le rejoignit.

— Elle est là, dit le duc désignant l'hôtel de Ruïsbell et se dirigeant de ce côté.

— Et qu'y ferait-elle ?

— Sa voiture l'attend.

— Je m'y perds, dit le baron... mais, par grâce, pas d'esclandre.

Ils traversèrent la chaussée et franchirent l'hôtel de Ruïsbell.

La duchesse d'Oliveira, séparée de son mari par la largeur de l'avenue et une muraille haute de quelques pieds, parut alors nonchalamment appuyée au bras du marquis de Santa-Fior.

— Il me faut vous quitter, disait-elle.

— Déjà ?

— Il le faut bien.

Elle eut un soupir.

— Encore quelques minutes.

— J'ai un mari jaloux.

— Tous les maris le sont, et le vôtre n'a pas de mérite à l'être.

— Et pourquoi, mon beau lion ?

— Elle s'appuyait sur le bras du marquis avec assurance.

— Parce que vous êtes belle à faire damner le monde.

— Combien de jours me direz-vous ces choses-là ?...

— Toute la vie.

— Sera-t-elle longue ?

— Peut-être, mais à coup sûr elle nous paraîtra courte.

Jamais le visage de la duchesse d'Oli-

veira n'avait dû briller d'un éclat plus vif, Cet homme, qui lui disait à l'oreille de ces mots brûlants qui font pâlir les femmes les plus froides, elle l'aimait à en être folle. Tous les rêves qu'elle avait faits, et elle en avait caressé beaucoup, s'écroulaient devant celui d'être aimé de cet homme jeune, beau, riche, noble et brillant qu'on nommait le marquis de Santa-Fior. Le jour baissait... Le soleil, promenant son orbe étincelant dans le ciel nuageux, empourprait de ses derniers rayons les sommets boisés... L'Occident apparaissait comme un foyer incandescent. Des bandes de pourpre se détachaient d'un ciel à demi couvert et flottaient à la brise devenue plus fraîche et plus aiguë.

— Le ravissant paysage ! dit le marquis de Santa-Fior.

— Voici la première fois que je regarde la nature, répondit la duchesse, et que je la trouve belle.

— Comment avez-vous donc vécu ? demanda le marquis avec intérêt.

— Sans amour, répondit-elle avec un soupir qui s'éteignit dans un sanglot.

— Voulez-vous monter au belvédère de ce pavillon, nous verrons mieux et nous jouirons du coup d'œil ? dit le marquis l'entraînant sur la gauche.

— Et l'heure ?

— Vous retarderez votre dîner.

— Montons et redescendons vite, dit-elle ; moi qui n'ai jamais tremblé, j'ai peur pour la première fois.

Ils gravirent dans l'ombre le petit escalier en colimaçon du pavillon de Roseïde et s'approchèrent du balcon.

— Regardez, dit le marquis passant son bras par-dessus l'épaule de la jeune duchesse, comme d'ici le coup d'œil est ravissant.

— Ravissant, dit-elle, laissant rouler sa tête charmante sur le bras du marquis et la renversant, tenez, dit-elle avec un sourire mélancolique et vertigineux à la fois, je lis dans vos yeux.

— Et qu'y lisez-vous, madame?

Et, comme pour démentir ce que ses paroles avaient de trop respectueux, le marquis se pencha en avant et appuya ses lèvres sur le front de la jeune femme.

— Mon amour, dit-elle, cherchant à éviter le regard fixe et magnétique du marquis.

A l'autre bout de l'avenue, un cri de rage était poussé, et un homme se débattait contre un autre qui essayait de le retenir et se cramponnait à ses vêtements. C'était le duc d'Oliveira qui venait d'apercevoir au balcon du pavillon de Roseïde sa femme qu'il cherchait, et qu'il apercevait dans les bras du marquis de Santa-Fior. Il s'était arraché enfin des mains du baron de Mortarieu et s'élançait en avant quand ils disparurent du balcon. Quelques secondes après, la duchesse d'Oliveira paraissait sur le seuil de l'hôtel d'Armanco, et, accompagnée du marquis, traversait la chaussée et se présentait à l'hôtel de Ruïsbell.

— Madame la comtesse de Ruïsbell, demandait-elle.

— Elle est absente, lui répondit le concierge.

La comédie était jouée, elle remonta dans sa voiture, salua froidement, devant ses valets, le marquis de Santa-Fior donna l'ordre au cocher de partir au galop.

— Un instant, madame, dit le duc d'Oliveira qui parut soudain et fit signe à un des deux domestique de descendre et d'abaisser le marche-pied, vous ne serez pas

assez cruelle pour me refuser une place à vos côtés.

V

LES ROUERIES D'UNE DUCHESSE.

La duchesse d'Oliveira avait pâli à la vue de son mari; il n'y avait pas à en douter, il savait tout.

Elle était perdue.

Néanmoins elle fit bonne contenance, et se remit presque aussitôt.

— Ce n'est pas moi que vous attendiez, n'est-ce pas, madame? lui dit le duc.

— Il est vrai, monsieur.

— Je vous apparais, à peu près, dit-il avec un sourire forcé, comme le laird de Ravend-Wood au contrat de Lucie de Lamermoor. Je suis vraiment désolé de jouer un rôle si tragique dans un siècle de comédie, mais les événements seuls sont coupables.

— Vous raillez, je crois, monsieur? dit la duchesse s'effaçant pour lui laisser place.

— Et je peux vous avouer, à la fois, madame, que j'en ai peu l'envie.

— On ne le dirait pas, à vous entendre.

Elle donna un ordre impérieux, et les chevaux partirent au galop.

— C'est que j'ai l'âme si noire, madame... dit le duc d'Oliveira s'approchant de la duchesse et la regardant dans les yeux, que je suis obligé de la dissimuler sous une certaine frivolité d'esprit.

Elle ne répondit rien.

— Si je me taisais, madame, reprit le

Acceptant le caquetage des belles du jour.

duc, mon âme parlerait, et je vous assure que sa voix serait plus terrible que celle que me prête l'ironie.

— Vous parlez, je crois, monsieur le duc, un langage tout hyperbolique.

— Ce langage-là a bien sa valeur, madame, il empêche un cœur d'éclater, et la raison de faiblir.

Les chevaux, dévorés d'activité et abandonnés à leur impulsion, brûlaient le pavé et dévoraient l'espace.

En quelques minutes, ils avaient parcouru la longue avenue de Neuilly et tourné les longs boulevards extérieurs.

Ils franchissaient alors la barrière de Courcelles, et gagnant les derrières du faubourg du Roule, ils approchaient de l'hôtel d'Oliveira, et n'en étaient plus qu'à quelques minutes de distance.

La duchesse prêtait peu d'attention aux paroles du duc d'Oliveira. Elle sentait que celui-ci essayait de cacher sous un masque de froideur et de légèreté les tortures de son cœur et les orages de sa pensée.

Il aimait cette femme, et il l'avait vu au bras d'un autre, la tête renversée sur son épaule, les yeux dans les yeux, les lèvres se rencontrant dans un baiser maudit...

Il avait vu cela, lui, le mari, l'homme à qui appartenait cette femme, l'homme qui l'aimait, qui se fût fait tuer pour elle, pour satisfaire un désir, un caprice...

Et tout en causant, il portait sa main à la ceinture qui lui ceignait les reins sous sa redingote noire. Il y avait là, plantés comme à l'arçon d'une selle, deux pistolets petits, bien mignards, deux vrais pistolets de poche, coquets, élégants, pointant loin la balle, et des plus dangereux dans les mains d'un homme habile.

Le duc d'Oliveira caressait de sa main blanche et fine la crosse des deux coquets pistolets.

— Si je la tuais, se disait-il, là, dans sa voiture, devant ses valets, au milieu du monde...

Et cette idée le poursuivant, ses traits se contractaient, ses yeux lançaient des éclairs...

La duchesse qui ne l'écoutait pas mais le regardait, pâlissait sous son voile et s'éloignait de lui avec crainte et épouvante.

Mais soudain, il pensa aux paroles du baron de Mortarieu : pas d'esclandre, lui avait dit celui-ci, pas de scandale.

Et il avait juré.

Le serment pour Jacques d'Oliveira était chose sacrée.

Puis, une autre pensée lui venait ; pris les armes à la main, et sa femme tuée à ses côtés, il était arrêté, traduit aux assises et déshonoré.

Et il ne voulait pas que les hommes le jugeassent, le fier duc. Il n'admettait que Dieu siégeant au tribunal suprême.

Il lui restait un moyen : frapper la duchesse d'Oliveira et se frapper ensuite.

Mais qui l'aurait vengé après sa mort ?...

Le brillant marquis de Santa-Fior, son rival détesté et heureux... allait donc jouir de son triomphe, honorant peut-être sa mémoire d'une méprisante pitié...

Le duc d'Oliveira comprit que l'heure n'était pas venue ni de tuer, ni de mourir. Il se contint.

Et pour mieux dissimuler les horribles pensées qui le torturaient, il prit le langage frivole que nous avons entendu, essayant de mentir à la femme qui le suppliciait et de se tromper lui-même.

Mais la froideur de la duchesse l'exaspéra.

Et cependant que pouvait-elle dire qui ne fût pas une insulte après l'outrage ?

Il aurait voulu qu'elle parlât, et si elle avait parlé, peut-être l'eût-il terrassée d'une réponse écrasante.

Un moment il ne fût pas maître de lui-même.

Il interrogea.

On lui répondit par monosyllabes, et il insista.

La duchesse se retourna avec une certaine audace, et fixant sur lui un regard pénétrant :

— Dites-moi, tout de suite, que vous savez tout, dit-elle.

— Quoi ! s'écria celui-ci, contenant mal sa colère, et saisi de stupeur, vous n'essayez pas même de nier ?

— A quoi bon ? répondit-elle avec un sourire qui glaça le cœur de Jacques d'Oliveira.

— Où étiez-vous, tout à l'heure ?

Elle ne répondit rien.

— Mais répondez-donc, madame, répondez s'écria le duc hors de lui, mais à un diapason cependant où la duchesse seule pouvait l'entendre.

— Puisque vous le savez.

— Mais je peux me tromper, je peux avoir mal vu.

— Ce n'est pas probable.

— Quoi ! vous avouez...

— Je n'avoue pas. Mais pourquoi me défendrais-je. Je ne sais même pas ce dont vous m'accusez ?

Le duc d'Oliveira se rapprocha de la duchesse, et se penchant presque à son oreille.

— Madame, dit-il, prétendez-vous venir de chez la comtesse de Ruïsbell ?

— Oui.

— Vous mentez. La comtesse de Ruïsbell est absente depuis trois jours, donc elle n'a pu vous recevoir aujourd'hui.

— La comtesse est absente, mais je l'ignorais.

— Vous ne sortiez pas de chez la comtesse de Ruïsbell, mais de chez le marquis de Santa-Fior.

La duchesse d'Oliveira pâlit.

— Quelqu'un m'a-t-il vue ? dit-elle.

— Moi.

— Ces paroles étaient dites à voix rapide, et si basse, qu'elles étaient comprises avant d'être entendues, et qu'elles s'échangeaient plus par le regard que par les lèvres.

— Vous, dit alors la duchesse, regardant son mari avec un regard inquisiteur, c'est vous qui m'avez vue ?...

— Moi-même.

— Vous m'avez vu entrer chez le marquis de Santa-Fior ?

— Non.

— Avouez-le donc.

— Je vous en ai vu sortir.

La duchesse tressaillit.

— Et que pouvai-je donc aller faire chez cet homme que je ne connais pas ?

— Je vous le demande.

— Eh bien ! dit la duchesse, faisant preuve d'une audace inouïe, et se tournant vers son mari qu'elle enveloppa d'un sourire de tendresse, ce que vous m'apprenez là, est la pure vérité. Vous avez pu me voir sortir de chez le marquis de Santa-Fior, car j'y suis entrée, et si vous ne savez par quelle porte, je vais vous la désigner.

— C'est inutile, dit le duc, je la connais.

— Alors que me demandez-vous, puisque vous en savez autant que moi ?

— Je vous demande pourquoi, madame, vous avez rendu visite au marquis de Santa-Fior.

— Pourquoi ! dit la duchesse, laissant tomber sa main dans celle du duc, qui frissonna au contact. Eh bien ! monsieur, si vous le saviez, vous tomberiez à mes genoux pour avoir osé me soupçonner.

— C'était donc une œuvre de charité que vous alliez accomplir, madame ? dit le duc, avec un calme qui ne se démentit plus.

— Peut-être.

La voiture était arrivée, le duc descendit le premier, tendit la main à la duchesse pour l'aider à descendre, et l'accompagna jusque dans ses appartements.

— Madame, dit-il, se sentant maître de lui, les bonnes actions ne craignent pas la lumière, pourrai-je savoir celle qui vous a conduite, à mon insu, chez le marquis de Santa-Fior ?

— Oui, monsieur, dit la duchesse qui avait eu le temps de réfléchir.

— Parlez, madame, dit le duc, qui se jeta sur un canapé, et croisa ses jambes l'une sur l'autre, je serais vraiment curieux de vous entendre.

— Jacques, dit la duchesse, changeant de voix, adoucissant sa parole, et allant écouter aux portes pour s'assurer si elle était bien seule avec le duc d'Oliveira.

— Oh ! cette femme n'est que mensonge et hypocrisie, se dit ce dernier, mais j'irai jusqu'au bout, je veux la connaître tout entière.

— Jacques, dit la duchesse, revenant à son mari, et l'enveloppant d'un regard chargé d'effluves magnétiques : c'est en effet une bonne action que j'ai été accomplir chez le marquis de Santa-Fior. Une bonne action que je voulais lui cacher à lui, et te dissimuler à toi.

Le duc étonné leva la tête et interrogea la duchesse d'Oliveira du regard.

— Vos paroles me surprennent, madame, dit-il, mais continuez.

— Oh ! pas d'ironie, s'écria la duchesse, et surtout ne me soupçonne pas, Jacques, car tes soupçons me tueraient.

— Madame, pas de scène.

— Oh ! c'est que je t'aime, Jacques, vois-tu, dit la femme astucieuse qui se jeta aux pieds de son mari, lui prit les mains, les baisa avec transport, et, laissant rouler sa tête sur ses genoux, la renversa, et le regarda avec une mélancolie profonde.

— Madame, madame, éloignez-vous, s'écria le duc, la repoussant d'une main et se cachant le visage de l'autre. Je ne veux plus vous voir, vous me faites horreur.

— Moi... c'est à moi que tu parles ainsi, Jacques !

— Va-t'en...

— Jamais...

— Va-t'en, te dis-je.

— Ma place est à tes pieds, tu me tueras plutôt, tu me marcheras sur le corps, mais je ne te quitterai pas.

Le duc d'Oliveira avait des accès de colère ; c'était un homme violent, emporté, mais doux au repos, et d'une faiblesse extrême. Avec la femme qui était devenue la sienne, ce n'était point seulement de la faiblesse qu'il avait déployé jusqu'ici, mais presque de la lâcheté.

Jeune et belle, c'était une sirène, et il en était fou.

Elle savait le prendre de toutes les manières, par tous les moyens. Violente aussi à ses heures d'irascibilité, elle l'énervait par les accès de ses humeurs noires, et ne lui faisait que plus sentir après les charmes de son esprit adouci. Fière, arrogante, insolente, elle savait lui faire payer un prix exorbitant la moindre des faveurs qu'elle lui accordait. La faveur accordée, elle avait des roueries insensées pour la lui retirer ou lui en faire payer une deuxième fois autant. Coquette, orgueilleuse, vaniteuse, n'aimant pas l'homme qu'elle traînait à son char, elle savait aussi s'en faire le bourreau en prenant des airs de victime.

Le duc ne voyait rien, sinon qu'il souffrait et qu'il aimait cette femme.

Cette fois, la jalousie le mordait au cœur, un sentiment de haine et de colère fermentait en lui. La comédie de cette créature endiablée l'avait laissé un moment insensible, mais la scène se continuait, et la duchesse d'Oliveira n'était pas femme à abandonner son rôle à moitié joué et avant d'avoir remporté le succès.

Ses cheveux s'étaient dénoués, et flottaient épars sur ses épaules, dont le velours de la robe ne faisait que plus ressortir l'éclat et la blancheur.

Sa taille, petite et souple, dessinait ses formes splendides sous le corsage entr'ouvert.

Ses mains, petites et mignonnes, cherchaient celles du duc, qui n'avait plus la force de les repousser.

Sa tête, belle et expressive, se renversant en arrière, avait des jeux de physionomie et des ondulations perfides qui glissaient jusqu'à l'âme du duc et paralysaient sa colère.

L'œil de cette femme avait un éclat brillant et factice qui poignardait ; puis bientôt ce regard, tamisé par les cils veloutés, attiédi par un sourire qui l'enveloppait, arrivait à celui qu'il fixait, étrange, fascinateur, fatal, regard de démon et sourire de tigresse.

Il eût fallu un autre homme que le duc d'Oliveira pour résister au magnétisme de cette femme.

— Mais parlez, parlez, disait-il ; défendez-vous, je ne demande pas mieux. Vous voyez bien que je n'attends que votre défense.

— Pourquoi me défendre, dit-elle, vous ne m'accusez plus ?

Il songea à la scène du pavillon de Roséïde ; son cœur battit avec force, et son regard éperdu chercha à fuir le regard pénétrant de la duchesse.

— Malheureuse, dit-il, je t'ai vue.

— Ai-je donc nié que j'ai été dans cette maison ?

— Avec lui ?

— Oui, avec lui... c'est lui-même que j'ai été trouver.

Le duc d'Oliveira joignit les mains avec désespoir.

— Et voici pourquoi, reprit la duchesse d'Oliveira, se levant et se laissant tomber, comme épuisée de lassitude, sur l'épaule de son mari.

— Je ne veux plus le savoir, s'écria celui-ci, n'osant faire un mouvement pour repousser la duchesse, dont le bras reposait sur le sien.

— C'est un secret que je voulais te dérober, et il faut que tu le saches, il le faut, maintenant que tu m'as soupçonnée.

— Parle, dit le duc qui baissa la tête,

se repentant déjà de prêter l'oreille au mensonge et à l'hypocrisie.

— J'ai été trouver le marquis de Santa-Fior, dit la duchesse d'Oliveira, parce que j'avais une prière à lui faire, une grâce à lui demander.

— Vous ? dit le duc avec étonnement, qu'est-ce que cela veut dire ? La duchesse d'Oliveira, une grâce à demander au marquis de Santa-Fior ! Je ne comprends pas.

— Le marquis de Santa-Fior, reprit la duchesse, est l'ennemi d'un homme qui m'est cher, et cet homme est en danger de mort.

— De qui voulez-vous parler ?

— Du baron de Mortarieu.

— Votre père est en danger de mort ?

— Oui.

— Et c'est pour le sauver que vous avez été trouver le marquis de Santa-Fior ?

— Le marquis a juré sa mort.

Le duc, frappé des paroles de la duchesse, se rappela alors celles du baron de Mortarieu.

— En effet, se dit-il, le baron m'a désigné le marquis de Santa-Fior comme l'homme que j'avais le plus à redouter et comme un ennemi de notre famille. Cette femme dit peut-être vrai. Et qu'avez-vous obtenu, madame ? lui demanda-t-il, affectant une ironie qui n'était plus dans son cœur.

— La grâce de mon père.

— Votre père a donc besoin que quelqu'un lui fasse grâce ?

Elle ne répondit plus.

— Ecoute, Jacques, dit-elle un instant après, entourant la tête de son mari de ses deux bras admirablement modelés, et approchant son front du sien, il y a là un mystère que je ne connais pas, dont il ne m'a été donné que de découvrir une partie, et qui ne m'appartient pas. Mais aie toute confiance en moi, je ne te trompe pas, Jacques, car je t'aime, et aujourd'hui, où tu m'as si maltraitée, où tu m'as tant fait souffrir, j'ai accompli une grande action, j'ai sauvé la vie de mon père.

Le duc d'Oliveira s'arracha de cette chambre où il était entré l'âme en fureur, et dont il sortait décontenancé, et ne sachant plus que croire et que penser.

Il était dans la destinée de cet homme d'être constamment le jouet de la fortune et de ceux qui l'entouraient, personnages qu'il paraissait dominer et de qui il dépendait.

Il ne voulut pas néanmoins rester plus longtemps en tête à tête avec la duchesse; il craignit de l'irriter s'il persistait à douter du fait qu'elle avançait avec tant d'audace, et en restant davantage il craignit encore de faiblir et de donner une fois de plus des preuves de son indigne faiblesse.

Il sortit, ne songea pas qu'il n'avait pris aucune nourriture depuis le matin, et alla au cercle.

Là, il rencontra plusieurs de ses amis, et entre autres le général Bitaroz, le baron de Mortarieu et le marquis de Santa-Fior.

— Tout est convenu, lui dit le baron à l'oreille.

— Quoi ?

— Tout s'est passé dans le plus grand calme.

Le duc jeta un regard interrogateur au baron.

— Ton duel ! lui dit celui-ci.

— Ah ! Je me bats ?

— Sans doute. N'était-ce pas convenu ?

— Parfaitement.

— Les choses, figure-toi, dit le baron, se sont passées le mieux du monde. J'ai rencontré le marquis de Santa-Fior au mo-

ment où il descendait de sa voiture et où il entrait au café de Paris.

— Et que lui as-tu dit?

— Ceci : « Monsieur le marquis, M. le duc d'Oliveira, mon gendre, a de grandes raisons pour vous chercher querelle. Vous voudrez bien, je l'espère, tant pour ma dignité personnelle que pour la vôtre, l'en dispenser et lui donner l'occasion de vous rencontrer, après-demain matin par exemple, à la première heure, dans quelque endroit désert qu'il vous plaira. »

— Et alors ?... dit le duc.

— Et alors, reprit le baron de Mortarieu, le marquis de Santa-Fior s'est incliné, et a répondu avec beaucoup de courtoisie qu'il était aux ordres du duc d'Oliveira.

— Mais ne disais-tu pas ?....

— Oh ! tout est arrangé. Monsieur, ai-je dit au marquis, j'ai deux de mes amis du cercle qui voudront bien se charger de cette petite affaire ; voulez-vous être assez bon pour désigner deux des vôtres. Ces messieurs feront un lansquenet et s'entendront sur les détails de votre entrevue avec le duc d'Oliveira. — « Rien n'est plus facile, monsieur, m'a répondu le marquis de Santa-Fior, et il n'y a pas dix minutes que tes deux témoins, qui sont le chevalier de Martigny et le comte de Bérangère, viennent de m'apprendre que tout est arrangé et que tu te bats, après-demain matin, à cinq heures, au bois de Boulogne, derrière la porte Maillot. »

— Merci, dit le duc d'Oliveira, qui tendit la main au baron, je suis on ne peut plus heureux de la perspective de cette promenade matinale.

— Quelques minutes après, le duc d'Oliveira, qui avait quitté le baron de Mortarieu, se rencontrait avec le marquis de Santa-Fior.

Le duc d'Oliveira s'arrêta.

Le marquis de Santa-Fior ralentit sa marche, et, passant tout près du duc, le salua sans affectation et sans froideur.

— Ou la duchesse a dit vrai, et cet homme n'en veut ni à elle ni à moi, mais à lui ; ou sa haine pour moi est si forte, que ce n'est que couché à terre qu'il me verra tombé.

Mais le baron de Mortarieu était déjà sur le boulevard, et avisant un coupé, montait dedans et se faisait conduire à l'hôtel d'Oliveira.

— Le duc ne viendra pas avant onze heures, se dit-il, j'ai le temps.

Le cocher fouetta ses chevaux.

— Un louis pour toi, cria le baron de Mortarieu, si tu arrives avant la demie.

— Bourgeois, mes deux chevaux, *Stradella* et *Mustapha*, ont gagné le prix de vingt mille francs aux dernières courses de la Marche, quatre mille mètres à parcourir. *Stradella* l'avait déjà remporté l'année dernière sur *Nepto* et *Niger* d'un demi-mètre. Mes deux intelligents animaux sauront bien, cette fois, gagner un louis.

— Je le leur souhaite et à moi aussi.

Le baron se jeta au fond de la voiture et ferma les yeux, afin que le trajet lui parut moins long.

— Pourvu qu'elle ne soit pas sortie, se dit-il ; demain, il serait trop tard, et toutes mes précautions aboutiraient à me casser le cou. »

Il arriva, ne regarda pas l'heure, et, témoin des efforts du cocher, donna généreusement le louis promis.

Il monta et se fit annoncer chez la duchesse d'Oliveira.

Il attendit quelques minutes, et on vint lui répondre que la duchesse s'étant trouvée indisposée, elle s'était retirée dans sa chambre et désirait ne pas y être dérangée.

— Madame a tout à l'heure refusé sa porte au petit vicomte de Cournol, dit le domestique, un espèce de géant.

— Dites que c'est moi qui désire lui parler.

— Si madame m'a autorisé, oui.

— Votre nom a été prononcé, monsieur le baron.

— Assurez que je n'ai qu'un mot à dire et que je ne sollicite que deux minutes d'entrevue.

Le domestique disparut une seconde fois, et le baron se morfondit.

— Donnez donc de la fortune à vos enfants, dit-il avec un sourire ironique, voilà comme ils vous reçoivent quand vous avez des cheveux blancs... ou plutôt ils ne vous reçoivent pas du tout.

On revint.

— Eh bien ?

— C'est impossible.

— Impossible... impossible... il le faut cependant... Madame la duchesse n'est pas si malade, que diable, que l'Académie de médecine interdise sa porte à son propre père.

— Je prie monsieur le baron de Mortarieu de m'excuser, m'a répondu madame la duchesse elle-même, mais je ne puis le recevoir ce soir.

— Mais un mot...

— Je ne pourrai l'entendre, a-t-elle ajouté.

— C'est trop fort... Tenez, portez-lui ceci.

Le baron tira son carnet, écrivit quelques lignes sur une feuille blanche, l'arracha et la tendit au valet.

— Vraiment, monsieur le baron, dit ce dernier en hochant la tête, je crains bien que vous perdiez votre temps... vous savez le proverbe, ce que femme veut...

— Te tairas-tu, drôle, s'écria de Mortarieu d'humeur peu patiente et exaspéré du refus persistant de la duchesse à ne pas le recevoir, porte ce mot et fais-moi entrer aussitôt.

— Si madame m'y autorise, oui, monsieur, si madame m'y autorise, certainement.

Le mot du baron était des plus simples, mais des plus pressants ; il obtint cette réponse laconique et mordante qui mit le comble à la colère du pauvre baron.

« Si vous avez des reproches à me faire, je ne suis pas disposée à en accepter.

« Si vous avez de l'argent à me demander, je ne suis pas disposée à vous en donner. »

Il reprit son carnet et écrivit : « Il ne sera question entre nous ni de reproches, ni d'argent, mais de la vie du marquis de Santa-Fior qui est en danger.

Quelques minutes après, le baron de Mortarieu était enfin introduit.

Il trouva la duchesse dans son boudoir de satin blanc et enveloppée dans les plis d'un magnifique peignoir de dentelles.

Elle était pâle et paraissait fatiguée.

— Morbleu ! madame, dit le baron fermant la porte avec soin et laissant retomber les portières de soie, on n'arrive pas facilement jusqu'à Votre Altesse.

— Que me voulez-vous, monsieur le baron ?

— Vous parler.

— Parlez vite, alors, et ne me faites pas languir.

— Madame a ses nerfs ?

— Je vous prie d'être convenable, ou sinon, je me retire dans ma chambre à

coucher et vous n'oserez peut-être pas m'y poursuivre.

— Vous oubliez, madame, que vous parlez à votre père.

— Trêve de plaisanteries.

— Comment, c'est une plaisanterie, cela ? Mais tout Paris sait que la duchesse d'Oliveira est la fille du baron de Mortarieu, et vous étonneriez bien Paris si, un de ces soirs, dans un accès d'irascibilité, vous lui appreniez que le baron de Mortarieu n'a pas de fille.

— Monsieur, je suis fatiguée, indisposée même, malade... j'ai besoin de repos et surtout de tranquillité. La comédie qu'il me faut jouer m'est pénible et me brise, permettez-moi de ne pas soutenir mon rôle dans la coulisse.

— Madame, une femme comme vous n'abandonne jamais la scène.

— Le rideau est baissé.

— Et les comparses qui vous entourent, les considérez-vous pour rien ? C'est le jour où vous vous croyez seule que vous êtes le mieux entourée. Remettez votre masque, madame, et causons.

— Il ne m'a jamais quittée depuis bientôt deux ans... mais que voulez-vous de moi ce soir ?... Je vous l'ai dit, je suis brisée, harassée.

— Je suis vraiment désolé, madame, dit le baron de Mortarieu, de tomber si mal, mais il m'est impossible de vous quitter ce soir, sans avoir avec vous un entretien significatif.

La duchesse d'Oliveira vit le baron s'étendre dans un fauteuil, en homme qui ne paraît pas disposé à abandonner la place de longtemps ; elle se résigna, poussa un soupir, et s'assit en face de lui.

— Parlez, monsieur, dit-elle.

— Je vous demande pardon d'insister,

Que me voulez-vous, M. le baron?

madame, dit le baron. Mais, outre que nous avons beaucoup à causer ensemble, nous touchons ce soir à un moment précis où il s'agit de bien réfléchir et de garder notre position respective.

— Je ne comprends déjà plus, monsieur.

— Ne jouons pas au plus fin, je désire encore profiter d'une soirée que nous avons à nous. Le duc d'Oliveira est au cercle, il y restera au moins jusqu'à onze heures...

— Qu'en savez-vous?

— Il ne voudra pas avoir l'air de fuir devant le marquis de Santa-Fior avec lequel il doit se battre après-demain matin,

— Se battre! que me dites-vous là, s'écria la duchesse.

— Ah! vous voyez que j'avais déjà des révélations à vous faire.

— Mais il ne faut pas qu'ils se battent! s'écria la duchesse, prise d'une agitation extrême.

— N'est-ce pas?...

— Non, non, il ne faut pas qu'ils se battent.

— C'est aussi mon avis.

— Et vous ferez tout, monsieur, pour empêcher ce duel?

— Sans doute... mais quoi faire?

La duchesse parut indécise.

— Vous voyez, madame, reprit le baron, que nous avons beaucoup à causer. Nous touchons, il ne faut pas nous le dissimuler, à un point difficile de notre situation, point surtout des plus délicats.

— Je ne vois pas en quoi ce duel a des ramifications si étendues.

— Ah! permettez... c'est là justement où il va falloir nous entendre.

— Qu'allez-vous encore me demander? dit la duchesse, s'enveloppant dans les plis de son peignoir, et regardant fixement le baron de Mortarieu... Je vous vois venir. Vos procédés sont malheureusement trop connus par moi, et voici ce que vous appelez éclaircir notre situation.

— Parlez, belle duchesse, je vous prête l'oreille la plus attentive.

— Vous avez eu vent, reprit la duchesse d'Oliveira, d'un commencement d'intrigue entre le marquis de Santa-Fior et moi. Vous avez flairé là une excellente affaire, et laissant même les fruits à l'arbre, et attirant l'innocent dans le piége, vous vous êtes dit, je tiens le lièvre au gîte.

— Quelle profondeur d'esprit vous me prêtez, madame la duchesse,

— Le duc d'Oliveira, reprit celle-ci, était à cent lieues de soupçonner que la femme qu'il adore fût de nature à en aimer un autre. Vous avez eu l'esprit, monsieur le baron, de lui faire cette merveilleuse révélation; puis, après cela, par une lettre anonyme adroitement déguisée, et dont moi-même, je l'avoue, j'ai été la dupe, vous l'avez mis sur la trace de la coupable. Or le mari est un être complaisant par excellence. Il a joué le rôle d'Otello en conscience, et pour votre grand plaisir, il m'a fait une esclandre et a failli me casser la tête d'un coup de pistolet. Revenue ici, j'ai adouci un peu ses mœurs sauvages, et

réparé, le plus que j'ai pu, tout le mal que je devais à ce cher baron de Mortarieu, et mon lion courroucé est parti à son cercle, l'esprit plus calme, et convaincu de la vertu de sa femme.

— Vous narrez à ravir, dit le baron.

— Convenez que je me conduis avec infiniment plus d'esprit.

— Votre histoire a-t-elle un dénouement?

— Certes. Et le voici en deux mots : Le baron d'Oliveira a été au cercle; à ce cercle, il a rencontré le baron de Mortarieu. Tous deux ont causé. Le second a échauffé la tête du premier, et ce cher baron a si bien fait les choses, que dans quelques minutes il a renversé tout mon ouvrage, et établi un duel entre deux hommes qui sont de première force, et dont l'un tuera l'autre inévitablement, s'ils ne se tuent tous les deux.

— Vous vous trompez, duchesse, ce duel était préparé, arrangé, convenu et accepté, avant même l'arrivée du duc d'Oliveira.

— Rien ne m'étonne de vous, monsieur, dans le mal.

— Et je suis venu vous trouver ce soir, pour vous apprendre ce beau résultat?

— Non, dit la duchesse, mais pour savoir combien je paierais la vie de mon mari ou celle de mon amant.

— Vous vous trompez, madame, dit le baron de Mortarieu, se levant, ce n'est point la vie de l'un d'eux que je viens vous proposer.

— La mort du duc d'Oliveira, s'écria la duchesse d'Oliveira, pâle et tremblante.

— Ne vous réjouissez pas, madame, dit le baron, avec un sourire qui alla droit au cœur de la duchesse d'Oliveira, et le glaça de ses rayons sans chaleur, j'ai besoin que le duc d'Oliveira vive, et il vivra.

C'est la mort du marquis de Santa-Fior que je viens vous proposer.

VI

LA LETTRE D'AMOUR.

La duchesse d'Oliveira s'était levée, et se promenant à pas lents dans son boudoir :

— Pardon, monsieur, dit-elle, permettez-moi de me retirer.

— Comment, madame, au moment où nous discutons de choses si sérieuses.

— Je n'aurais point la force de vous répondre.

— Essayez.

— Dites-moi tout de suite que vous avez besoin d'argent.

— Oh ! mais, vous êtes vraiment une femme étonnante... Il semblerait, ma parole d'honneur, que je ne fusse capable d'entrer ici que pour tendre la main.

— Vous la tendez, il est vrai, pour quelque chose... est-ce vingt mille francs qu'il vous faut... cinquante mille francs ? parlez.

— Ne me prenez pas par mon faible, et causons sérieusement.

Cinquante mille francs ne sont jamais à dédaigner. Mais ce n'est pas d'argent qu'il s'agit ici. S'il était question d'argent aujourd'hui, ce serait cinq cent mille francs qu'il me faudrait.

— Ah ! vous jouez le grand jeu.

— Non. Et vous êtes tellement dans l'erreur en croyant cela, que vous m'offririez les cinq cent mille francs, là, dans un portefeuille, que je les refuserais.

— Vous !

— Oui, si vous y mettiez une condition.

— Laquelle ?

— Celle qui consisterait à épargner le marquis de Santa-Fior,

— Ah ! çà, vous lui en voulez donc bien ?

— Oui.

— Et qu'est-ce que cet homme vous a fait ?

Le baron de Mortarieu pencha la tête et prit son front dans ses mains.

— Dites ce qu'il est prêt à me faire, dit-il.

— Il est votre ennemi ?

— S'il n'était que le mien; mais il est celui du duc d'Oliveira.

La duchesse haussa les épaules.

— Tout homme qui aime la femme d'un autre, dit-elle, est son ennemi naturel.

— Et si cet homme ne vous aimait pas.

— Sa parole pour moi, dit la duchesse avec ironie, est plus croyable que la vôtre.

— Eh bien, croyez-moi, cependant, dit le baron, vous n'aimez pas votre mari, c'est un grand malheur, mais si vous aimez le marquis de Santa-Fior, c'en est un bien plus grand.

— Mon malheur a daté du jour où j'ai épousé l'homme que vous m'avez imposé.

— Et que vous a-t-il fait cet homme ?

— Je ne l'aime pas.

— Et vous aimez le marquis de Santa-Fior ?

— De toutes les forces de mon âme.

— Prenez garde.

— Qu'ai-je à craindre ?

— Tout.

— De mon mari ? je le brave,

— Non, pas de lui.

— De vous, peut-être... je vous dédaigne, je vous méprise.

— Vous avez à craindre, duchesse, du duc d'Oliveira, parce que vous êtes sa femme, de moi, parce que vous êtes ma fille.

— Votre fille !

— Votre mari le croit. Tout le monde le croit. Personne n'aurait la pensée de soupçonner que cela ne peut pas être, et comme vous avez intérêt... un grand intérêt à ce que cette erreur se prolonge et qu'un voile mystérieux enveloppe votre jeunesse et ne laisse pas une issue pour la vérité, ce n'est pas vous qui direz le contraire.

— Peut-être.

— Je vous mets au défi.

— Il viendra un jour où je serai la première à parler.

— C'est que ce jour-là, vous aurez perdu la raison, madame la duchesse, et comme, grâce à Dieu, vous avez l'esprit sain, ce jour ne viendra pas de si tôt, et je peux affirmer que vous avez tort de tant mépriser l'autorité d'un mari et d'un père. Mais, peu importe, du reste, celui que vous avez plus à craindre, ce n'est ni le duc d'Oliveira, ni le baron de Mortarieu, mais le marquis de Santa-Fior.

— Oui, dit la duchesse appuyant sa tête alourdie par la fatigue sur les coussins de soie de son canapé. Vous prétendez qu'il ne m'aime pas ?

— Je prétends qu'il vous hait.

— Vous êtes fou.

— Et qu'il n'a qu'un but, reprit le baron de Mortarieu.

— Celui de me tromper, peut-être ? dit la duchesse en riant.

— Celui de vous perdre.

— Moi ?

— Le duc d'Oliveira et vous.

— Pourquoi ?

— C'est là mon secret.

— Des secrets avec moi ?

— Oui, duchesse ; oui, il le faut bien.

— Moi qui pourrais vous faire pendre d'un mot.

— Et moi d'un signe.

— Oui, mais vous tenez trop à la vie pour qu'il y ait du danger pour moi.

— On ne sait pas.

— Venez-vous encore me menacer ?

— Non, je viens vous dire : Vous croyez en l'amour du marquis de Santa-Fior ? Eh bien, le marquis de Santa-Fior vous trompe... Vous croyez en son amour, et sa haine seule existe. C'est un piége qu'il vous tend, et, malheureuse que vous êtes, vous y courez avec joie. Il tuera votre mari, il vous tuera, vous, après peut-être, et s'il ne vous tue pas, c'est qu'il vous réserve tous deux pour une vengeance plus terrible.

— Je ne vous crois pas.

— C'est la vérité pure.

— Mais c'est impossible...

— Je parle en connaissance de cause.

— Mais pourquoi ?... pourquoi ?...

— Je ne peux vous le dire.

— Vous m'effrayez !

— Plût au ciel que ce fût sérieusement.

— Quel intérêt le marquis de Santa-Fior, que je ne connaissais pas, il y a un mois, peut-il avoir à nous perdre ?

— Il en a un, et un très-grand.

— Il m'est inconnu.

— Le duc d'Oliveira n'est pas un inconnu pour lui.

— Et vous venez me proposer... quoi ?... car je n'ose encore vous comprendre.

— De me servir, afin de déjouer ses

projets et de nous en débarrasser au besoin.

— Que ne faites-vous vous-même votre besogne ?

— J'ai affaire à forte partie... Le marquis se méfierait de moi et il ne saurait se méfier de vous. Puis il s'agit de vous avant tout, et c'est bien le moins que vous ne soyez pas contre ceux qui vous sauvent.

— Je ne pourrai jamais me décider à trahir le marquis de Santa-Fior, dit la duchesse la tête dans ses mains.

— Vous en avez trahi bien d'autres, dit le baron de Mortarieu sans ménagement.

La duchesse le regarda d'un air calme :

— Ceux-là je ne les aimais pas, dit-elle d'un ton sec.

— Vous placez bien mal vos amours.

— Prouvez-le moi.

— Quand vous voudrez.

— Immédiatement.

— Cela ne se peut pas aujourd'hui.

Ah !... c'est malheureux, dit la duchesse avec un sourire narquois.

— Mais ce que vous pouvez faire aujourd'hui, c'est lui écrire de se trouver à un endroit que je vais vous désigner.

— Pourquoi faire ?

— Pour qu'il s'y trouve avec moi.

— Et que ferez-vous ?

Le baron se pencha à l'oreille de la duchesse d'Oliveira.

— C'est horrible ! s'écria celle-ci bondissant comme une hyène serrée par le chasseur.

— Il le faut.

— Jamais je ne prêterai la main à une action aussi abominable.

— Votre mari peut-être tué après-demain matin.

— Mon mari... mon mari... il se défendra !

— Oh ! comme vous l'aimez peu, lui !

— Pourquoi ne sait-il pas se faire aimer ?

— Le mouton a beau faire, il ne pourra jamais se faire aimer du loup que pour en être dévoré.

La duchesse était pâle, agitée.

— Oh ! s'écria-t-elle, si j'avais rencontré le marquis de Santa-Fior, il y a un an, seulement, au lieu de me trouver en face d'un homme tel que vous, je ne serais pas ce que je suis aujourd'hui.

— Vous êtes jeune, vous êtes belle, vous êtes riche... vous êtes une grande dame. On vous nomme la duchesse d'Oliveira, que voulez-vous de plus ?

— Je voudrais... dit la duchesse d'Oliveira, s'approchant du baron de Mortarieu, et jetant sur lui un regard méprisant ; je voudrais n'avoir pas mis le pied dans le sang.

— Taisez-vous, dit le baron avec effroi.

— Oui, n'est-ce pas, je suis riche, j'ai une armée de valets... on me flatte, on m'adule... j'ai mes courtisans... mais me croyez-vous heureuse ? Dans cette vie de luxe et de fracas que vous m'avez en quelque sorte imposée, et où je ne marche qu'un masque sur le visage et escortée par le mensonge, croyez-vous qu'il y ait beaucoup de joie dans mon cœur ?

— Vous m'aviez paru une femme forte, duchesse.

— Forte !,.. Et qui l'est assez pour se souvenir sans effroi de ce qu'il m'a fallu faire pour devenir ce que je suis ?

— Laissons cela, dit le baron de Mortarieu, parlons du marquis de Santa-Fior.

— Non, non, n'en parlons plus. Vous me parleriez de me le faire tuer.

— Prenez garde, duchesse, vous glissez sur une vilaine pente. Quand on est entré dans la voie périlleuse où vous êtes, on n'a plus le droit de regarder derrière soi, ni de s'arrêter. Malheur à celui qui s'effraie au milieu de la route... C'est l'abîme qui s'entr'ouvre sous ses pas, c'est le gouffre qui s'ouvre béant.

Il se pencha à son oreille :

— C'est la mort ignominieuse qui se dessine dans l'ombre et le menace.

— Oh ! taisez-vous, taisez-vous ! s'écria la duchesse d'Oliveira se couvrant le visage de ses mains et éclatant en sanglots.

— Songez que vous n'avez que dix-huit ans, madame.

— Oh ! que n'en ai-je encore que quinze. Que ne suis-je encore qu'une pauvre petite paysanne travaillant dans les champs, le teint hâlé par le soleil, mangeant le soir le pain dur gagné par le labeur du jour ; que ne suis-je, comme j'étais, naïve, confiante, innocente et pauvre !

— Il n'a tenu qu'à vous de rester ce que vous étiez.

— Oh ! pourquoi vous ai-je rencontré ?

— Convenez, cependant, que vous étiez digne de me comprendre.

— Oh ! ne me dites pas cela... ne me dites pas cela. Laissez-moi croire que je valais mieux que vous.

— Voulez-vous revenir sur vos pas ?

— Oh ! si je le pouvais.

— On le peut toujours.

Elle le regarda avec un sentiment d'horreur.

— Vous savez bien que non, dit-elle.

— Décidément, dit le baron de Mortarieu, vous n'êtes pas forte, chère amie, et je vous croyais d'une trempe autrement solide... Le monde est un champ-clos, la vie est une bataille, et dans toute bataille il y a des vainqueurs et des vaincus.

— Dites des bourreaux et des victimes.

— Soit ! Préférez-vous être victime ?

— Oh ! la lutte m'effraie, moi, maintenant.

— Chacun, ici-bas, reprit e baron de Mortarieu, à l'âge où il pense, se présente dans la lice. Et là, un combat mortel s'engage. On sait qu'il y a d'un côté la fortune ; c'est-à-dire le bien-être, les honneurs, la considération, le bonheur.

— Non, pas le bonheur, s'écria la duchesse.

— De l'autre, reprit le baron, la misère ; c'est-à-dire la souffrance, l'opprobre, le mépris, la mort... Alors on se bat avec acharnement, on lutte avec désespoir ; c'est à qui l'emportera dans ce combat maudit, où les plus forts asservissent les plus faibles.

— N'est-il donc pas des armes loyales dont on puisse se servir ?

— Non, parce que les armes de chacun sont inégales, parce que tel se présente cuirassé, bardé, et triomphateur déjà, avant la lutte, et que tel autre, comme ces esclaves que l'on jetait autrefois dans la cage des lions ou des tigres, s'offrent aux regards des heureux, faible, chétif, impuissant avant la lutte, et la faim au ventre, cependant... Madame, vous étiez en naissant, vouée à la misère et au malheur. Les hasards de la fortune l'avaient voulu ainsi.

— C'est vrai, dit la duchesse, et j'avais rencontré enfin une main secourable...

— On vous jetait une aumône, et on vous promettait un morceau de pain.

— Oh ! vous m'êtes apparu alors, vous, le spectre maudit, vous m'avez étourdie du bruit de vos paroles ; vous m'avez parlé d'or, moi qui n'en avais jamais vu ; vous avez entr'ouvert, à mes yeux étonnés, des horizons immenses dont je n'avais pas soupçon ; vous avez été le démon tentateur de ma jeunesse, et je me suis jetée aveuglément dans cette route funeste, où le sang devait appeler le sang, où le crime devait engendrer le crime.

— Je vous ai dit : Voulez-vous être riche; vous m'avez répondu oui. Il fallait bien faire tout pour cela.

— Savais-je que ma première faute en exigerait une seconde, que cette seconde faute entraînerait un crime, et que de crime en crime, j'en arriverais à ne plus pouvoir exister sans tuer autour de moi ?

— Qui vous parle, mon Dieu ! d'assassiner les gens ?

— Et ce marquis, ce marquis de Santa-Fior, ce nouvel ennemi qui se dresse devant vous. Ne venez-vous pas me proposer de vous servir de complice dans un infâme guet-apens ?

— C'est le marquis qui nous poursuit de sa haine. Nous sommes vis-à-vis de lui dans l'état de défense.

— Et qui me prouve la vérité de votre assertion ?

— Ma parole.

— Eh ! vous savez bien que je n'y crois pas.

— Je m'offre de vous prouver que le marquis n'a aucun amour pour vous.

— Oh ! quand vous parviendriez à me le prouver, s'écria la duchesse d'Oliveira s'exaltant, je ne voudrais pas vous croire.

— Quoi ! la preuve en main ?

— Non, je ne voudrais pas vous croire... Le beau triomphe de prouver à une femme qu'elle n'est pas aimée !... Mais vous ne savez donc pas, qu'à l'heure qu'il est, je tiens plus à cet amour qu'à tous les titres pompeux de ce monde, qu'à toute cette fortune qui m'accable et me pèse. Un amour vrai ! Oh ! ce serait maintenant tout le rêve de ma vie. Être aimée, moi. Je sais que ce n'est pas possible, mais je veux y croire, je veux souffrir pour cet amour comme s'il m'était dû. Pour lui, pour son amour, je braverais le monde... je vous braverais, vous, qui ne venez à moi que l'image du passé à la main et les menaces de l'avenir sur la tête. Je veux souffrir un peu pour une cause sainte ; et quand le jour du châtiment viendra, quand sonnera l'heure où mon passé m'écrasera, eh bien ! dans les tortures de mon supplice, dans les angoisses de ma douleur, le souvenir de cet amour éclairera mon cœur en le déchirant. Ma pensée se reportera sur une tête qui m'aura été chère, sur un homme que j'aurai aimé. Cet amour sera une halte dans ma vie, un rayon de soleil dans les tempêtes d'une existence honteuse et déshonorée... Dites-moi, si vous voulez que le marquis de Santa-Fior ne m'aime pas, dit la duchesse d'Oliveira, dont le visage se transfigura et s'illumina d'une lueur que peut-être il n'avait jamais eue. Moi, je crois qu'il m'aime. J'ai besoin de cet amour-là pour supporter quelques jours encore cette lourde existence que le passé rive au crime, mais que le néant attend.

— Je sais, dit le baron de Mortarieu, quelle maladie est la vôtre ; on n'est pas femme pour rien. Ce n'est pas impunément qu'on brise avec son sexe et qu'on devient forte, une heure. Il faut tôt ou tard que la nature paye son tribut. Vous payez le vôtre à l'amour.

— Mon Dieu, mon Dieu ! dit la duchesse, que ne l'ai-je rencontré plus tôt, cet homme. J'étais une enfant perdue, l'étoile du mal a lui ; j'ai suivi cette lueur fugitive, qui, peu à peu, tous les jours, m'a amenée jusqu'au bord de l'abîme pour m'y précipiter. Mais si je l'avais rencontré, lui, s'il m'avait tendu la main, s'il m'avait commandé la vertu, comme vous, baron, vous m'avez commandé le crime, oh! je jure bien, par Dieu, que je serais aujourd'hui une honnête femme.

— Et vous ne seriez pas duchesse d'Oliveira.

— Je serais peut-être marquise de Santa-Fior.

— Oh! non, non, le marquis aurait fait de vous sa maîtresse, mais non sa femme.

— Eh bien, maîtresse pour maîtresse, j'aurais relevé la tête, je la courbe aujourd'hui.

— Duchesse, dit le baron, voulez-vous me servir, oui ou non?

— Contre le marquis de Santa-Fior, non.

— Prenez garde; si le malheur pour vous souffle d'un côté, c'est de ce côté-là qu'il viendra.

— Je vous ai dit, baron, que je suis fière de cet amour qui me relève à mes propres yeux.

— Savez-vous, dit le baron, se rapprochant de la duchesse d'Oliveira, que sans aller bien loin, je peux déjà vous perdre aux yeux du duc.

— Et que lui diriez-vous?

— Que vous n'êtes pas ma fille.

— Mais c'est un honneur pour moi, baron.

— Mais je peux lui dire encore autre chose.

— Quoi donc?

— Tout ce que vous êtes.

La duchesse se laissa tomber sur un canapé.

— Dites-le donc tout de suite, s'écriat-elle, dites-le bien vite, criez-le à tous, que le monde entier le sache, et que l'on me débarrasse de cette vie odieuse que je

traîne et de ce passé horrible qui me poursuit.

— Quelle conduite, croyez-vous, que le duc d'Oliveira tiendra quand il saura la vérité?

— Quelle conduite il tiendra, dit la duchesse, il vous chassera.

— Non, parce que je le tiens, moi.

— Enfin quel prix mettez-vous à ce silence que vous m'avez déjà fait payer si cher?

— Une simple lettre.

— Une lettre?

— De quatre à cinq mots au plus.

— Adressée au marquis de Santa-Fior?

— Sans doute. Vous l'avez dit.

— Et qui lui donnerait un rendez-vous, n'est-ce pas, dans quelque endroit écarté?...

— C'est cela même.

— Où vous le feriez lâchement assassiner?

— Ceci est une autre affaire. On verrait... Oui et non. Cela dépendrait des circonstances... de ce qui arriverait... de ce qui se présenterait.

— C'est-à-dire, fit la duchesse, que vous voulez carte blanche.

— Entièrement.

— Et qu'une fois de plus vous voulez un complice, et que c'est encore moi que vous choisissez.

— Vous seule, ma chère enfant, pouvez me servir dans cette circonstance.

La duchessse d'Oliveira se promena à pas lents dans son boudoir.

Elle était d'une pâleur livide, et des sanglots, qu'elle cherchait en vain à contenir, soulevaient sa poitrine.

Un combat décisif se livrait en elle.

L'enthousiasme était tombé. Le remords étouffait ses cris, refoulés par la peur. Le passé se dressait devant ses yeux avec ses

LES FILLES DU MAUDIT

PAR

EUGÈNE MORET

LA VÉNUS DE GORDES

PAR

ADOLPHE BELOT et ERNEST DAUDET

www.ingramcontent.com/pod-product-compliance
Lightning Source LLC
Chambersburg PA
CBHW070853030726
47504CB00005B/1328